本书由教育部人文社会科学研究"20 世纪王船山文学思想研究史（17YJC751029）"项目资助出版

二十世纪
王船山文学思想研究史

石朝辉 著

暨南大学出版社
JINAN UNIVERSITY PRESS

中国·广州

图书在版编目（CIP）数据

二十世纪王船山文学思想研究史/石朝辉著. —广州：暨南大学出版社，2023.5
ISBN 978 - 7 - 5668 - 3421 - 8

Ⅰ.①二…　Ⅱ.①石…　Ⅲ.①王夫之（1619—1692）—文学思想—研究　Ⅳ.①I206.49

中国版本图书馆 CIP 数据核字（2022）第 210471 号

二十世纪王船山文学思想研究史
ERSHI SHIJI WANG CHUANSHAN WENXUE SIXIANG YANJIUSHI
著　者：石朝辉

出 版 人：张晋升
策划编辑：杜小陆
责任编辑：亢东昌　刘宇韬
责任校对：刘舜怡　等
责任印制：周一丹　郑玉婷

出版发行：暨南大学出版社（511443）
电　　话：总编室（8620）37332601
　　　　　营销部（8620）37332680　37332681　37332682　37332683
传　　真：（8620）37332660（办公室）　37332684（营销部）
网　　址：http://www.jnupress.com
排　　版：广州良弓广告有限公司
印　　刷：广州市金骏彩色印务有限公司
开　　本：787mm×1092mm　1/16
印　　张：15.75
字　　数：220 千
版　　次：2023 年 5 月第 1 版
印　　次：2023 年 5 月第 1 次
定　　价：69.80 元

（暨大版图书如有印装质量问题，请与出版社总编室联系调换）

目　录

绪　论　二十世纪前的王船山研究

王船山，名夫之，字而农，号姜斋，别号壶子、一壶道人、武夷先生牧竖、船山遗老、姜斋老人、卖姜翁等，世称船山先生，湖南衡阳人，生于明万历四十七年（1619），卒于清康熙三十一年（1692）。

王船山出身于书香门第，从小受传统文化熏陶。青年时代，他一方面留意科举仕途，另一方面十分关注时局的变化。1638年，与友人组织"行社""匡社"，立志要匡扶社稷。1642年，24岁的船山在武昌考中举人。1643年，张献忠攻陷衡阳，曾邀他参加农民军政权，船山誓死不从。1646年，他上书南明湖北巡抚章旷，建议联合农民军共同抵抗清军，但失望而归。1648年，他与好友管嗣裘等在衡山举兵抗清，以失败告终。之后船山投奔桂王，结识瞿式耜、金堡、蒙正发、方以智等人。因南明小朝廷内部权力争夺，船山险遭不测，遂逃归湖南，隐伏于群山峻岭之间。1652年，李定国率军收复衡阳，派人招请船山，船山"进退萦回"，始终未去，后因清兵搜捕，过了三年流亡生活。自此之后，船山归隐石船山麓，坚持学术研究，创作了大量学术著作。他还自题堂联："六经责我开生面，七尺从天乞活埋。"自题墓石："抱刘越石之孤愤，而命无从致；希张横渠之正学，而力不能企。幸全归于兹邱，固衔恤以永世。"这些都表明了船山崇高的政治抱负和学术追求。1692年，船山逝世于湘西草堂。

邓显鹤在《船山著述目录》中说："右衡阳王先生著书五十二种。已见三十八种，共三百二十三卷。"① 清同治四年（1865）曾氏

---

①　邓显鹤. 船山著述目录 [M] //船山全书：第16册. 长沙：岳麓书社，2011：408－409.

兄弟所刻的《船山遗书》，共刻经类二十部、史类四部、子类十部、集类二十四部，共二百八十卷。王夫之著述一百余种，四百余卷，涉及经学、小学、子学、史学、文学、政法、伦理等各门学术。经类著作主要包括《周易内传》《周易外传》《周易大象解》《尚书引义》《尚书稗疏》《诗广传》《礼记章句》《春秋家说》《春秋世论》《读四书大全说》《四书训义》等。史类著作主要包括《读通鉴论》《宋论》《永历实录》《簭史》《莲峰志》等。子类著作主要包括《老子衍》《庄子解》《庄子通》等，其中还对佛教提出了自己的见解，如《相宗络索》。集类著作主要包括《姜斋文集》《姜斋诗集》《姜斋词集》《姜斋诗话》《楚辞通释》等。二十世纪九十年代岳麓书社出版了《船山全书》，2003年开始对《船山全书》进行再版修订，直至2011年完成出版，该书收录了王船山现有的所有著作。

王船山的文学思想研究既包括文学创作的研究，还包括文学理论、诗学、美学等研究，本书将根据其主要著述《诗广传》五卷、《楚辞通释》十四卷、《古诗评选》六卷、《唐诗评选》四卷、《明诗评选》八卷、《姜斋文集》、《姜斋诗集》、《姜斋词集》、《姜斋诗话》等，按照时间顺序对二十世纪的船山文学思想研究作一个全面介绍，总结已有的成果和经验，同时也发现其中需进一步解决的问题，希望能以此促进"船山学"研究的繁荣和发展。

二十世纪王船山的文学思想研究史，是建立在此前基础之上的，因此对于二十世纪前的船山学研究，我们首先有必要对其进行分析，以有一个清晰的认知。

第一节　二十世纪前的王船山著作整理

在最初的船山学中，文学思想研究并没有占主导地位，而是处于边缘化的地位，一直以来都只作为船山著作中的重要组成部分被保存、刊印和传播。

一、王船山自己的编撰

王船山在《述病枕忆得》中说："昔在癸未春，有《漧涛园初刻》，亡友熊渭公为文序之。乱后失其锓本，赖以自免笑悔。"[①] 癸未春是指 1643 年，《漧涛园初刻》是船山自行刊刻的诗集，黄冈熊渭公序，但后来在战乱中丢失。船山的许多著述都是他自己编撰而成的。据研究：

从 1660 年到 1669 年的十年间，他完成了一系列著述。1663 年，撰写《尚书引义》，批判玄学、佛学和宋明理学。是年 6 月，又编《和遣兴诗》76 首、《广遣兴诗》58 首。1666 年，撰成《四书训义》。1668 年 7 月，编《春秋家说》《春秋世说》成。1669 年，编《五十自定稿》诗集，撰《续春秋左氏传博议》。1673 年，撰《礼记章句序》。1676 年，撰《周易大象解》一卷成。

1677 年，他做出最后的选择，继续归隐，著述终老，是年编《礼记章句》49 卷成。1679 年 6 月，编《庄子通》一卷成，编《六十自定稿》成，又编杂体诗集《柳岸吟》成。1682 年 9 月，编文字说专著《说文广义》三卷和政论专著《噩梦》成。1683 年 3 月，编《制义俟解》一卷成，10 月，编《噩梦》一卷成。1684 年，撰成《俟解》。1685 年，撰成《张子正蒙注》，编《楚辞通释》14 卷成，又病中作《周易内传》12 卷和《周易内传发例》一卷。1686 年，病中忆 29 岁前的诗作，编为《忆得》，编成《思问录》。1687 年，撰成《读通鉴论》。1688 年，编《南窗漫记》成。1689 年秋，重订《尚书引义》，编《识小录》一卷成。1690 年，编诗集《夕堂永日绪论》内编、外编各一卷成，编《俟解》一卷成，编《七十自定稿》成，编定各种诗文评选，重订《张子正蒙注》。1691 年，《读通鉴

---

① 王夫之. 王船山诗文集：下 [M]. 北京：中华书局，2006：508.

论》《宋论》定稿。①

从这些船山本人编撰的作品来看,船山对于作品的编撰具有自觉意识,其编撰内容涉及政治、经济、历史、哲学、文学等方面的内容,但后来船山作品的传播却经历了艰难曲折的过程。

二、船山著作的刊刻

船山去世后,最早由其次子王敔在清康熙、雍正年间刊刻了船山部分遗书,后世称“湘西草堂本”,“合计湘西草堂所刊船山著作迄今可以指称者凡二十七种”。② 其中包括了《楚辞通释》《落花诗》《和梅花百咏》《洞庭秋》《仿体诗》《愚鼓词》《南窗漫记》《夕堂永日绪论》等文学和诗学著作。

王敔在《大行府君行述》一文中全面详细地概述了王船山的生平事迹、学术成就以及个人品德。其中学术成就主要体现在:第一,王敔指出,王船山“以发明正学为己事”,“守正道以屏邪说”,将其学说确定为正统儒学以继承和发扬。第二,该文总结了王船山在经史子集等方面的成就。“六经责我开生面”准确地概括了船山一生致力于儒家学术研究的决心,表明船山对于四书、六经等都有所研究和涉猎。史学方面则著有《读通鉴论》,“以上下古今兴亡得失之故,制作轻重倚伏之原”。③ 第三,船山在文章诗学方面的成就。“又以文章之变化莫妙于南华,辞赋之源流莫高于屈宋”,分别做《庄子衍》和《楚辞通释》。“其他则《淮南子》有旁注,《吕览》有释,刘复愚集有评,李杜诗有评,《近思录》有释,皆发从来之所未及,而衷订其旨。诗集则有《自定稿》三编,《忆得》一卷,《后

---

① 杨旭明. 王夫之的编撰实践及其编撰思想 [J]. 衡阳师范学院学报, 2010, 31 (4): 12 – 13.

② 湘西草堂本 [M] //船山全书: 第16册. 长沙: 岳麓书社, 2011: 359.

③ 王敔. 大行府君行述 [M] //船山全书: 第16册. 长沙: 岳麓书社, 2011: 74.

稿》一卷，诗余有《船山鼓棹》二卷，诗出有《龙舟会》一卷，《文集》一编。"① 此外，《大行府君行述》还概括了船山的人格品德。如："天性肫挚，见机明决"②，"忠义激烈，而接人温恭，恂恂如不欲语；及与人言为善，导引譬谕，终日不倦"。③ 从中我们不仅可以看到船山在思想上的成就，而且能感受到船山的人格魅力。

康熙四十六年（1707），镇江张仕可任湖广分巡道时，王敔"录遗稿以呈，对曰'先人志文其在兹'"。所呈之稿为船山《楚辞通释》一书。张仕可作序："船山王先生旷世同情，深山嗣响。赓著《九昭》，以旌幽志；更为《通释》，用达微言，攻坚透曲，刮璞通珠，啸谷凌虚，抟风揭日。盖才与性俱全于天，故古视今藉论其世。"④

康熙四十八年（1709），平原董思凝任湖广提学使，王敔等刊刻船山《庄子解》，"遂以此刻见投，且属为引其端"。在序言中，董思凝称王船山"学老文巨，著述等身，于经史多所诠释论说，然颇散失"，表示自己"耳先生名旧矣"，称赞王夫之"既有得于南华之妙，又欲使读之者识达人之变化，则其所诠注，亦所谓知其解而旦暮遇之者欤！"⑤

康熙五十年（1711）间，山西李周望任湖广学政，视学衡阳。王敔献上《张子正蒙注》，李周望为之作序，认为王船山与张载"异世同源"。他指出王船山"少负隽才，志行卓荦，于学无所不窥，扃户著书垂四十年"。⑥ 他认为如果没有王船山的阐发，张载学说之微旨难以彰显；如果没有对张载学说的阐发，船山之学亦难以发扬。"横渠之书，微船山而旨隐；船山之学，微横渠之书而不彰。"

---

①　王敔. 大行府君行述［M］//船山全书：第16册. 长沙：岳麓书社，2011：74.
②　王敔. 大行府君行述［M］//船山全书：第16册. 长沙：岳麓书社，2011：75.
③　王敔. 大行府君行述［M］//船山全书：第16册. 长沙：岳麓书社，2011：76.
④　张仕可. 楚辞通释序［M］//船山全书：第14册. 长沙：岳麓书社，2011：456.
⑤　王夫之. 庄子解［M］//船山全书：第13册. 长沙：岳麓书社，2011：附录.
⑥　李周望. 王船山先生正蒙注序［M］//船山全书：第16册. 长沙：岳麓书社，2011：398.

王船山之于张载，正如司马迁所说的颜渊之于孔子，是"附骥而名益彰"。李周望认为，船山隐世埋名，"其书虽存，未布于世，俾学者晓然识其书为横渠之功臣，其人为游、杨、真、魏之流亚也"。①他评价王船山"不汲汲于干禄取荣"，"不降不辱，任重道远"，"可谓勇于为善，能自得师矣"。②

　　康熙末年，泰州缪沅督学湖广，为《王船山先生集》作序。缪序称船山"以为姚江之说不息，濂、洛、关、闽之道不著；濂、洛、关、闽之道不著，生民之祸将未有已……于是取横渠张子《正蒙》，章疏而句释之，于凡天地之本，阴阳之胜，幽明之端，物之所始，性之所受，学之所终，莫不烂然大明，而姚江之徒之蕞然者，亦恶能傲吾以独知而率兽以食人乎?"③由此把船山学说提升至守正道、摒异端的高度。

　　在这一时期，一方面来自地方官员的主动收集，另一方面由于王敔主动呈请，船山的部分著作得到了一定的关注。很多著作的序言中，都对船山的学说进行了评价和定位，也歌颂了船山的个人气节，但流传有限，并不十分广泛。

　　清康熙年间，潘宗洛"任湖广学政时曾延俊才入幕，襄校试卷，王敔与焉，由是乃知有船山，求读其书，为之作传付史馆，实为船山之第一篇正式传记"。④《船山先生传》中简单介绍了王船山的生平事迹，还说："余所得见于敔者，《思问录》《正蒙注》《庄子解》《楚辞通释》而已。"⑤

　　在王敔的《大行府君行述》与潘宗洛的《船山先生传》中，我们可以了解当时大家对船山个人及其学术思想的理解、立场和态度。

　　① 李周望. 王船山先生正蒙注序 [M] //船山全书：第 16 册. 长沙：岳麓书社，2011：398.

　　② 李周望. 王船山先生正蒙注序 [M] //船山全书：第 16 册. 长沙：岳麓书社，2011：399.

　　③ 缪沅. 王船山先生集序 [M] //船山全书：第 16 册. 长沙：岳麓书社，2011：400.

　　④ 潘宗洛. 船山先生传 [M] //船山全书：第 16 册. 长沙：岳麓书社，2011：86.

　　⑤ 潘宗洛. 船山先生传 [M] //船山全书：第 16 册. 长沙：岳麓书社，2011：89.

　　两篇文章都从各自的立场和角度对船山的一生进行了概述和分析。张晶萍在《嘉道以前船山记忆和船山形象的演变及其特点》中指出："从私家著述到官方书写，有关船山记忆发生了些微妙的变化。潘《传》首先将王船山定位为'故明之遗臣，我朝之逸民也'，然后围绕此一定位展开叙述。其所述王船山生平大节，大体不出王敔《行述》之范围，但加入了潘宗洛自己的想象与解释。细勘潘《传》与王《述》，在有关船山拒降张献忠、悲北都之变等事上，两者大体相同；而在有关王船山抗清活动的描述上，开始有异。……潘《传》指出，王船山参加南明政权抗清活动是知其不可为而为之，失败后'隐而著书，其志有足悲者'；以为王船山若能改而图仕，不愁不发达，却'终老于船山'，是所谓'前明之遗臣'。潘《传》特别表彰王船山不屑为吴三桂写劝进表，是'我朝之贞士'。与王敔《行述》相比，潘《传》超越了具体的人事，揭示王船山出处进退与朝廷、与志节之间的关系，也即站在国家与文化信仰的高度来评判王船山的学行。从这个角度说，潘《传》是对王《述》的提升，也是将船山记忆由私家著述转向官方历史公共书写的一次努力。"①

　　康熙五十二年（1713），江苏武进人蒋骥著有《山带阁注楚辞》，卷首《采摭书目》中已有《楚辞通释》："余见闻甚木鲜，所阅前人注解，自汉王叔师《章句》、宋洪庆善《补注》、朱晦翁《集注》外，惟明莆田黄文焕维章之《听直》、衡阳王夫之姜斋之《通释》……其间得失相参，别为分疏，兼抒未尽之怀，附缀篇末，目曰余论。"②

　　以上分析表明，这一时期，船山著作的流传程度和流传数量都非常有限。据有关统计："在康熙四十年后的二十余年中，船山遗书的家刻本（主要是王敔湘西草堂刻本）、书坊刻本（包括汇江书室

　　① 张晶萍. 嘉道以前船山记忆和船山形象的演变及其特点［J］. 船山学刊，2016（2）.
　　② 蒋骥. 山带阁注楚辞［M］//船山全书：第16册. 长沙：岳麓书社，2011：531-532.

及其他书林刻本），约有下列二十七种：《周易稗疏》《周易考异》《周易大象解》《尚书稗疏》《尚书引义》《诗经稗疏》《诗经考异》《春秋稗疏》《春秋家说》《春秋世论》《四书稗疏》《四书考异》《张子正蒙注》《楚辞通释》《老子衍》《庄子解》《俟解》《思问录》《船山自定稿》《五十自定稿》《六十自定稿》《七十自定稿》《五言近体》《七言近体》《夕堂绪论》《夕堂戏墨》《船山鼓棹》。"①

乾隆年间，翰林院检讨、兼充三通馆纂修的余廷灿著有《王船山先生传》。他认为"其学深博无涯涘，而原本渊源，尤神契《正蒙》一书，于清虚一大之旨，阴阳法象之状，往来原反之故，靡不有以显微抉幽，晰其奥窍"。他肯定了船山学说与张载学说的一脉相承性，还指出船山"立文苑儒林之极，阐微言绝学之传，则又有待于后之推阐先生者矣"。②

乾隆三十八年（1773），四库全书馆成立，并着手编撰《四库全书》。船山著作得以入选《四库全书》，这表明船山著作中的部分内容得到了高度认可，并由此获得广泛传播的可能。《四库全书总目》经部诗类"诗经稗疏"条云："是书皆辨正名物训诂，以补《传》《笺》诸说之遗……皆确有依据，不为臆断。……惟以《葛屦》五两之五通为行列之义……未免穿凿……四卷之末，附以《考异》一篇，虽未赅备，亦足资考证。又《叶韵辨》一篇，持论明通，足解诸家之缪辖。惟赘以《诗译》数条，体近诗话，殆犹竟陵钟惺批评《国风》之余习，未免自秽其书，虽不作可矣。"③

《四库全书》对于经典训诂类、考据性的船山著作予以保留，这成为后人评价船山学术成就的一个重要标准。但对于船山著作中的论述和阐发的内容予以查禁。"清乾隆四十六年，湖南巡抚刘墉奏缴销毁王夫之著《船山自订稿》《五十自订稿》《六十自订稿》《七十自订稿》《夕堂戏墨》《船山鼓棹》《五言近体》《七言近体》，'以

① 刘志盛. 王船山著作版本源流考（一）[J]. 求索, 1981,（3）: 55.
② 余廷灿. 王船山先生传 [M] //船山全书: 第16册. 长沙: 岳麓书社, 2011: 531.
③ 永瑢等. 四库全书总目: 上 [M]. 北京: 中华书局, 1965: 131.

上八种，俱衡州王而农著。查王而农各种，语多违碍，又有称引钱谦益处，应销毁'。《夕堂绪论》，'衡州王夫之撰，载有钱谦益《列朝诗选》等语，应销毁，又板片二十四块'。"① 这一时期的船山著作大部分还处于查禁之中，从而影响了船山思想的传播和接受。

嘉庆十五年（1810），阮元在《儒林传稿凡例》中指出："今查湖南王夫之，前明举人，在桂王时曾为行人司行人；浙江黄宗羲，前明布衣，鲁王时曾授左金都御史，明亡，入我朝，皆未仕，著书以老。所著之书，皆蒙收入《四库》，列为国朝之书。《四库全书提要》内多褒其书，以为精核，今列于《儒林传》中，而据事实书其在明事迹者，据历代史传及钦定《续通志》例也。"② 在这个《儒林传》中，王夫之被列入卷一，排在顾栋高、孙奇逢、李颙、黄宗羲后面，列于第五位。在具体的船山传记中，既对船山的生平事迹进行了简单概括，又介绍了船山学说中的多部专著，认为其"言必征实，义必切理"，"最有根据"，"多出新意"，"辞有根据，不同游谈"，"可取者较多"，"确有依据，不为臆断"。③

道光年间，在原来的基础上，《国史儒林传》把王船山放在理学人物中的上卷。虽然里面的具体内容并没有得到更多的充实，但这是对船山学术思想的又一定位，也为以后船山思想为更多世人所认识和认可奠定了基础。

道光二十二年（1842），湘潭王氏遗经书屋本《船山遗书》收录船山经部著作十八种、一百五十一卷。邓显鹤在《船山著述目录》中云："（《船山遗书》）旧刻之本类坊刻，且日久漫漶，显鹤病之，尝慨然发愤，思购求先生全书，精审锓木，嘉惠来学，以是强聒于人，无应者。道光乙亥（道光十九年，1839）寓长沙，时方辑《沅湘耆旧集》，征求先生遗诗。一日，先生裔孙有居湘潭名世全者，介其友欧阳君兆熊访余于城南旅寓，以先生诗集来，且具道：先生六

① 雪霖，刘志盛. 湖南刻书史略 [M]. 长沙：岳麓书社，2013：487-488.
② 国史儒林传稿 [M] //船山全书：第16册. 长沙：岳麓书社，2011：96.
③ 国史儒林传稿 [M] //船山全书：第16册. 长沙：岳麓书社，2011：96-97.

世孙承佺具藏各种遗书于家，世全将谋筹诸梨枣。余大喜过望，次年春，遂开雕于长沙，以校雠之役属吾邑人邹汉勋。"① 其中包括《诗经稗疏》五卷、《诗经考异》一卷、《诗广传》五卷、《楚辞通释》十四卷、《姜斋文集》十卷、《姜斋诗集》十卷、《姜斋诗余》三卷、《姜斋诗话》三卷、《姜斋外集》四卷。其中，《姜斋诗话》三卷分别为《诗译》《夕堂永日绪论内篇》《南窗漫记》，这应该是最早以"姜斋"命名的王船山诗学著作。此外，《八代诗选》和《四唐诗选》未见。②

三、曾国藩与《船山遗书》

同治四年（1865），两江总督曾国藩与其弟曾国荃集资整理和刊刻了《船山遗书》，收录船山著作五十六种、二百八十八卷，被称为"金陵节署本"。

参与者欧阳兆熊在《重刊船山遗书凡例》中指出："旧刻本邓氏显鹤所编《船山著述目录》，注明有目未见书者若干种。兹访得……《楚辞通释》十四卷、《姜斋文集》十卷、《诗集》十一卷、《诗余》三卷、《诗译》一卷、《夕堂永日绪论内外篇》二卷、《南窗漫记》一卷……《姜斋诗剩稿》一卷，悉行刊入。惟历代诗选已见，而《文选》未见。"③

刘毓崧在《刻王氏船山丛书凡例》中写道："邓氏显鹤《船山著述目录》注明有目未见书者若干种。……待刻者二种：《夕堂八代诗选》《四唐诗选》。……目录已载未刊，今访得付刻者二十三种：……《愚鼓歌》《姜斋文集》《五十自定稿》……《南窗漫记》

① 邓显鹤. 船山著述目录 [M] //船山全书：第16册. 长沙：岳麓书社，2011：409-410.
② 邓显鹤. 船山著述目录 [M] //船山全书：第16册. 长沙：岳麓书社，2011：408-409.
③ 欧阳兆熊. 重刊船山遗书凡例 [M] //船山全书：第16册. 长沙：岳麓书社，2011：420.

《夕堂永日绪论内编》《外编》……目录已载已刊，今补刻者十八种：……《诗经稗疏》《诗经考异附叶韵辨》《诗广传》……《诗译》。目录已载另刊，今补刻者八种：……《楚辞通释》。"①

曾国藩是使船山学产生深远影响的重要人物，曾国藩与《船山遗书》之间的关系一直受到学者关注，主要有以下两个方面：

第一，曾国藩刊印《船山遗书》的真实原因。曾国藩《船山遗书序》写道：

> 昔仲尼好语求仁，而雅言执礼，孟氏亦仁、礼并称。盖圣王所以平物我之情，而息天下之争，内之莫外于仁，外之莫急于礼。自孔孟在时，老庄已鄙弃礼教，杨墨之指不同，而同于贼仁。厥后众流歧出，载籍焚烧，微言中绝，人纪紊焉。汉儒掇拾遗经，小戴氏乃作《记》以存礼于什一。又千余年，宋儒远承坠绪，横渠张氏乃作《正蒙》，以讨论为仁之方。船山先生注《正蒙》数万言，注《礼记》数十万言，幽以究民物之同源，显以纲维万事，弭世乱于未形，其于古者明体达用，盈科后进之旨，往往近之……以求所谓育物之仁，经邦之礼，穷操极论，千变而不离其宗，旷百世不见知而无所于悔。②

曾国藩认为，船山是孔孟之后继承圣学传统的重要思想家。自孔孟开创儒学，以仁礼并称，而后却逐渐变得"众流歧出"，儒家正统逐渐走向衰败。船山在此之际能发扬仁礼之学，发掘圣人之教的中华传统，值得赞扬和宣传。

虽然序言表明了曾国藩对船山学的态度，但是对于刊刻《船山遗书》的原因表述则过于简略，后来的学者对这一问题进行了深入的探讨和研究。

---

① 刘毓崧. 刻王氏船山丛书凡例［M］//船山全书：第16册. 长沙：岳麓书社，2011：422.
② 曾国藩. 船山遗书序［M］//船山全书：第16册. 长沙：岳麓书社，2011：418.

章太炎在《书曾刻船山遗书后》一文中对 "悔过" "攘胡" 为曾国藩刊印船山著作的原因之说做了分析，他首先提出：

> 王而农著书，壹意以攘胡为本。曾国藩为清爪牙，踣洪氏以致中兴，遽刻其遗书，何也？衡湘间士大夫以为国藩悔过之举，余终不敢信。最后有为国藩解者曰："夫国藩与秀全，其志一而已矣。秀全急于攘满洲者，国藩缓于攘满洲者。自湘淮军兴，而驻防之威堕，满洲人亦不获执兵柄，虽有塔齐布、多隆阿辈伏匿其间，则固已为汉帅役属矣。自尔五十年，虏权日衰。李鸿章、刘坤一、张之洞之伦，时抗大命，乔然以桓文自居。巡防军衰，而后陆军继之，其卒徒皆汉种也。于是武昌倡义，尽四月而清命斩，夫其端实自国藩始。刻王氏遗书者，固以自道其志，非所谓悔过者也。"①

对于这些观点，后来的研究者都提出了质疑，认为并不具有合理性和可解释性。质疑者指出，曾国藩镇压太平天国与刊刻《船山遗书》同步进行，其负责的心态，用 "悔过" "攘胡" 进行解释，有些牵强附会。

许山河在《论曾国藩刊印〈船山遗书〉》一文中提出，曾国藩与王船山在思想上有若干一致之处。"曾国藩刻印《船山遗书》，是因为他对王船山的气节、学问十分推崇，他与王船山在爱国思想、社会政治思想、学术思想方面，有许多相同或相似、相通之处。尽管船山的思想是比较保守的儒家正统思想，在镇压太平天国后，曾国藩刻印《船山遗书》，目的是借以弭乱趋治，维护封建制度，但此举使船山的学术著作得以保存和流传，其在文化史上的功劳是不可没的。"②

熊考核在《曾国藩为何力倡船山学》中指出："曾国藩极力倡

---

① 章太炎. 书曾刻船山遗书后 [M] // 船山全书：第 16 册. 长沙：岳麓书社，2011：795–796.

② 许山河. 论曾国藩刊印《船山遗书》[J]. 船山学报，1988（增刊）：封三.

行船山之学是出于'保卫中国传统文化'和以船山学作为湘军的思想武器、作为提升湖湘文化的思想大旗的双重目的。"①

雷慧杰、王鹏飞的《曾国藩重刻〈船山遗书〉与官书局的出现》指出："曾氏刻书主要有四个原因：一是个人方面曾国藩深受王夫之思想的教化与熏陶；二是曾国藩与道光版本《船山遗书》的编校人员有密切关系；三是曾国藩位高权重，具有调动人财物的能力；四是满足社会的文化需求。"②

王兴国的《再论曾国藩、曾国荃兄弟刊刻〈船山遗书〉》从历史原因和现实原因两方面进行分析。他认为曾国藩、曾国荃兄弟刊刻金陵本《船山遗书》的历史原因，一是不满王氏守遗经书屋本《船山遗书》所收船山著作的不全和被任意篡改；二是为了推崇乡贤，提高湖南的文化地位。至于现实原因，一是作为恢复被太平军破坏了的传统秩序的一个重要措施，即用封建礼教重新聚拢士人，用维护礼教的名义反对太平天国的宗教思想；二是期望从船山著作中吸取一些有用的东西。文章还指出曾国藩对刊刻工作极端认真，对刊刻质量追求尽善尽美。③

邓丽萍、邓纯旭的《曾国藩刊刻〈船山遗书〉的真正原因》则认为：清廷对王夫之态度的转变让曾氏敢于刊刻；恩师、亲友的影响促使曾国藩刊刻《船山遗书》。④

从这些论述中，我们不难看出，曾国藩无论出于个人原因，还是受时代的影响，都对船山思想的传播起了积极的推动作用。

第二，曾国藩刊印《船山遗书》对中国出版的影响。王建辉《曾国藩与近代中国出版》认为，曾国藩是近代中国出版事业的一个

① 熊考核. 曾国藩为何力倡船山学［J］. 衡阳师范学院学报（社会科学版），2002，23（2）：55.

② 雷慧杰，王鹏飞. 曾国藩重刻《船山遗书》与官书局的出现［J］. 中国出版史研究，2016（3）：97.

③ 王兴国. 再论曾国藩、曾国荃兄弟刊刻《船山遗书》［J］. 船山学刊，2019（3）.

④ 邓丽萍，邓纯旭. 曾国藩刊刻《船山遗书》的真正原因［J］. 船山学刊，2018（4）.

奠基人。"船山遗书的刊行，对船山学术的光大，对近世新启蒙思潮还是有益的。"① 无论曾国藩出于何种目的刊印船山著作，都为船山思想的传播和研究提供了基础条件，这是功不可没的。通过掌握曾国藩和《船山遗书》之间的关系，我们也能够窥见在当时特定的时代背景中船山学说传播的方式、渠道和接受度。

自清同治以后的很长一段时间里，"确是刊刻印行《船山遗书》的黄金时代，官刻、家刻、坊刻应有尽有，翻刻的单种本也不少，尤其是湖南刊刻的《船山遗书》更多，收藏的单位和个人也较为普遍，各学署、书院、学堂、社会团体，莫不购备此书，这为船山学说的广为传播提供了良好的物质条件"。②

这些版本的整理刊行说明船山思想在这一时期开始逐渐传播，虽然其间也有不太顺利的时候，但是并没有阻挡船山思想的流传。这既受历史政治原因的影响，也与当时整个社会经济的发展状况有着密切关系。

第二节　二十世纪前的王船山文学思想研究

虽然船山著作的刊刻整理得以不断丰富和充实，但这一时期船山思想研究也有所侧重，主要集中在哲学、政治、历史等方面，文学诗学研究只是其中很小的一部分。船山思想研究的特点主要表现在以下几个方面：

首先，船山思想的研究具有明显的地域特点。船山思想的提倡者和研究者主要以船山家乡湖南人士为主。比如，船山的后人以及后人的门生弟子或者与其具有一定联系的人士，包括湖南的地方官员，还有湖南籍的相关人士。他们在阅读船山作品的过程中都能够获得重要启发，为船山学说的传播提供了重要支持，其中既有民间

---

① 王建辉. 曾国藩与近代中国出版 [J]. 编辑学刊，1995（5）：76.
② 刘志盛. 王船山著作版本源流考（续一）[J]. 求索，1981（4）：54.

私人的关注和研究，也逐渐获得了官方的认可。

其次，对船山思想的研究主要集中在"稗疏"等内容，总体研究相对比较薄弱，这一阶段主要表现在船山影响力的扩大方面。这一时期的传播途径主要体现为整理和刊刻船山著作。尤其是曾国藩、曾国荃兄弟刊印的《船山遗书》，不仅使得国内大批学者参与了整理和校勘，并在成书之后得到了广泛宣传。

再次，这一时期更多的只是形成了船山的一个形象和概念，深入研究的著作不是很多。研究者把船山的生平事迹作为主要切入点，在此基础上进行学术研究。即便已对船山是儒家学说的代表人物还是经学的代表人物等问题都有一定的思考，但研究仍具有一定的局限性。

最后，这一时期，船山更多地被借用在政治立场上，作为政治主张的有力支持者。曾国藩在同治五年十二月初五日《致郭嵩焘一通》的信中写道：

> 船山先生《宋论》，如《宰执条例时政》《台谏论宰相过失》及《元祐诸君子》等篇，讥之特甚，咎之特深，实多见道之言。尊论自宋以来多以言乱天下，南渡至今，言路持兵事之长短，乃较之王氏之说尤为深美，可以提尽后有万年之纲。仆更参一解云：性理之说，愈推愈密，苛责君子，愈无容身之地；纵容小人，愈得宽然无忌。如虎飞而鲸漏，谈性理者熟视而莫敢谁何，独于一二朴讷之君子，攻去惨毒而已。①

这里曾国藩直接借用船山的学说分析时政，表明自己的政治态度。

郭嵩焘在《请以王夫之从祀文庙疏》中写道："我朝经学昌明，远胜前代，而暗然自修，精深博大，罕有能及衡阳王夫之者。夫之

---

① 曾国藩. 致郭嵩焘一通［M］//船山全书：第16册. 长沙：岳麓书社，2011：560.

为明举人，笃守程朱，任道甚勇。值明季之乱，隐居著书。……艰贞之节，纯实之操，一由其读书养气之功，涵养体验，深造自得，动合经权。尤于陆王学术之辨，析之至精，防之至严，卓然一出于正，惟以扶世翼教为心。"① 从中我们可以看出，郭嵩焘从正统理学、程朱理学的角度来观照船山，认为其能够"窥见圣贤之用心而发明其精蕴，足补朱子之义所未备"②，他依然把侧重点放在船山学术政治性的立场上，没有相对客观地界定船山的学术思想，这也代表了这一时期上层阶级的基本态度。

二十世纪前的研究对船山的文学思想也有所涉及，主要体现在以下几个方面：

第一，关于《楚辞通释》。1959 年中华书局版《楚辞通释·前言》中说："如果说屈原是用美人香草来寄托他的君国之思的话，则王夫之是以注释楚辞来发泄他的社稷沦亡之痛的。因为其旨隐，其辞晦，所以能够瞒过清朝统治者的耳目。当王夫之死后，司文衡的湖广提学使向他的儿子王敔征求遗书时，王敔审情度势，把触犯清朝忌讳的遗书深闭固藏，只把这《楚辞通释》和《庄子解》《张子正蒙注》《思问录》等几部无甚违疑的书拿出来。"③《楚辞通释》从康熙四十八年（1709）刊印以来，一直发行不断，没有因为政治原因而终止。

但《楚辞通释》并未收录于《四库全书》之中，这是一个值得关注的问题。自康熙末年开始，清代的考据之学已经在学术中逐步占据重要地位，专注于文字、音韵、训诂等考证、校雠、注释的研究，成为《四库全书》衡量、评价和挑选著作的重要尺度和标准。王船山的《楚辞通释》虽然采用了传统的笺注体，但是训诂和考据并没有成为著作的重要内容，而只是将其作为阐释义理的重要载体

① 郭嵩焘. 请以王夫之从祀文庙疏 [M] //船山全书：第 16 册. 长沙：岳麓书社，2011：582.

② 郭嵩焘. 请以王夫之从祀文庙疏 [M] //船山全书：第 16 册. 长沙：岳麓书社，2011：582.

③ 王夫之. 楚辞通释 [M]. 北京：中华书局，1959：前言 4.

和手段，更多的是抒发个人的思想观念和情感倾向。这与当时的考据风气相悖，所以《楚辞通释》自然难以引起当时学者的注意，受到他们的重视。虽然《楚辞通释》得以传播，但在二十世纪以前的研究中没有获得应有的地位和关注，其学术成就和地位也没有得到恰当的体现，影响有限。

第二，邓显鹤《船山著述目录》中的船山文学著述。邓显鹤《船山著述目录》被认为是首次对船山著作进行全面介绍的材料，也是第一份关于船山著作最完整的目录。其中，有关于船山的文学著述记录如下：

> 《楚辞通释》十四卷。《姜斋文集》十卷。卷一：论三首，仿符命一首，连珠二十五首。卷二：传二首，行状二首，墓志铭四首，记一首。卷三：序五首，书后二首，跋一首。卷四：启一首，尺牍十首。卷五：九昭。卷六：九砺。卷七：赋五首。卷八：赋三首。卷九：像赞一首，杂物赞十六首，铭十一首。卷十：家世节录八则。《姜斋诗集》十卷。卷一：五十自定稿。卷二：六十自定稿。卷三：七十自定稿。卷四：柳岸吟。卷五：落花诗。卷六：遣兴诗。卷七：和梅花百咏。卷八：洞庭秋。卷九：雁字诗。卷十：仿体。《姜斋诗余》三卷。卷一：船山鼓棹初集。卷二：船山鼓棹二集。卷三：潇湘八景词。《姜斋诗话》三卷。卷一：诗译，元附诗经稗疏后。卷二：夕堂永日绪论内篇。卷三：南窗漫记。忆得。未见。《姜斋外集》四卷。卷一：船山制义。卷二：船山经义。卷三：夕堂永日绪论外篇。卷四：龙舟会杂剧。旧日又有《买薇稿》《沤涛园初集》二书，未见，殆亦诗文集也。附识其名如此。《夕堂永日八代文选》十九卷。《八代诗选》。未见。《四唐诗选》。未见。
>
> 凡集内十部。已见六部，都六十三卷；未见四部，无卷数。①

邓显鹤对船山文学研究和创作的著作进行了详细编目，为研究船山文学思想提供了良好的材料基础，后人也逐渐完善其中未见的篇目。

---

① 邓显鹤. 船山著述目录 [M] //船山全书：第 16 册. 长沙：岳麓书社，2011：408－409.

第三，王闿运与王船山。王闿运（1833—1916），字壬秋，号湘绮，湖南湘潭人。曾讲学于思贤讲舍、校经书院和衡阳船山书院，任船山书院山长，参与了船山书院的种种活动，传播了船山的学术思想。

王闿运称船山为"南国儒林第一人"，在《衡阳县志序》中说："船山贞苦，其道大光。千载照耀，百家汪洋。为楚大儒，名久愈章。蒲轮寂寞，兰佩芬芳。"① 在《船山公诞祭文》中说："空山抱道，独怀忠孝之心；异代流芳，增美桂林之传。遗书尽出，隐德弥光。况东洲之楸梓犹存，喜故国之菊兰无绝。精庐习业，慕正学于《章灵》；释奠逢秋，正灵均之初度。"② 从整体而言，王闿运对船山的定位比较高，肯定了船山的价值和意义，但也不是全面肯定，他与船山存在一些不同的看法。如王闿运在同治八年（1869）二月初五日日记中写道："船山学在毛西河伯仲之间，尚不及阎伯诗、顾亭林也，于湖南为得风气之先耳。明学至陋，故至兵起、八股废，而后学人稍出。至康、乾时，经学大盛，人人通博，而其所得者或未能沈至也。"③ 这里王闿运从学术史的发展上对船山进行了定位，虽然意识到了船山对于湖湘文化的意义，但依然认为船山思想与毛西河的地位相当，其实评价并不是很高，对比的依据主要仍然是考据。

关于对船山文学思想的评论，《湘绮楼日记》中有如下记录：

晚坐观船山杂说，及其所作北曲，书谢小娥事，悽怆悲怀。（同治八年正月二十九日）

翻船山《愚鼓词》，定为神仙金丹家言，非诗词之类也。《柳岸吟》《遣兴诗》亦禅家言。《洞庭秋》《落花诗》则无可附。……（同治十一年十月廿七日）

① 王闿运. 衡阳县志序 [M] //船山全书：第16册. 长沙：岳麓书社，2011：662.
② 王闿运. 船山公诞祭文 [M] //船山全书：第16册. 长沙：岳麓书社，2011：666.
③ 王闿运. 湘绮楼日记 [M] //船山全书：第16册. 长沙：岳麓书社，2011：667.

论诗绝句：王船山：江谢遗音久未闻，王何二李徒纷纷。船山一卷存高韵，长伴沅湘兰芷芬。(光绪八年十二月卅日)

……看船山悼亡诗，又不觉大笑，彼何其不打自招也。故知謷笑从容，未易合法，况云道乎！(光绪九年二月九日)

湘洲文学，盛于汉清。故自唐宋至明，诗人万家，湘不得一二。最后乃得衡阳船山：其初博览慎取，具有功力；晚年贪多好奇，遂至失格。……以闿运能知君，故为之序，不及诗之所以工，而直尊君以配船山。于船山有贬词，于君无誉词，可知矣。(光绪十五年五月十八日)①

通过以上几段文字可以看出，王闿运对船山的文学思想既有所肯定也有所批评，用"存高韵""兰芷芬"来指代船山的著作，表明了船山的重要地位。王闿运还将船山的文学创作分为两个时期，对前期持肯定态度，对后期则进行批评。他既能从船山诗词评价中获得感悟，又对船山的部分诗词进行了讽刺，"定为神仙金丹家言，非诗词之类也"，"禅家言"。

王闿运一方面对船山思想的传播做出了积极的贡献，另一方面却并没有完全理解和阐释船山思想的价值和意义。究其原因，既与王闿运个人的性格和诗词造诣有关，也与当时的评价标准有关。

第四，其他相关研究。魏源在《诗古微》"目录书后"有云："又得乡先正衡山王夫之《诗广传》，虽不考证三家，而精义卓识，往往暗与之和。左采右笔，触处逢原，于是风、雅、颂各得其所。"② 这句话简要概述了船山《诗广传》并不是以考证取胜，而是侧重义理阐发和分析的特点。

欧阳兆熊对王夫之的诗学也有所评价："至其论诗，独赏魏文而鄙弃陈思，谓子桓灵光之气，每于景事中不期飞集……自钟嵘伸子

---

① 王闿运. 湘绮楼日记［M］//船山全书：第 16 册. 长沙：岳麓书社，2011：667 - 671.

② 魏源. 诗古微［M］. 长沙：岳麓书社，1989：889.

建而抑子桓，遂令横得大名。酌其定品，正在陈琳、阮瑀之下……此等议论，千古无人道及。"①

以上材料表明，船山文学思想的研究不仅受到当时船山著作刊刻局限性的影响，也与时代的局势发展密切相关。一方面，船山文学思想著作的刊刻相对滞后；另一方面，在政治动荡的特殊时期，对于文学关注的边缘化也是一种常态。

关于船山文学、诗学思想的研究都是点到为止，体现了船山与前人研究视角的不同，有着对于前人诗词更为大胆的言说，也为后来船山的研究提供了多样化的元素。

总之，二十世纪前王船山研究的主要成就有两个：一是船山著作的整理，二是船山思想研究的兴起。

船山著作的整理在这一时期出现了几个重要的版本。最早刊印的版本是湘西草堂刻本，这是由船山次子王敔联合相关人士，陆续刊行的船山著作，王敔为船山著作的传播作出了重要贡献。同时，他还撰写了《大行府君行述》，记录了船山生平的重要事迹和相关内容。

乾隆年间，《四库全书》选录了船山著作，其中著录六种，存目两种，查禁九种。《四库全书总目提要》对船山的学术思想进行了评价，也成了后世确立船山地位的重要参考依据。

道光二十年（1840）以后，湘潭王氏遗经书屋陆续刊印了《船山遗书》，共计十八种一百五十卷。这是第一次系统编校出版的船山著作。道光二十八年（1848），衡阳学署重刻《船山遗书》五种五十八卷。

同治四年（1865），曾国藩、曾国荃兄弟在南京刊行《船山遗书》，此即"金陵节署本"，内容包括经、史、子、集。船山的重要著作基本纳入此书，这是第一次真正全集性质的船山著作。

这些船山著作的重要版本的刊印，为二十世纪的船山研究提供

---

① 欧阳兆熊. 楣杫谈屑 [M] //船山全书：第16册. 长沙：岳麓书社，2011：578－579.

了可资利用的文本，也为后世船山著作更加完备、全面的出版奠定了基础。

　　二十世纪以前的船山研究主要受到理学的复兴、经学的兴起、小学的发展以及西方思想的影响。这些因素为船山思想的传播和研究提供了便利。虽然这一时期船山文学思想的研究还是比较薄弱，但已逐渐进入研究者的视野。

第一章　1901—1911 年的王船山文学思想研究

　　对船山思想研究史进行分期，是我们研究的需要。随着船山研究的逐渐盛行，王船山学术史研究也成为船山研究的重要组成部分。关于船山思想研究的学术史分期有以下几种观点。

　　王永祥在《船山学谱·自序》中分析："独船山思想汪洋浩瀚，烟雨迷离，后人徒知其广博精深，而于其内部究未能为之阐发，迄今二百数十余年，其道仍未能著名于世，良可慨也。咸同之际，湘中诸贤如邓湘皋、曾涤生等曾力为提倡，其后谭浏阳复以之标榜号召，学者始稍稍注意及之。辛亥以前，船山之学风行一时，其《读通鉴论》《黄书》《噩梦》等著，尤为人所乐道。然此时所盛谈者，特船山政治思想之一面，非其哲学之全体也。梁任公晚年于清初诸儒致力颇勤，且于船山学术稍有发明，然亦语焉不详，钩稽分析之责，仍有待于来者。岂道之显晦，果亦有数存乎其间，非一二人之私力所能左右也耶？"① 他将船山思想研究的学术史划分为三个时期，一是咸同之际，二是辛亥以前，三是梁启超晚年到作者本人所处的当下。

　　1962 年嵇文甫在《王船山学术论丛序言》中指出："船山学术是不大容易理解的。他的著述，在清朝埋没了许多年，最初得到赏识的只是和当代那种考据学风相适合的几种'稗疏'，而这实在不过是船山学术的绪余。后来汉奸地主若曾国藩之流，虽然印行其《遗书》，但他们所表彰的乃恰为其属于'封建糟粕'的一方面。直到清末，民族运动和民主运动起来，船山属于'民主精华'方面的一些进步言论才得到表扬，而成为他们思想斗争的武器。自是厥后，

---

　　① 　王永祥. 船山学谱［M］//船山全书：第 16 册. 长沙：岳麓书社，2011：977.

'王船山'这个名字，一直为学术界所津津乐道。但是浮慕其名者多，认真研究者少。"① 他同样将船山思想研究的学术史划分为三个时期，一是清代前期对"秕疏"的研究，二是《船山遗书》后对其中的"封建糟粕"进行的表彰，三是清末对船山"民主精华"言论的表扬。

　　1982 年由陶懋炳、尹旦侯、杨金鑫、谭承耕四人共同撰写的《船山研究综述》也对船山学术研究的历程进行了梳理。文章认为，1692—1892 年是船山学术研究的早期。这一时期主要是刊印船山著作，介绍船山生平，传播船山思想。十九世纪末至二十世纪初，船山学术研究空前盛行。新中国成立后，大多数学者主要运用马克思主义的观点和方法来研究船山学术，船山主要的哲学、史学著作大都重新编校出版。十一届三中全会以后，船山学术研究进展迅速，成绩卓著。无论是研究的广度和深度，还是研究队伍的扩大，都胜过了以往。

　　《船山全书》总修订者杨坚在《编校后记》中也对船山研究学术史做了梳理："关于后世对船山传述、咏叹、论议、研究之资料。此类最为繁夥，初视若皆零星分散，及依年代排比观之，则亦俨然一部船山思想传播史与研究史也，当与《传记》《年谱》及《杂录之部甲》参合观览。若仅就本编大略言之，则乾、嘉为一期，其代表则章学诚、周中孚；道、咸为一期，其代表则邓显鹤、邹汉勋；同治至光绪中叶为一期，其代表则曾国藩、郭嵩焘；戊戌变法前后为一期，其代表则谭嗣同、梁启超；辛亥革命前后为一期，其代表则章炳麟、杨昌济；民国为一期，其代表则熊十力、嵇文甫；至于中华人民共和国成立以后，作者之立场观点方法，迥异畴昔，船山研究乃别开生面而登一全新境界。又各期之间虽推演递嬗，亦穿插交叉，情形至为错综复杂，然而一代学术之趋向风尚，以至政治变革之激荡，社会思潮之迁流，固自有其客观之实在与主导之旋律，

---

　　① 嵇文甫. 王船山学术论丛序言 [M] //船山全书：第 16 册. 长沙：岳麓书社，2011：1004.

藉船山研究而亦有所反映焉。"①

张立文在《正学与开新：王船山哲学思想》中将船山思想的影响划分为六个阶段：第一，从康熙至道光年间，时人赞其忠义激烈，继圣贤之学，或曰阐明正学，传授道统。以船山为儒家正统的思想得以承传，或理学程朱思想得以发挥。第二，道光二十年（1840）鸦片战争的失败，使朝野各派政治势力和知识分子从"天朝上国"的美梦中惊醒。东西方两种不同社会制度和文化的碰撞，表现为中国传统农业文化与西方现代工业文化的激烈冲突。这一时期船山学具有了时代的生命力，为实现近代的民主、自由、平等服务。第三，戊戌变法失败到辛亥革命时期。船山思想焕发新的光辉，船山成为一个民族主义者。第四，五四运动时期。杨昌济站在世界主义与民族主义融通的立场上，评价船山的民族主义，把船山思想解释为近代的伦理思想等。第五，五四运动以后到"文化大革命"时期。船山被诠释为理性主义者，启蒙思想家，唯物主义的、代表进步的阶级。第六，二十世纪八十年代以来。蔡尚思、冯友兰等对船山思想进行了新的阐释。六个阶段的诠释者是依据每个不同阶段的内外环境、时代需要进行诠释的。②

朱迪光在《王船山研究著作述要》中将王船山学术研究的历程分为六个大的时期。第一个时期是王船山学术研究的初期：清康熙三十一年至清嘉庆末年（1692—1820）。由康熙到嘉庆是清朝的兴盛时期，而此时正是清代考据盛行的时代，人们主要注意王船山与考据相关的东西。王船山学术研究的第二个时期：从清道光初年至清光绪中期（1820—1892）。王船山学术研究的第三个时期：从清光绪中期至中华民国成立前（1892—1911）。这是资产阶级改良主义运动和资产阶级革命运动对船山学术思想传播和研究产生重大影响的时期。王船山学术研究的第四个时期：中华民国时期（1912—1949）。这是船山学术思想探讨初步进入学术研究的时期。王船山学术研究

① 船山全书：第 16 册 [M]. 长沙：岳麓书社，2011：1458.

② 张立文. 正学与开新：王船山哲学思想 [M]. 北京：人民出版社，2001：407–427.

的第五个时期：中华人民共和国成立至改革开放新时期（1949—1978）。这是船山研究快速发展而又遭遇挫折的时期。王船山学术研究的第六个时期：二十世纪八十年代至二十一世纪初（1978—2005）。这是船山研究全方位的、开放的、多元的，并以纯学术研究为主的研究时期。①

每一种学术研究史的划分都要有所侧重、有所兼顾，既要充分考虑历史的发展变化，又要关注船山研究的发展历程。各个时期的划分并不是绝对的，笔者结合政治历史、时代变化、船山思想的传播途径、文化思潮的影响以及前人的研究等多方面的因素，对二十世纪王船山文学思想研究史进行了一个简单的划分：第一阶段为船山思想的初步盛行期（1901—1911），第二阶段为人文主义的学术化（1912—1949），第三阶段为马列主义的意识形态化（1949—1979），第四阶段为学术研究的多元化（1980—2000）。这样的划分方式，突出了不同阶段船山文学思想研究的重点，但各个阶段之间也存在一定的交叉和重合，在具体行文过程中，则要以其中各个时期主要的研究成果作为代表进行分析和论述。王船山思想研究的初步盛行期，在时间上确定为1901—1911 年。但是在此之前发生的重大事件，如甲午战争、戊戌变法、庚子国变、辛亥革命等，都对船山思想的研究产生了重大影响。

第一节　王船山著作的传播和影响

一、王船山著作的刻本

清光绪、宣统三十七年间出了多种刻本，既有汇编本又有单行本。其中，比较全面且有影响力的是清光绪十三年（1887）湖南衡

---

① 朱迪光. 王船山研究著作述要 [M]. 长沙：湖南大学出版社，2010：15 – 18.

阳船山书院增补刻本《船山遗书》：

衡阳船山书院刻本，是清光绪十三年（1887），湖南衡阳县知事平湖张宪和据清同治四年（1865）南京金陵节署曾刻本板片增补递修重印的。曾刻本《船山遗书》板片自同治四年至光绪初年藏于南京金陵节署，嗣后曾国荃将书板运回长沙上黎家坡遐龄庵（即遐龄精舍），也是后来传忠书局所在地。光绪四年（1878）衡阳船山书院开始筹建，至光绪八年（1882）建成开课讲学，十年（1884）曾国荃将金陵节署曾刻本《船山遗书》刻本雕板捐赠给船山书院，珍藏于衡阳湘江中的东洲船山书院中。光绪四年（1878）至十三年（1887）平湖张宪和莅任衡阳知县，欲振兴衡阳文化，遍访船山佚稿，适于王船山后裔家搜集到《龙源夜话》一卷、《姜斋诗剩稿》一卷、《忆得》一卷，《姜斋诗编年稿》一卷、《姜斋诗分体稿》四卷、《姜斋文集补遗》二卷，计六种十卷，均为未刊的抄稿本。随即设局重新雕板附在曾刻本《船山遗书》后，并清理修补金陵节署曾刻本板片，重新刷印数十部行世。这个重刻本，因补刻重印于衡阳船山书院，故后人称它为'衡阳船山书院增补递修刻本《船山遗书》'。……后衡阳图书馆于民国十八年（1929）将板片清理冲洗重印数十部行世。书前有何键撰写的《重印船山遗书叙》。①

在这一版本中，船山的文学创作和文学理论开始获得了新的生命，逐渐被世人所知，而不再深藏在深山之中。

从数量上来说，这一时期是刊印王船山著作的黄金时期。因为当时朝廷开始废除八股文科举考试制度，改以策论为主，而船山著作中的论证正好符合了考试的需求，于是学子们纷纷效仿。虽然这种需求与船山的创作初衷相违背，但是客观上扩大和加深了王船山著作的传播和研究。

---

① 刘志盛，刘萍. 王船山著作丛考 [M]. 长沙：湖南人民出版社，1999：49－51.

二、传播途径的多样化和内容的变化

（一）传播途径的多样化

　　早期船山学说的传播途径主要以传统的刊刻为主，但是这一传播方式限制了船山学术思想的传播广度。到了十九世纪中叶，西方传教士和商人引入的报刊成为新的传播媒介，为传播船山思想提供了更快捷和方便的渠道。在上海图书馆的"晚清期刊全文数据库"中对 1895 年至 1911 年间与王船山有关的期刊进行检索，共查到 22篇。"年度分布频率为：1904 年 5 篇、1905 年 2 篇、1906 年 2 篇、1907 年 2 篇、1908 年 6 篇、1909 年 1 篇、1910 年 1 篇、1911 年 2篇；峰值分别出现在 1904 年与 1908 年。期刊分布频率为：《国粹学报》5 篇、《东方杂志》2 篇、《国民日日报汇编》2 篇、《国粹学报（分类合订本）》3 篇、《广益丛报》2 篇、《曗社学谭》2 篇，其他《民报》《四川学报》《中国白话报》《政艺通报》《国学萃编》各 1篇，共涉及杂志 10 余种，峰值为《国粹学报》。这些杂志中，有的是学派发布研究成果、传播学派主张的阵地，如国粹派主编的《国粹学报》《政艺通报》，有的是政党宣传思想主张的机关报，如《民报》，有的则是以普通大众为传播对象的杂志如《东方杂志》，还有旨在开通民智的报纸如《中国白话报》。这些报刊均为清末发行量较大、传播范围较广的重要媒介。"①

　　另外，借助"瀚堂近代报刊数据库"展开检索，可以更好地展现船山学术思想在当时的传播现状：

　　从 1895 年至 1911 年，王船山（或船山、王夫之、王而农、姜斋）共出现了 117 次，分别见于《申报》5 次、《湘报》8 次、《新民丛报》31 次、《民国日日报》28 次、《醒狮》1 次、《国风报》1

---

　　① 张晶萍. 清末船山思想的传播及其特点 [J]. 安徽史学，2018（3）：57.

次、《东方杂志》18 次、《民报》5 次、《中国白话报》2 次、《国粹学报》14 次、《绣像小说》1 次、《中国新报》1 次等十几种报刊，峰值分别为《新民丛报》《国民日日报》《东方杂志》《国粹学派》《湘报》《申报》。其中，《申报》是面向大众的商业性报纸，它刊载的船山信息，要么是代书商为船山著作发行作广告，要么是对奏请船山从祀文庙一事的报道，要么是对官方公文的转载，有意宣传船山的成份最少；其他各报，则大体上是从自身的政治立场出发，发表有关船山学说的论说。①

把其中重要的篇目列举一下，可以更清晰地看到当时船山研究的现状。

篇名	作者	出处	年份
王夫之从祀与杨度参机要	太炎	《民报》	1908
王船山先生的学说	光汉	《中国白话报》	1904
读王船山先生遗书	申叔	《国民日日报汇编》	1904
王船山史说申义		《国民日日报汇编》	1904
攮庐丛谈：湘乡曾氏刊船山遗书	志壤	《复报》	1906
仿船山遣兴诗		《广益丛报》	1908
社说：采王船山成说证中国有尚武之民族		《东方杂志》	1904
明儒王船山黄梨洲顾亭林从祀孔庙论	黄节	《国粹学报》	1907
鄂学政孔奏遗儒王夫之拟请从祀文庙折		《申报》	1895
王船山学说多与斯密暗合说		《东方杂志》	1906
王船山惜余鬈赋		《国粹学报》	1910

这些篇目主要是论述船山思想的文章，从中我们不难看出其研

① 张晶萍. 清末船山思想的传播及其特点 [J]. 安徽史学, 2018 (3)：57.

究主要还是集中在简单的概述上。除了报纸杂志外，还有一些出版刊物，比如陈天华的《革命军》、杨毓麟的《新湖南》、黄藻的《黄帝魂》等，都为船山思想的传播提供了媒介和载体，扩大了船山思想的传播范围，为当时的知识分子了解王船山的学术思想提供了方便。

（二）传播内容的特征

由于传播媒介发生了变化，船山学说的传播内容也会随之变化。在以刊刻为主要途径的时期，传播内容主要是船山著作自身，虽然也会零星地出现序跋等信息，但基本上还是保留了船山著作本来的样子。但是在报刊作为传播媒介的时代，我们通过梳理上面的篇目，不难发现对船山思想的传播很少直接刊登船山原文，而是通过船山思想中的某些内容来阐发、宣传自我。综合这一时期报刊中对船山思想的介绍，从内容上来看主要分为两种：一种以梁启超等人刊发的文章为代表，通过结合西方思想文化来理解阐释船山思想。另一种是以《国粹学报》《民报》等为代表刊发的文章，主要提倡船山思想中的民族坚贞、夷夏之辨、爱国情怀的内容。

从传播方式上看，通俗化成为一种主流。船山学说艰涩深奥，报刊媒介可以通过各种方式让其内容变得更为通俗，有的对船山著作进行解释说明，有的则用通俗的语言概述船山的生平，甚至还出现了白话讲解的形式。

传统图书与报刊对船山思想的传播各有优势。报纸杂志的出版和发行周期更短、传播范围更广，有利于尽快有效地扩大船山思想的传播，同时也使得船山思想的传播开始以通俗易懂的方式进行。传统书刊依然具有不可替代的优势，能够更长久地宣传船山思想，让思想的传播更深远。

三、船山书院对船山思想的传播

书院是中国古代的教育机构，对学生的培养、思想的传播有着重要作用。船山书院从创建到发展，再经历改制，给船山学术思想的传播带来了新的途径。凌飞飞在《衡阳船山书院兴废考》中详细分析了船山书院的历程，并指出船山书院是清末民初研究和传播船山学的大本营，具体表现在：

第一，创立船山书院，为弘扬船山精神，尤其是弘扬船山民族精神和爱国主义精神，为造就安邦治国、匡世济民之才搭建了一个平台，在国家民族濒临危亡的时势下，无疑起到了现实的积极作用。第二，王闿运掌教船山书院 25 载，主持补刻《船山遗书》，为船山作传，为船山诞辰撰文，为船山墓撰联，为船山著作作序题跋。王闿运实乃清末民初衡阳，乃至湖南、全国传播船山思想，研究船山学说的先行者，在船山学说研究史上起到了承前启后、继往开来的作用。第三，船山书院的学子周逸、刘豢龙、蔡人龙、谢彬、谢玉立、马宗霍等都是船山学术研究的大家，为研究和传播船山学做出了杰出贡献。……第四，船山书院是清末民初刊刻书籍最多的书院之一，其刊刻的船山遗书、湘绮楼全集不仅对传播船山学说，促进学术交流发挥积极作用，也为当时和后来的学者研究船山学奠定了良好基础。[1]

船山书院俨然成为传播船山学术思想的重要场所和基地，同时也说明了这一时期船山思想传播逐渐开放、明朗。

第二节　二十世纪初王船山文学思想研究

二十世纪初跨越清末和民初，学术研究与政治、社会发展密切相关。这一时期资产阶级的思想运动影响了船山思想的传播和研究。

---

[1]　凌飞飞. 衡阳船山书院兴废考 [J]. 教育评论, 2013 (4)：126.

康有为、梁启超等人在中国传统文化中寻求理论支持，而王船山的救亡图存和经世致用思想正符合这一时期政治运动的需要，从而使船山思想获得了一种全新的发展。

这一时期的社会结构开始出现了新的变化，主要表现在：第一，社会结构的变迁完全不同于以前传统社会思想的变化，而超越了传统朝代的更替，受到了西方文化的影响，也导致一系列新的思想问题的出现，同时又需要从传统文化中寻求答案。因此传统文化中关于民族自信、民族文化认同等的内容都获得了新的生命力。第二，时代的变化，社会结构的变动，深刻地影响了研究者们关于传统文化的观点。这一时期的知识分子需要身份认同，这与传统的价值观念有着巨大的差异。比如梁启超，首先是传统知识分子，后参加变法运动，成为启蒙主义者，再后来转向科学求真。社会的变迁必然会为传统文化的研究提供新的角度和新的发现。

这一时期船山思想开始盛行，主要是以政治思想和伦理思想为主，但也会涉及部分文学思想的内容。我们选取其中比较具有代表性的人物来进行分析和阐释。

一、谭嗣同的王船山文学思想研究

谭嗣同（1865—1898），字复生，号壮飞，湖南浏阳人。谭嗣同身处中西思想碰撞的年代，因此他在《仁学》一书中说："凡为仁学者，于佛书当通《华严》及心宗、相宗之书；于西书当通《新约》及算学、格致、社会学之书；于中国书当通《易》《春秋公羊传》《论语》《礼记》《孟子》《庄子》《墨子》《史记》，及陶渊明、周茂叔、张横渠、陆子静、王阳明、王船山、黄梨洲之书。"[1] 在文学思想上，他并没有完全脱离传统儒学的影响，而是尝试把西方的理论引入中国的传统文化，提出了"报章体""新学诗"的理论。

---

[1] 谭嗣同. 谭嗣同全集 [M]. 北京：中华书局，1981：293.

谭嗣同对于王船山极其推崇，认为"五百年来学者，真通天人之故者，船山一人而已"①，"为学专主《船山遗书》，辅以广览博取。"② 我们可以从中看出王船山对谭嗣同思想的影响。他崇拜王船山的人格、思想及学术，并能够从中汲取所需要的文学养分。由于篇幅的关系，我们不一一详细列举和阐释，主要针对其文学思想方面的研究来展开。

以诗论诗是中国传统文论中一种以诗歌的形式来表达文学批评意见的特殊形式。杜甫的《戏为六绝句》开创这一形式之后，被后人不断运用。谭嗣同的《论艺绝句六篇》中的六首绝句，对经学、散文、诗歌、乐府、书法、音律等进行阐释，强调独创的重要性。前三篇诗云：

万古人文会盛时，纷纷门户竟何为。祥鸾威凤兼鸡鹜，一遇承平尽羽仪。经学莫盛于国朝，不知史学、道学、经济、辞章以及金石、小学，无不超越前代。自王船山、黄梨洲诸大儒外，虽纯驳不齐，要各有所至，不可偏废，故尝论学亦学今学而已。

千年暗室任喧豗，汪江都汪容甫中魏邵阳魏默深源龚仁和龚定庵自珍王湘潭王壬秋闿运始是才。万物昭苏天地曙，要凭南岳一声雷。文至唐已少替，宋后几绝。国朝衡阳王子，膺五百之运，发斯道之光，出其绪余，犹当空绝千古。下此若魏默深、龚定庵、王壬秋，皆能独往独来，不因人热。其余则章摹句效，终身役于古人而已。至于汪容甫，世所称骈文家，然高者直逼魏、晋，又乌得仅目曰骈文哉？……

姜斋微意瓣姜同县欧阳师探，王壬秋邓武冈邓弥之辅纶翩翩靳共骖。更有长沙病齐已湘潭诗僧寄禅，一时诗思落湖南。论诗于国朝，尤为美不胜收，然皆诗人之诗，无更向上一著者。惟王子之诗，能自达所学，近人欧阳、王、邓庶可抗颜，即寄禅亦当代之秀也。③

---

① 梁启超. 清代学术概论 [M]. 上海：商务印书馆. 1930：21. 梁在引述时注明出自谭嗣同《仁学》卷上，经查，谭氏该书并无此语。
② 谭嗣同. 石菊影庐笔识·思篇 [M] //谭嗣同集. 长沙：岳麓书社，2012：152.
③ 谭嗣同. 论艺绝句六篇 [M] //船山全书：第16册. 长沙：岳麓书社，2011：712－713.

谭嗣同在三首诗中对经学、散文和诗歌等方面阐发了自己的观点。他对于桐城派并不赞成，但极力推崇王船山，无论是经学还是诗歌和散文，他都给予高度的赞扬。王船山的散文处处渗透着他的政治理想和人生信念，饱含着深厚的爱国情怀，也敢于揭露社会中的黑暗和丑陋。写作手法上质朴平淡却又能够错综变化，把骈文的手法有效地融入散文之中，使文章读起来流畅和谐。因此谭嗣同给予其散文极高评价。虽然他并没有具体阐释船山散文的独创之处，但通过这一肯定性的评价，我们能明显感受到无论在艺术成就上还是在思想内容上船山散文都有可取之处，尤其在表现内容上的情感性、战斗性和现实性方面，这也是谭嗣同极力推崇的重要原因。这与他的政治目标不谋而合，也扩大了船山诗文的政治影响力。船山诗文虽然以诗文创作作为表现媒介，但强调诗文的社会功效，甚至能达到更好的效果，也是为政治服务的具体表现之一。

王船山的诗歌同散文一样，要求"诗道性情"，强调在诗歌中表现情感，但这种情感又受到儒家思想的束缚，不能完全脱离既定的规范。这些都可以成为谭嗣同进行政治宣传的重要手段。可惜，谭嗣同没有对此展开论述。但是我们看到王船山更多的是在政治、历史等方面对谭嗣同产生影响，而文学仅仅作为一个载体，是为了更好地服务政治和社会。

二、王之春的王船山文学思想研究

王之春（1842—1906），字爵棠，又字椒生，湖南清泉人。王之春在湖北布政使任内曾经刻印船山遗书《四书笺解》十一卷，又于光绪十八年（1892）作《船山公年谱》前后编。《船山公年谱》的《序》中介绍："公生平所学，邃于张子《正蒙》及《近思录》，演为《思问录》内、外二编，以上契乎孔子。故于《周易》《诗》《书》《春秋》《礼记》，多发前人所未及。于四子书，诠解尤极精详。更肆力于老、庄、吕氏、淮南诸子，与夫屈、宋《楚词》，为之注释。汉、魏以下，递及陈、隋，于文、诗均有评选。唐诗则于李、杜加详。晚年所著史论，于累朝治乱兴亡得失之故，反复推究，洞彻无遗。凡所著书百余种，没后散在门人故旧家，悉不传。"①

　　这段序言对船山著作进行了梳理，指出船山既有对孔子、张载等思想学说的阐发，也对老庄等其他学说有所涉及。可见，船山不仅关注经学，还对诗词等也有所研究，并从历史中明得失之故。我们可以看出船山涉猎内容广泛，思想深刻，他基本选读了汉魏以下各个朝代的文学作品，并做出自己独特的价值判断。

三、马其昶的王船山文学思想研究

　　马其昶（1855—1930），字通伯，晚号抱润翁，安徽桐城人。清末民初著名作家、学者。所作《屈赋微》成书于光绪三十三年（1907）。

　　曹晋媛《马其昶〈屈赋微〉著述考》中指出："《屈赋微》卷首有马其昶光绪三十一年（公元 1905 年）夏五月自序。全书分为上下两卷。卷上《离骚》《九歌》《天问》。下《九章》《远游》《卜居》《渔父》《招魂》。采用'微'注解方式，对屈赋进行全面阐释。马氏采纳王船山先生之说，以《礼魂》为前十篇通用送神曲，不作为独立篇章，故定《九歌》为十篇。自《离骚》至《渔父》为二十四篇；又据《史记·屈原列传》，以《招魂》为屈原作，共得二十五篇，正与《汉书·艺文志》之数相合。"②

　　黄建荣在《论马其昶〈屈赋微〉"博采众说"的注评特色》中分析道：

　　　　从选择注家的多寡来说，马其昶引用最多的是王逸和洪兴祖，

①　王之春. 船山公年谱［M］//船山全书：第 16 册. 长沙：岳麓书社，2011：277.
②　曹晋媛. 马其昶《屈赋微》著述考［J］. 文教资料，2017（32）：83.

每家达 200 多条；其次是朱熹和王夫之，每家达 100 余条。①

王夫之的《楚辞通释》，字词注释简明且多指明通假，又善于阐发屈赋中的微言大义，马氏既注意引其简明的字词释义或一些通假字词，又注意引其对某句的比喻义。②

从中我们一方面可以看出马其昶学识渊博，博采众长，并能由博返约；另一方面，我们也可以了解到船山《楚辞通释》在当时的传播程度和学术价值，从侧面反映了船山学术思想的重要成就。

总之，这一时期船山思想的开始盛行，主要以政治和伦理思想为重点研究对象。然而船山文学研究比较薄弱，更多的是作为政治、历史、伦理等研究的一个载体，并没有独立作为一个研究对象存在。谭嗣同虽然也对船山诗文进行了评述，但主要是强调诗歌的社会功能，把诗歌创作作为宣传的媒介，也是为了更有效地为政治服务。

---

① 黄建荣. 论马其昶《屈赋微》"博采众说"的注评特色 [J]. 东华理工学院学报（社会科学版），2005（3）：217.

② 黄建荣. 论马其昶《屈赋微》"博采众说"的注评特色 [J]. 东华理工学院学报（社会科学版），2005（3）：219.

第二章　1912—1949 年的王船山文学思想研究

第一节　船山著作的整理

辛亥革命以后，中华民国成立，人们在思想上获得了解放，促进了船山著作的全面出版和传播。我们选择其中具有代表性的汇编本和文学方面的单行本作简要概述和分析。

一、上海太平洋书店本《船山遗书》

上海太平洋书店依曾刻本体例，重新用铅字排印《船山遗书》，补入新发现的手稿 6 种，共辑王夫之著述 70 种，为当时搜集最全之印本：

民国二十二年（1933）上海太平洋书店重校铅印了《船山遗书》，计有七十种，三百五十八卷。是书始如民国十九年（1930）三月。由陈铭枢、谭延闿、胡汉民、于右任、何键、冯玉祥、覃振、张人杰、周震麟、鲁涤平、陈嘉祐、章士钊、陈调元、何思元、仇鳌、张开琏、唐有壬、周佛海、曹伯闻、宋鹤庚、刘承烈、曹典球、周鳌山、黄士衡、刘岳峙、曾继梧、李剑农、罗介夫、王祺、张秉文等三十人发起重刊《船山遗书》。而以张秉文主其事，浏阳李英侯任总校勘，浏阳张吉吾、平江李蕴平分任辑校。名册卷编定之后，付印之前，又由李春煦、邓峙冰、文砥三人复加审核。全书七十种，三百八十五卷，交上海太平洋书店用铅字排印，于民国十九年三月开排，迄二十二年（1933 年）十一月全部竣工，分装为八十册，历时四载。这个排印本人们习惯称它为"民国太平洋书店铅印本《船山遗书》"，是现存已刻印遗书中种数最多的版本。①

本来太平洋书店担心"事繁费重"，不太敢做。后来由何键任主席的湖南省政府出资两万余元，预定 700 部书，于是顺利出书。此版用铅字排印，是使用现代出版技术出版船山著作的第一次尝试，也是船山著作出版史上的第二种全集。具体情况在这一版的《重刊船山遗书纪略》以及何键撰写的序中都有所提及。

本书编辑依据新化邓显鹤刻本（清道光二十二年刊于长沙）、湘乡曾氏国藩刻本（清同治四年刊于金陵）、浏阳刘氏人熙补刻本（自清光绪十九年迄民国六年间，随得随刻，先后刊于长沙），及长沙、湘潭、衡阳坊间各散刻本，并船山先生手稿之获见者，参订综合，集其大成。② 据何键所作之序：

> 昔湘乡曾公校刊《船山遗书》，为士林所嘉赖，予尝读之，叹先生之渊博，虽古作者不多见也。民元以还，版本多废，民十七，予清乡至衡阳，出资饬船山学校补刊复其旧。嗣于湖南发现先生遗稿倍于既刊本。予又欲增刊以扬先生之光辉，军事倥偬，未遑也。适太平洋书店以重印《船山遗书》发起海上，虑事繁费重，不敢举行，乃由湖南省政府付金二万余元，预约七百部，今则出书有期。版本小于既刊本，增稿则倍之，虽尚未尽得先生之遗著，然已十举其九矣。③

无论是出于何种原因，这一套铅印本的出现为船山学术思想的传播带来了便利，提供了更为可靠的资料选择。在《船山遗书》中

---

① 刘志盛，刘萍. 王船山著作丛考 [M] 长沙：湖南人民出版社，1999：63.

② 李英侯. 重刊船山遗书纪略 [M] //船山全书：第 16 册. 长沙：岳麓书社，2011：440.

③ 何键. 船山遗书序 [M] //船山全书：第 16 册. 长沙：岳麓书社，2011：439.

我们基本上可以发现当下船山文学研究的著作都已体现：《楚辞通释》十四卷、《姜斋文集》十卷、《姜斋诗集》十卷、《姜斋诗余》三卷、《姜斋诗话》三卷、《忆得》（未见）、《姜斋外集》四卷、《夕堂永日八代文选》十九卷、《八代诗选》（未见）、《四唐诗选》（未见）。齐全的资料为船山文学思想的研究带来了极大的便利。

二、其他形式的船山著作

民国时期除了全集本的兴盛，也开始了船山著作单行本或选本的流行，尤其是文学类的单行本具有了一定的发展空间。

（一）《船山古近体诗评选》的印行

据研究，"民国初元，浏阳刘人熙在长沙组建了湖南船山学社，征集编辑印行船山先生遗著，自民国四年（1915）至六年（1917），先后在船山学社和《船山学报》上编辑整理印行《搔首问》、《愚古词》、《船山古近体诗评选》（包括《古诗评选》、《唐诗评选》、《明诗评选》三种）、《四书授义》等六种。后人称这六种书为湖南船山学社印本、《船山学报》本、浏阳刘氏补刊刻印本，因刊印于长沙，人们亦称它为长沙刻印本"。①

《船山古近体诗评选》共三种，十八卷，民国六年（1917）湖南船山学社铅印本。因由湖南官书报局校印出版，故又称湖南官书报局本，包括《古诗评选》六卷，《唐诗评选》四卷，《明诗评选》八卷。②

其中《船山古近体诗评选》成为后世研究船山诗学极为重要的材料之一。湖南船山学社印本的单行本已经初具规模，每种评选都依诗歌体裁对评选的诗歌进行分类，并对每首诗歌进行了点评。船

---

① 刘志盛，刘萍. 王船山著作丛考 [M]. 长沙：湖南人民出版社，1999：57.
② 刘志盛，刘萍. 王船山著作丛考 [M]. 长沙：湖南人民出版社，1999：59.

山学社本《古诗评选》由刘人熙作序、萧度作总序，王船山之子王敔于康熙年间首刻其书，历经二百余年方得问世，在长期流传抄写的过程中，难免会出现一些错误。虽然这一版本有所修订，但还是存在很多问题，如字句之间有脱落，评点也存在个别语句不够通顺之处。《唐诗评选》选诗与《全唐诗》有所差别，评语存在意思不通顺的问题。《明诗评选》也同样存在这样的问题。因此这一版本虽然是对王船山三部诗歌评选著作的首次刊行，但是流传并不广泛。

上海太平洋书店于 1933 年用铅字重印《船山遗书》，《古诗评选》《唐诗评选》《明诗评选》又得以再次刊印。此次印书的总勘李英侯在《重刊船山遗书纪略》中写道："依据有'浏阳刘氏人熙补刻本'。"此本沿袭了民国六年船山学社本中不少的文字错误，虽然部分问题得到了纠正，但同时也出现了一些新的错误，因此上海太平洋书店本也并非十分精审的版本。不过在此本之后，三大评选也开始逐渐广泛流传。

(二)《姜斋诗文集》的单行本

1926 年，上海商务印书馆影印出版了《姜斋诗文集》。以《四部丛刊初编》为原本，选取了金陵本中搜集的文集、诗集、词集、诗话二十种合为一本。其中收录的内容十分丰富，共有六部分。第一部分收录了姜斋先生文集；第二部分收录了姜斋文集中的卷八、卷九、卷十和五十自定稿；第三部分收录了六十自定稿、七十自定稿和柳岸吟；第四部分收录了夕堂戏墨卷和岳余集卷一；第五部分收录了船山鼓棹初集、鼓棹二集和潇湘怨词；第六部分收录了姜斋诗话、南窗漫记、姜斋诗胜稿等。此书又名《姜斋先生诗文集》。1929 年再次印刷，书名为《姜斋先生文集》，内容与《姜斋诗文集》相同，这也正说明了这一单行本在当时的畅销和需求程度。

此书包括船山的诗文创作和船山文学理论的内容，为船山文学思想研究提供了便利。这一套书籍繁体竖排，基本上是船山著作的摘录，对于研究者获得一手资料具有重要价值。

（三）《姜斋诗话》的编辑

1916 年丁福保编纂了《清诗话》，"当即《谈艺珠丛》本，不过他把这两种合而为一，又易称为《姜斋诗话》而已"①，并把《姜斋诗话》放置在《清诗话》全书之首。丁福保作为我国近代著名的编辑出版家，在《清诗话》中辑录《姜斋诗话》并将其置于篇首的位置，对船山诗学的传播起到了很大的作用，也奠定了《姜斋诗话》在中国诗学中的重要位置。在中国传统诗论中诗话是一种极其重要的形式，船山诗话的入选，使得后世研究船山诗学时也首选诗话作为参考文献。

（四）中小学教材读本对船山诗文的编选

随着西方文化的传入，中国的新式学校初具规模，教材也应运而生。船山的部分篇章出现在教材读本中，这又是对船山文学思想的一种解读和传播。

（1）1925 年，由秦同培、陈和祥编著，世界书局出版的《新学制小学教科书高级国文读本》选录了王夫之的《与我侄书》。

与吾侄别，遂已三易岁矣。衰病老人，更能得几三岁，通一字于左右也。前云欲枉步过我，作数日谈，甚为顾望。想世局艰难，家累繁冗，不能如愿。愚自长乐归后，未尝出户，驰情遥念，但作梦想耳。

读书教子，是传家久长之要道。吾侄以宁静之姿，修此甚为易易。每戒两儿，令以吾侄为法。躐等高远，不如谨守矩范。家众人各有心，淡然无求，则人自有感化耳。

选文后有一段篇法的评析文字："此亦爱侄以道之文。先言互相

① 王夫之，等. 清诗话 [M]. 丁福保辑. 上海：上海古籍出版社，2015：8.

思念，继勉以淡定守范，随意道来，自然情挚意切，极得性灵之真际，是为抒情兼诚勉法。文为书说体，内容关联同前篇。"① 从选录的这篇短文中，我们看到船山情感的真挚和性灵的真谛。这也是船山散文中极富感染力的文章，正能体现船山文学创作的重要特点——饱含深情。

（2）1933 年，孙俍工编纂、国立编译馆出版的《中学国文特种读本》中收有王夫之的诗歌《菩萨蛮》："万心抛付孤心冷，镜花开落原无影。只有一丝牵，齐州万点烟。苍烟飞不起，花落随流水。石烂海还枯，孤心一点孤。"编者在诗选的后面对船山生平做了一个简介，并概述了船山的学术思想："夫之论学，以汉儒为门户，宋五子为堂奥，尤神契张载正蒙之说。"② 这首词通过花、烟等诗歌意象来象征船山心中理想无法实现的苦闷，一片冰心付诸东流。语言文字虽然不多，却能够让读者深刻体会其中的情绪。此词亦体现了船山词创作的内容和艺术手法。

（3）1934 年，江苏省教育厅原选、柳亚子等校订、上海中学生书局发行的《高中当代国文（第 2 册）》，辑录了王夫之《读通鉴论》三则。③

（4）1937 年，朱剑芒编、上海世界书局出版的《初中新国文（第四册）》同样选录的是王夫之的《与我文侄书》。

（五）诗选中的船山文学作品

（1）1934 年，王家棫编纂、上海新中国建设学会出版的《国魂诗选（中编）》中选用了王夫之的《猛虎行》和《仿李邺侯天覆吾歌广其意示于礼》两首。

（2）1944 年，张长弓编，上海正中书局出版的《先民浩气诗选

---

① 秦同培，陈和祥. 新学制小学教科书高级国文读本［M］. 上海：世界书局，1925：117.
② 孙俍工. 中学国文特种读本［M］. 上海：国立编译馆，1933：120.
③ 江苏省教育厅. 高中当代国文：第 2 册［M］. 柳亚子，等校订. 上海：中学生书局，1934.

注》选用了王夫之的《始春试笔》二首。

此外，还有戏剧单行本。1934年郑振铎辑《清人杂剧》收录了王夫之的《龙舟会》和《龙舟会杂剧》。此外，还有《宋论》（上海：商务印书馆，1935）单行本等。这些都足以说明船山思想在这一时期开始得到了有效宣传和流传，尤其是文学思想，也逐渐得到越来越多的肯定，在中国文学史上开始占据一席之地。

第二节　王船山思想传播的多种途径

船山思想的流传，除了传统的书籍传播外还有一些新的途径，它们使得船山思想获得了更多的活力。

一、船山学社（1913—1951）

湖南船山学社是我国近代闻名中外的学术研究团体。[①] 船山学社的前身是思贤讲舍，由郭嵩焘筹建。民国元年（1912）春，刘人熙建议在原思贤讲舍旧址创设船山学社。船山学社最终于1914年6月在思贤讲舍的舍址成立，刘人熙任第一任社长。

在当时船山学社的成立并非一件易事，社员方坦伯曾说："船山学社，经刘先生筹备数岁，至今日始得正式成立。其间辗转迂回，煞费苦心，皆湘人士之所共知者也。"[②]

刘人熙也表达了成立船山学社的初衷："一面为抗怀先哲，表彰船山之绝学；一面为拯溺救焚，急于维持人心风俗。本社同人，处此时艰，均与有责，自当一致进行。"学社的成立是为了宣扬、传播和研究船山学说，这是因为"船山之学，至今不能磨灭者，以义理

---

① 刘志盛. 湖南船山学社略考 [J]. 船山学报，1984（1）：144.
② 湖南船山学社. 船山学报1 [J]. 长沙：湖南师范大学出版社，2009：56.

之充足也。船山之人，至今动人景仰者，以道德之高尚也"。①

船山学社成立后，学术活动非常丰富，办了六件大事：搜集王船山未刊手稿；编辑出版《船山学报》；筹建船山先生专祠；筹办船山大学；开讲演会；筹建船山图书馆。这六件大事是在刘人熙担任社长的七年间实现的。②

除此之外，船山学社还重新校勘出版了王船山的《古诗评选》《唐诗评选》《明诗评选》《四书训义》《相宗络索》《搔首问》六部著作。

民国四年（1915），船山学社整理刊印了王船山的《搔首问》和《愚鼓词》，并命名为《搔首问·愚鼓词笺合刊》。在《搔首问》序中刘人熙说："《搔首问》者，即屈子之《天问》，船山之搔首而问者，造物者不难一一条答，相视而笑，莫逆于心也。至此，然后可以见船山之心，学船山之学，读船山之《搔首问》，吾师乎！吾师乎！"③《愚鼓词》是船山以乐歌形式述道家内丹丹法之作。④ 民国六年（1917），船山学社与湖南官书报局合刊出版《船山古近体诗评选三种》，是船山《古诗评选》六卷、《唐诗评选》四卷和《明诗评选》八卷的合集，这是三本遗稿的首次公开发行。这让船山文学思想的研究拥有了更多的学术读本。

二、船山学报（1915—1938）

《船山学报》的创刊以船山学社的建立为基础。民国初年，刘人熙等船山学社同人顺应当时新的传播方式——报刊的盛行，提出"以为此民气生死之秋，人心之存亡，学说虽微，与有力焉，慨然主

---

① 湖南船山学社. 船山学报 1 ［J］. 长沙：湖南师范大学出版社，2009：56.
② 刘志盛. 湖南船山学社略考 ［J］. 船山学报，1984（1）：145.
③ 湖南船山学社. 船山学报 12 ［J］. 长沙：湖南师范大学出版社，2009：649.
④ 湖南船山学社. 船山学报 13 ［J］. 长沙：湖南师范大学出版社，2009：625.

持为发刊学报之举"，"征材斠文，至薪矜慎，重以时政杌隉"①，准备开始筹备出版《船山学报》，并于民国四年（1915）8 月 20 日正式出版了第一期报刊。船山学报的办报宗旨是："《船山学报》何为而作也，忧中华民国而作也。其忧中国奈何？""愤政府之昏暗，悲列强之侵凌，人人有亡国灭种之惧。""因以导众人之忧，令国家危而不亡。"②

《船山学社征文条例》写道："本社为研究学术，集思广益起见，按期征文，其目如左：一、船山师友述；二、船山语类叙例；三、论现在教育之缺点及改良方法；四、提倡国货条议；五、续修各省通志议；六、史学丛书叙目；七、绎史拾遗；八、经籍纂诂拾遗。海内通正有以右开各题，文稿见惠者，除择尤等入学报外，并赠以学报一分及四元以上十元以下之酬劳金。"③ 这些都表明了《船山学报》的内容和宗旨。

《船山学报》每期共有九个固定板块："图画""师说""广师""讲演""通论""专论""文苑""说苑""附编"。"图画"主要刊登船山的遗像、手迹、遗址等与船山有关的图片，为我们提供了一种历史的真实感；"师说"以发表船山遗书为主要内容；"广师"之名来源于顾炎武的《广师篇》，意在集思广益，与船山思想的关联不是很密切；"讲演"共三十七期讲演稿，主要涉及船山著作中重要内容的讲解；"通论"则相对比较繁杂，"成己之仁，成物之智，合内外之道，通时措之宜，归之通论"④，各种内容都能够包括其中；"专论"主要刊登研究音律、历史、天文地理等方面的文章；"文苑"发表诗文，其中也包括纪念船山的相关诗文；"说苑"包括了"朝野轶闻，丛残杂说，可以供史料，可以资考订"⑤ 的相关内容；"附编"则记录国内外新闻。从栏目的设置中，我们明显可以看出船

---

① 湖南船山社. 船山学报 3 ［J］. 长沙：湖南师范大学出版社，2009：1445.
② 湖南船山社. 船山学报 1 ［J］. 长沙：湖南师范大学出版社，2009：17.
③ 湖南船山社. 船山学报 1 ［J］. 长沙：湖南师范大学出版社，2009：3.
④ 湖南船山社. 船山学报 1 ［J］. 长沙：湖南师范大学出版社，2009：20.
⑤ 湖南船山社. 船山学报 1 ［J］. 长沙：湖南师范大学出版社，2009：20.

山思想研究是《船山学报》的重要内容。只是这些内容中多为船山哲学、历史、易学等内容，文学研究在这一时期不是十分兴盛和繁荣，独立性也并不强。

第三节 民国时期王船山文学思想研究

民国时期，中国社会极为动荡，学术思想不断碰撞。1911 年，以孙中山为首的资产阶级革命派领导的辛亥革命推翻了清王朝，成立了中华民国临时政府。李泽厚在《中国近代思想史论》中说："辛亥革命使政权实质并无改变，却由于甩掉一个作为政权中心象征的清朝皇帝，反而造成了公开的军阀割据，内战不已，人民的生命和权利连起码的保障也没有，现实走到原来理想的反面。"① 政治局面的混乱、新旧杂糅的状态交织在一起，使得思想和文化在这一时期出现了多种多样的形态。传统文化依然具有生命力，新的思潮已经悄然涌动，新旧文学、文化之间冲突不断。正如有研究指出的：

由于清王朝的衰落，西方文化的入侵，自鸦片战争以来的中国，政治上正酝酿着划时代的变革，思想界在鼓荡着世界文明的春风，文学也奏起时代的号角催人奋起。正是这一如波翻浪涌般的时代潮流，也冲击着古典文学研究这一传统的学术领域，使它悄然地兴起着一场深刻的革命。它的研究对象虽然没有变化，但是构成这一研究群主体的却是一批思想解放的新人，他们不再是沉湎于传统中的封建文人，不再是以绍续传统为己任、以崇古宗经为旨归的旧式学者，而是自身已经走出了那个时代，开始站在新时代、新文化的立场上，采用新思想、新方法来重新批判、审视、评价几千年旧的文学传统的新人。总之，是历史的巨变划开了封建社会和现代文明的

① 李泽厚. 中国近代思想史论 [M]. 天津：天津社会科学院出版社，2003：282.

分野，是新的社会思潮更新了人们的思想。正是这一切，使 20 世纪的中国文学研究并不仅仅是一个单纯的时间划分，而是新学与旧学、古典式研究和现代式研究的划时代分野。20 世纪的中国古典文学研究，正是在这种历史背景下开始的。①

二十世纪以来的中国文学思想研究，虽然不像政治、历史等领域如此之快地接受了外来思想，但其中也不断渗透着变革的可能。具体表现在以下几个方面：第一，批判封建文学观念，建立民主、进步的文学观念。这一时期既有辛亥革命，又有五四运动，这使新的思想、文学思潮迅速涌入中国，出现了新的价值观念。"反对旧道德提倡新道德，反对旧文学提倡新文学""写实主义文学""浪漫主义文学"等文学观念的出现也使传统文学和文论的研究出现了新的观念。第二，经学思想的变革必然会带来文学研究的变革。中国古代的文学、诗学研究都与经学相关联。比如魏晋南北朝时期《文心雕龙》中的《原道》《征圣》《宗经》，这三篇意在阐明一切要本之于道，稽之于圣，宗之于经。清代刘熙载的《艺概》中也说："《六经》，文之范围也。圣人之旨，于经观其大备。其深博无涯涘，乃《文心雕龙》所谓'百家腾跃，终入环内'者也。"② 因此经学的变革必然引起文学的变化，毕竟中国最早的诗歌传统就是从《诗经》开始的。经学的研究虽然不同于诗学研究，却带来了思想解放的契机，让文学的研究也获得新的生命力。

一、刘人熙与王船山文学思想研究

刘人熙（1844—1919），字艮生，号蔚庐，湖南浏阳人。他对船山思想的传播最突出的贡献是创建了船山学社，并被推选为社长。

---

① 赵敏俐，杨树增. 20 世纪中国古典文学研究史 [M]. 西安：陕西人民教育出版社，1997：26.

② 刘熙载. 艺概注稿：上 [M]. 北京：中华书局，2009：1.

同时他还创办《船山学报》，刊印多种船山著作。他对王船山文学思想的研究体现在以下几篇序言中。

《古诗评选序》曰：

旨哉，衡阳王船山之善于自状也！"六经责我开生面"，诚哉，其开生面也！

船山之于诸经，若《书》，若《礼》，若《诗》，若《易》，若《春秋》，若"四子"，于荒山榉径之中，穷天人性命之旨。详哉，其言之矣而无一陈言。虽前后旨趣有相乖忤者，要之大本大原之地，则千圣同心，万贤合魄，愚者莫能毁，爱者莫能助也。生面一开，而有志之士得门而入，岂非人心世道之大幸乎？

昔先师孔子反鲁正乐，古诗三千余篇，删存三百篇，天道备，人事浃，遂立千古诗教之极。而"兴观群怨"一章，即孔子删诗之自序，是孔子开诗之生面也。船山《诗广传》又从齐、鲁三家之外开生面焉。又评选汉、魏以迄明之作者，别雅郑，辨贞淫，于词人墨客唯阿标榜之外，别开生面。与孔子删诗之旨，往往有冥契也。知此，可以读《三百篇》，知此，可以观汉、魏以来之正变，以及无穷。紫不夺朱，郑不乱雅，利口覆邦之祸，庶不再见于中华乎！

民国五年九月后学刘人熙于柘原草堂[①]

《五言近体评选序》写道：

六朝之于初唐，古、近体过渡之时代也。天下事浇醇散朴，愈巧则愈拙，愈整齐则愈浅陋。七窍凿而混沌死，其嗜欲深者，其天机浅也。惟物性之文明以利人用者则不然。电气飞机，瞬息千里，要之亦无机体，待人而灵，亦死物也。诗以言志，动天地，感鬼神，厚人伦，美风俗，尼山垂教万世，岂妃青俪白之俦所能坐井而窥？

---

① 王夫之. 古诗评选 [M]. 上海：上海古籍出版社，2011：313.

雅郑之分，而世运升降、民生枯荣因之。观船山之评诗，知其为机体也，则思过半矣。

民国五年九月将出游之日后学刘人熙于柘原草堂①

《唐诗评选序》云：

诗可以观，非独《三百篇》也。自《三百篇》后，文人学子之作，野人游女之诗，无不可观也。分别雅郑，考镜得失，一经大匠钟锤，自然另出手眼，令人有尼山仰止之思。船山评选唐诗，从其家得秘本，儿子瑞沖校阅一过，独恨其未精核也，未付梓人。余恐其久而逸也，故速传之同学。

民国五年九月后学刘人熙序

《明诗评选序》写道：

船山先生片纸只字，皆统之有宗，会之有元，如经义科举体也。……况八代诗评选，集二千年之文人才子，野人游女，名君贤相，闰位霸朝，无不屏息鞠躬，听其抑扬进退。如孔子作《春秋》，操二百四十年南面之权。此人爵邪，抑天爵邪？夕堂永日，评选明诗，合万古而成纯，不知有汉、魏、唐、宋之界线。

刘人熙从几个方面对船山的文学思想理论进行了简单阐释：首先，他肯定了王船山诗歌评选的重要价值和意义。在序言中他认为删诗是"孔子开诗之生面也"，而《诗广传》也是"开生面"，将两者进行对照解读，给予船山评选极其重要的地位。孔子删诗是"千古诗教之极"，是确立儒家诗教正统地位的重要举措。而船山也通过自己的评选来阐明自己的政教目的和意义，刘人熙认为船山在诗歌

---

① 王夫之. 古诗评选 [M]. 上海：上海古籍出版社，2011：314.

评选上也有着明确的诗歌政教意识，对于"温柔敦厚""乐而不淫，哀而不伤"的要求极为推崇。其次，他认为船山评诗的标准相对比较客观。每位诗人创作的诗歌作品都十分丰富，船山并不会因为某个作家某个方面的卓越成就而掩盖其他方面存在的不足，即所谓"前后旨趣有相乖忤者"。船山不会因为诗人某些方面的不足而掩盖了另一方面的优势，而是根据作品做出相对公平公正的评价。最后，他指出船山评诗的标准之一即不崇古。"夕堂永日，评选明诗，合万古而成纯，不知有汉、魏、唐、宋之界线。"不因为时代的差异而影响诗歌评选的标准，尤其是《明诗评选》中对明代诗坛的一些弊端进行了批评，但也肯定了其中一些出色的作品。船山不拘泥于古代作品的形式，严格按照自己评诗的准则和尺度来进行选诗、评诗，体现了王船山文学思想的严谨性。

二、张西堂与王船山文学思想研究

张西堂（1901—1960），本名张正，字西堂，祖籍湖北汉川，生于湖北武昌。他一生致力于学术著述，于 1938 年由商务印书馆出版的《王船山学谱》，对船山的研究具有重要影响和积极作用。

《王船山学谱》全书分为四个部分：第一部分为传纂，主要介绍王船山的生平经历和事迹。第二部分为学术，全面介绍了船山的学术思想：

先生之学，对于四部，造诣俱深，阐述亦明，经学则有诸经《稗疏》等书，史籍则有《读通鉴论》等书，诸子则有《老子衍》《庄子解》等书，文学则有《夕日（应为"堂"）永日绪论》等书，深闳博赡，较同时黄顾诸儒固有过之而无不及；而于哲学思想政治思想，先生创见之卓荦，议论之精辟，尤非黄顾诸儒所能望其项背；以清初论，先生实不愧为当代一大思想家，非梨洲亭林夏峰二曲之所能企及也。

兹于先生之学，（一）先述其思想渊源，（二）次论其时代背景，（三）再述先生之哲学思想，（四）先生之政治思想，（五）先生之经学，（六）先生之史学，（附）诸子之学（七）先生之文学。（三）（四）两项，为先生学术思想之最重要者，稍详述焉。①

第三部分为著述考，是对船山著述的全面考证。第四部分为师友记。

每个部分的内容都对船山的研究极为重要。但因为文本研究的需要，这里仅仅分析在第二部分学术中与文学思想研究相关联的内容。如：

先生之于文学，其注释选评者，有《楚辞通释》，《夕堂永日》，《八代诗文选评》，《唐诗评选》，《明诗选评》，《李杜诗评》，《刘复愚评》；其属于创作者，辞赋则有：《仿符命》，《连珠》，《九昭》，《南岳赋》，《练鹊赋》，《孤鸿赋》，《雪赋》，《霜赋》，《被禊赋》，《章灵赋》等篇；诗词则有：《桃花诗》，《落花诗》，《遣兴诗》，《和梅花百咏诗》，《潇湘怨词》，《鼓棹词集》诸作；戏剧则有《龙舟会杂剧》一种；诗文评则有《诗译》，《夕堂永日绪论内外编》，《南窗漫记》各书；于文学之批评与创作，俱擅长，非其他思想家，专知义理，不知文学者所可比拟也。②

对于王船山的文学思想研究虽在此之前也有零星篇目进行阐释，但是像张西堂这样全面细致的分析，应属首创。他从五个角度进行具体阐释：情景不离，注重意势，反对格局，对于曹子建、刘梦得之批评，对于宋明两朝文学之批评。③ 张西堂简单地论述了这五个角度，每个角度都提出论点，然后运用船山原作来进行说明，让理论

---

① 张西堂. 王船山学谱［M］. 北京：商务印书馆，1938：17.
② 张西堂. 王船山学谱［M］. 北京：商务印书馆，1938：163.
③ 张西堂. 王船山学谱［M］. 北京：商务印书馆，1938：3.

有理有据，也使理论的阐释更加清晰。这些角度成为后世学者理解和分析王船山文学思想的重要维度和关注点。

三、其他人的有关研究

在这一时期对船山文学思想的研究已经逐步开始学术化，但是研究还是集中在哲学、历史和政治等方面。虽然这些研究内容不涉及文学思想，但是对船山思想的定位及其传播和研究十分有益。

（一）梁启超的研究

梁启超（1873—1929），字卓如，一字任甫，号任公，又号饮冰室主人、饮冰子、哀时客、中国之新民、自由斋主人，中国近代思想家、政治家、教育家、史学家、文学家等。其著作合编为《饮冰室合集》。在《中国近三百年学术史》一书中，梁启超写道：

> 他生在比较偏僻的湖南，除武昌、南昌、肇庆三个地方曾作短期流寓外，未曾到过别的都会。当时名士，除刘继庄（献廷）外，没有一个相识。又不开门讲学，所以连门生也没有。[①]
>
> 船山学术，二百多年没有传人。到咸、同间，罗罗山（泽南）像稍微得着一点。后来我的畏友谭壮飞（嗣同）研究得很深。我读船山书，都是壮飞教我。但船山的复活，只怕还在今日以后哩。[②]

梁启超对船山的贡献进行了全方位的评价，涉及了经学、史学、哲学等方面，对船山学术思想的研究更全面和具体。基于梁启超本人在思想界的影响力，尤其是在文学方面，他参与了"诗界革命"和"小说革命"，其文章风格世称"新文体"，给当时的学者文人带

---

① 梁启超. 中国近三百年学术史 ［M］. 北京：东方出版社，1996：91.
② 梁启超. 中国近三百年学术史 ［M］. 北京：东方出版社，1996：100.

来了重要影响，这不仅能够在哲学上发扬船山思想，也为船山文学思想的研究提供了更广阔的传播空间。

梁启超对船山思想的研究表现在三个方面：一是结合时代的需要来研究；二是从学术思想史的角度来研究；三是用西学的观点来研究。虽然对船山文学思想的研究没有直接涉及，但他全面开启了船山学术研究的先河，尤其是全面研究了船山哲学思想，后来学者的研究很多都建立在此基础之上。

（二）邓之诚的研究

邓之诚《清诗纪事初编》写道：

> 诗学六朝初唐，取径甚高。而深情一往，往往令人悲涕。其论诗见于《诗译》《夕堂永日绪论》者，谓子建不如子桓，元美不如元敬，是有真知灼见人语。不喜东坡以至淮海、剑南，或以深恶虞山之故。然颇持平。非难阳明，而不许吕留良以东坡拟阳明，亦不许世人以元美拟东坡，谓非其伦。七子钟谭皆在菲薄之列，亦不尽没其善。尝以文章之变化，莫妙于南华；辞赋之源，莫高于屈宋。因作《庄子解》《庄子通》《楚辞通释》，知其为文汪洋恣肆，盖得力于此。①

以上所言概括性地指出船山诗学的是六朝初唐，在文章方面则对庄子的文章、屈宋的辞赋极为推崇。

四、报刊上的研究文章

这一时期船山文学思想研究的文章比较少，分析也相对简单。
悟愚的《再论船山诗学》发表在 1928 年 6 月 3、4 日的《天津

---

① 邓之诚. 清诗纪事初编：上 ［M］. 上海：上海古籍出版社，1965：180－181.

益世报》上，对船山诗学的思想进行了简单的阐释。文章指出，船山诗学能够于从前诸名家外，又别开一条蹊径。每读船山之诗，觉得一腔牢骚郁勃之气发泄无余，几不知身在何处。作者认为，船山诗学有奇妙之思、忧郁之怀、磊落之气、亲正之雅、知足之乐。他从五个方面简单地总结了船山诗学的特点，并结合船山的生平进行分析。①

晋玉的《香艳诗话：王夫之论艳诗》发表在上海《文艺杂志》1914 年第 2 期。这一篇其实并不是晋玉专门分析船山论艳诗的，只是在晋玉的香艳诗话中有一小段文字与船山有关，具体摘录如下：

衡阳王夫之《夕堂永日绪论》云：

艳诗有述欢好者，有述怨情者，《三百篇》亦所不废。顾皆流览而达其情，非沉迷不返，以身为妖冶之媒也。嗣是作者，如"荷叶罗裙一色裁"，"昨夜风开露井桃"，皆艳极而有所止。至如太白《乌栖曲》诸篇，则又寓意高远，尤为雅奏。其述怨情者，在汉人则有"青青河畔草，郁郁园中柳"。唐人则"闺中少妇不知愁"，"西宫静夜百花香"，婉恋中自矜风轨。迨元、白起，而后将身化作妖冶女子，备述衾裯中丑态。杜牧之恶其蛊人心，败风俗，欲施以典刑非已甚也。近则汤义仍屡为泚笔，而故不失雅步。唯谭友夏浑作青楼淫咬，须眉尽丧；潘之恒辈又无论矣。《清商曲》起自晋、宋，盖里巷淫哇，初非文人所作。犹今之《擘破玉》《银钮丝》耳。操觚者即不惜廉隅，亦何至作《懊侬歌》《子夜》《读曲》云云？王之议论如此，特录之，以告今之作艳体者，其是否偏激，后世自有定论，不敢妄下雌黄也。②

其实这篇文章只是晋玉把前人诗话中艳诗的材料搜集在一起，并没有对其进行分析和阐释，但是让我们的关注点放在了船山不一

---

①　悟愚. 再论船山诗学 [N]. 天津益世报, 1928 - 6 - 3、4.

②　晋玉. 香艳诗话：王夫之论艳诗 [J]. 文艺杂志（上海），1914（2）.

样的诗歌评论中。

中谦的《谈王船山诗话》发表在 1938 年 7 月 9 日的《庸报》，这篇文章首先介绍王船山"人知其史学与经学之湛深，而不知其诗学亦自负之甚也"。然后列举了船山诗作、评诗和论诗的具体作品。其中，船山诗作有：《姜斋诗分体稿》四卷、《姜斋诗编年稿》一卷、《姜斋诗剩稿》一卷、《柳岸吟》一卷、《落花诗》一卷、《遣兴诗》一卷、《和梅花百咏诗》一卷、《洞庭秋》一卷、《雁字诗》一卷、《仿体》一卷、《岳馀集》一卷、《忆得诗》一卷、《鼓棹初集》一卷、《鼓棹二集》一卷、《潇湘怨》一卷。评诗有《诗评选》《唐诗评选》《明诗评选》。论诗有《诗译》《夕堂永日绪论》等。接着把王船山与王凤洲（王世贞）进行了对比："及其所著诗篇之多，亦足与王凤洲相敌，岂不泱泱乎大国之风哉？然船山论诗则不与凤洲余麟。"最后，简单分析了一下船山最为推崇汤显祖和徐渭的诗歌，并评述了理由："其生平所最倾心悦服者，则义仍（汤若士）、天池（徐文长）也。"①

第四节　文学批评史中的船山文学思想研究

1927—1934 年短短的 8 年时间里，出现了中国文学批评史上的一个小春天，奠定了中国文学批评史这一学科的重要基石。1927 年陈钟凡的《中国文学批评史》出版，开启了中国古代文论研究的重要时期。1934 年，郭绍虞《中国文学批评史（上册）》、方孝岳《中国文学批评》、罗根泽《中国文学批评史（一）》陆续出版。朱东润《中国文学批评史大纲》主要以 1931 年在武汉大学的中国文学批评史讲稿为主要内容，但直至 1944 年才正式出版。这一时期经历了"整理国故"的争论、五四新文化运动的兴起，无论是传统文化还是

---

① 中谦. 谈王船山诗话 [N]. 庸报，1938 - 7 - 9.

西方学说都开始冲击学者的视野，为中国传统文论的研究提供了新的契机。同时受日本汉学的影响，尤其是铃木虎熊的《支那诗论史》等作品启发了中国文学批评史的写作。在这些文学批评史中，有三本论述了船山文学批评的思想，我们将着重分析。

一、方孝岳《中国文学批评》（1934）

方孝岳（1897—1973），名时乔，又名乘，字孝岳，安徽桐城人。他起初从事文学与经学研究，著有《中国散文概论》《中国文学批评》《左传通论》《尚书今语》等。后专注于音韵学研究，著有《汉语语音史概要》《广韵研究导论》等。

《中国文学批评》最初是刘麟生主编的"中国文学丛书"中的一种，1934 年由上海世界书局出版。1936 年再版时，世界书局出版了丛书合订本，更名为《中国文学八论》。后面又印刷了几个版本，直到 1986 年北京生活·读书·新知三联书店出版了单行本《中国文学批评》一书，并用简体横排排版。其中有方孝岳先生之子舒芜的《重印缘起》一文，讲述了该书的出版、重印、书名缘由以及学术见解和其中的困惑之处，非常详细。此书分上、中、下三卷，上卷从先秦典籍中选出诗文相关的六个核心问题展开论述；中卷选择汉魏六朝时期 12 个突出的文论问题予以阐发；下卷则对从隋唐到清代共 27 个观点逐一进行分析阐释。《中国文学批评》按照时间的线索，以问题为条目梳理了从先秦到清代的各种文论思想，以"大致是以史的线索为经，以横推各家意蕴为纬"作为写作的依据，其中《王船山推求"兴观群怨"的名理》是第四十节。

（一）王船山对"兴观群怨"的推求

中国古代的文学批评家一般都是以零散片段的语言表达自己的观点，并不是严谨的逻辑推理形式。但在这种言说方式中自有其内在的核心内容和结构特点，因此把握这一结构中的"一"自然也能够统摄其中的"多"了。刘若愚说："对语言悖论的本质及诗歌悖论的本质的意识，促使中国诗人不是去放弃诗歌，而是发展了一种悖论的诗学（a poetics of paradox），即以'以少总多'（saying more by saying less）或以其极端的形式，以无言来尽言（saying all by saying nothing）。因而在实践中，中国文论形成了以含蓄代明晰、以简明代冗长、以间接代直接、以暗示代描述等方式。"① 抓住文学批评家思想的核心和宗旨，就能从整体上把握其文学批评的实质。对于各家"义蕴"的把握本就不是一件容易之事，需建立在能够对文论家全局把握的基础之上。方孝岳的《中国文学批评》抓住了"兴观群怨"这一王船山文学批评的宗旨，并以此为核心全方位地阐释了王船山的文学批评思想。他认为王船山的书"切实指示"了《诗》三百的内容，既包括《诗译》中的观点，也包括《诗广传》中的思想，一切都来自"诗教"。"他（王船山）总是认为诗这种东西一定要有可兴可观可群可怨的地方：一方面固不可浮光掠影而不得理趣，一方面也不可拘泥板滞而失了诗的原意。"②

王船山首先对"兴观群怨"进行了详细解释和分析，"可以云者，随所以而皆可也。于所兴而可观，其兴也深；于所观而可兴，其观也审；以其群者而怨，怨愈不亡；以其怨者而群，群乃益挚；出于四情之外以生起四情，游于四情之中情无所窒。作者用一致之思，读者各以其情而自得"。③ 然后，方孝岳具体分析了"兴观群怨"四情在王船山诗歌评论中的运用。最后，以此为核心辐射了其他问题，比如感兴、诗教、理趣、诗史等。

（二）比较研究中的王船山

比较研究涉及多方面的内容，在第四十节《王船山推求"兴观

① 王晓路. 文化语境与文学阐释——简论西方汉学界的中国古代文论研究 [J]. 文艺理论研究，2002（2）：71 – 78.

② 方孝岳. 中国文学批评 [M]. 北京：生活·读书·新知三联书店出版，1986：187.

③ 方孝岳. 中国文学批评 [M]. 北京：生活·读书·新知三联书店出版，1986：186.

群怨"的名理》中，方孝岳还把船山与文论家、诗人等做了比较。

首先，王船山与顾炎武、黄宗羲同为明末遗民的比较。方孝岳认为黄宗羲的《明文海》"收录有明一代之文，宏博无比，评价当然也公允。……但微嫌所收稍滥，不免芜杂"。① 顾炎武《日知录》论文之言则是"切实平正，无可非议"。但方孝岳还是推崇王船山的"最鞭辟近里""最精刻"。通过对比，我们可以看到船山文学批评思想的定位和独到之处。

其次，"诗史"理论的相关比较。在船山的文学批评理论中对杜甫诗歌有许多评价，对杜诗中的诗史问题更是有多次分析。"诗和史可以相通，即是因诗而可以知人论世的意思。……但我们不可说诗即是史，史即是诗。"方孝岳为此，对文学批评史中的诗史说进行了梳理，从孟棨的《诗本事》，到王世贞的《艺苑卮言》，再到钱谦益解杜诗。

最后，船山与其他人的比较。方孝岳认为，船山与元好问相似，两人都见解"宏伟"，欣赏"慷慨有天机的作风，深厌饾饤绮靡之习"。

综上所述，方孝岳推求船山"兴观群怨"的名理，从一个核心点出发，扩展到船山诗学的全部。但是由于展开得不够充分，给我们留下了很大的思考空间。

二、朱东润《中国文学批评史大纲》（1944）

朱东润（1896—1988），江苏泰兴人，当代著名文学史家、文学批评家。著有《张居正大传》《杜甫叙论》等作品及《中国文学批评史大纲》等学术著作。

1931 年朱东润在武汉大学教授"中国文学批评史"课程之后，于次年写成《中国文学批评史大纲》初稿。后因战事影响，几经修

---

① 方孝岳. 中国文学批评 [M]. 北京：生活·读书·新知三联书出版，1986：185.

改订正，于 1944 年由开明书店正式出版。在 1957 年和 1983 年由上海古籍出版社再版、重印，基本保持了原作的本来面貌。全书共七十六节，以人物作为纲领和线索。本书"自序"简要概括了全书的特点。首先，"这本书的章目里只见到无数的个人，没有指出这是怎样的一个时代，或者这是怎样的一个宗派"。① 既没有突出时代特点，也没有标出宗派所属，是因为作者认为"伟大的批评家不一定属于任何的时代和宗派。他们受时代的支配，同时他们也超越时代"，往往能够打破很多条条框框的束缚。因此，不应把文论家与时代、宗派等简单联系在一起。其次，"对于每个批评家，常把论诗论文的主张放在一篇以内而不给以分别的叙述"。② 把一个文论家的论述集中放在一起，可以给人以整体感和全局感。最后，"叙述特别注重近代的批评家"，③ 即本书前面相对比较简略而后面则比较详细。

《中国文学批评史大纲》第五十六节是对王船山诗学思想的论述。朱东润以《姜斋诗话》为研究对象，总结了船山诗学的几个特点：第一，船山反对琢字琢句，"作诗但求好句，已落下乘"，反对过分的"炼"，追求自然之境。他认为过分地雕琢，违背了诗文创作应有的自然之道。在《古诗评选》中也同样表明了这一观点："江南自沈约以降，皆以炼句归句、炼段归段为工，而真诗亡，俗韵起。"④ 甚至对于"宋人论诗，好言句眼、诗言"，他也认为是"宋人之陋"。还批判起承转合、八句四柱之论。第二，关于情景问题，只有短短一句话，"情中景、景中情"，但我们可以看到这一问题开始逐渐被后世研究者所关注。第三，认为"兴观群怨，此为其立论一大关键"。相对于方孝岳所论的"兴观群怨"，朱东润显得更为简单，仅仅罗列了在《夕堂永日绪论内篇》中的几段论述，表明了船山论诗中的重要评价标准。第四，反对门庭。"此种风气，至明代而

---

① 朱东润. 中国文学批评史大纲 [M]. 上海：上海古籍出版社，2001：自序 3.
② 朱东润. 中国文学批评史大纲 [M]. 上海：上海古籍出版社，2001：自序 4.
③ 朱东润. 中国文学批评史大纲 [M]. 上海：上海古籍出版社，2001：自序 4 – 5.
④ 王夫之. 古诗评选 [M] // 船山全书：第 14 册. 长沙：岳麓书社，2011：818.

极盛，船山于《夕堂永日绪论》痛言之，上下千年，目光如炬，不但辞费。"纵观这些评论，虽多引用原文，但论述语言则寥寥数语，并没有深入分析，但是为研究者提供了多个角度和切入点，具有启发意义。

三、郭绍虞《中国文学批评史》（1934、1947）

郭绍虞（1893—1984），原名希汾，字绍虞，江苏苏州人。我国著名的教育家、古典文学家、语言学家、书法家，著有《中国文学批评史》《沧浪诗话校释》《宋诗话考》《宋诗话辑佚》等。

1934 年，《中国文学批评史（上册）》（先秦至北宋部分）由上海商务印书馆出版，经胡适审定为中华民国教育部颁的大学用书。《中国文学批评史（下册）》于 1947 年出版，包括南宋至清代。1989年上海书店影印收入《民国丛书》第一编。现有百花文艺出版社 2008 年版、商务印书馆 2010 年版等更多版本。这部文学批评史体系完整、史料翔实、论证清晰，被评价为中国文学批评史上具有开创意义的著作。

郭绍虞的《中国文学批评史》不同于其他的文学批评史，表现在几个方面：在体例上，"各时期中不相一致，有的以家分，有的以人分，有的以时代分，有的以文体分，更有的以问题分"。因为"本书上卷所述，以问题为纲，而以批评家的理论纳入于问题之中，即如刘勰、钟嵘诸人，犹且不为之特立一章。至本书下卷所述，恰恰相反，以批评家为纲而以当时的问题纳入批评家的伦理体系之中，即因当时的批评家能自成一家言之故"。① 在研究上，对所有分析的文学批评观点进行了详细解说和阐释。郭绍虞每介绍一家的思想，必然会确定其来龙去脉，并详细分析，而且引用相关资料作为佐证。他将文学批评史分为三大时期：周秦至南北朝，为文学观念的演进

---

① 郭绍虞. 中国文学批评史：下册 [M]. 北京：商务印书馆，2010：3.

期；隋唐至北宋，为文学观念的复古期；南宋至清代，为文学批评的完成期。

郭绍虞《中国文学批评史（下册）》第二章《神韵说》的第一节介绍了王夫之的诗论：兴观群怨、法与格、意与势、情与景。

第一，郭绍虞把王船山的诗学观点放在《神韵说》这一章，与王士禛同处一章。这说明他认为船山诗学相比其他人的诗学而言与神韵说更接近，对于神韵说的影响更大。在讨论分析船山诗论时，郭绍虞有两处直接提到了神韵说。一是在"意与势"中说："论到势，所谓'天矫连蜷，烟云缭绕'已有神韵的意思。"① 后面他接着分析："论势，而于五绝中求之，便有风味可言。否则，只是浑灏流转的气势而已。渔洋论诗最推重白石言尽而意不尽之语，实则也即咫尺有万里之势的意思。"② 这里的神韵，主要表现为一种情感的气势，通过语言的言尽而意不尽的张力表现出来。二是在情与景中直接分析："景中生情，而后宾主融合，不是全无关涉；情中生景，而后不即不离，自然不会板滞。以写景的心理言情，同时也以言情的心理写景，这样才见情景融浃之妙。这样才是神韵。"③ 他认为把情与景有机结合在一起，具有审美的独特效果，才能带来情景融浃之妙、神韵之感。这两点都是从艺术创作的手法上来说明神韵获得的可能性。最后郭绍虞还解释了为什么船山不直接用"神韵"作为其诗学主张的原因。

第二，郭绍虞从四个角度来具体分析船山诗论，即兴观群怨、法与格、意与势、情与景，这四个视角也成了后来学者研究的重要参考。

关于"兴观群怨"，郭绍虞运用了比较的方式，把王船山与黄宗羲对于"兴观群怨"的不同理解进行了比较，阐明了二者之间的差异和各自的特点。"知梨洲之与船山，同样本于儒家的见地，以阐诗

① 郭绍虞. 中国文学批评史：下册 [M]. 北京：商务印书馆，2010：553.
② 郭绍虞. 中国文学批评史：下册 [M]. 北京：商务印书馆，2010：554.
③ 郭绍虞. 中国文学批评史：下册 [M]. 北京：商务印书馆，2010：556.

道之精蕴，而所得各有不同。梨洲所言处处在指示人如何作诗，如何学诗，所以要说明什么是诗。船山所言则异是，他处处在指示人如何读诗，如何去领悟诗，所以只说明诗是怎样。"① 他主张用文学家的眼光而不是用训诂家、道学家的眼光来读诗，更能精警透彻。"以文学眼光去读诗，则于诗能领悟；本儒家见地以论诗，则于诗能受用"②，这也是郭绍虞更为推崇船山诗学的重要原因。关于"法与格"，郭绍虞认为王船山反对"法"、反对"格"，反对"一切画地成牢以陷人的法"，对于诗歌创作而言是"窒塞生机"，"桎梏才情"。关于"意与势"，则"即是一切法与格所由来之基础条件"。③这是一种建立在诗歌本质要求中的法与格。关于"情与景"，船山是从诗意中寻求，具有空灵之感。"意既由情与景的融浃，所以意在言先。而由情与景相融浃以写出的意，当然有性情，有兴会，当然妙合无垠，当然自然凑附，当然能咫尺而有万里之势。诗而有势，即有风味，即是神韵，所以无字处皆是意，而意亦在言后。意在言，后则当然能使读者从容涵泳，自然生其气象。"④ 恰到好处地通过情与景把意与势都融合在一起，从而获得了风味、神韵。这些论题的探讨自此以后都是学术界广为关注的内容。

三本文学批评史都从各自的角度对船山诗学展开了分析，既确定了船山诗学在中国古代文学批评史中的地位，也让船山诗学的研究获得了一种学术化的视角；而不再仅仅是可有可无的存在，或者作为政治、哲学、历史思想的一个附属品。三本专著共同关注的一个问题就是"兴观群怨"，但侧重点各有不同。朱东润的《中国文学批评史大纲》中对"兴观群怨"仅仅是说明其重要性，强调其是"立论一大关键"，并列举了《姜斋诗话》中的三段话作为佐证材料，把"兴观群怨"的重要性展示出来，但没有能够说明怎样实现、

---

① 郭绍虞. 中国文学批评史：下册 [M]. 北京：商务印书馆，2010：549.
② 郭绍虞. 中国文学批评史：下册 [M]. 北京：商务印书馆，2010：550.
③ 郭绍虞. 中国文学批评史：下册 [M]. 北京：商务印书馆，2010：553.
④ 郭绍虞. 中国文学批评史：下册 [M]. 北京：商务印书馆，2010：556.

怎样突出这种重要性。方孝岳在《中国文学批评》的论述则相对比
较充分一点，认为"兴观群怨"是"主眼"，具体通过《夕堂永日
绪论》和《诗译》中的原文来进行说明，强调了四情之间的统一，
强调了四情也不能过于拘泥，从而推求出反对门庭、反对门户等诗
学观念。郭绍虞的《中国文学批评史》则用详细的材料、严密的论
证说明了"兴观群怨"的内涵，并且肯定了船山所讲的着眼点在读
者方面，给后来运用接受美学观点的研究提供了依据和参考。

　　三本文学批评史中都对船山的文学批评观点进行了阐发，各自
的侧重点有所不同，研究方法也不尽相同。但是可以看到船山文学
批评研究在这一时期获得了一定地位，并且得到了更为广泛的宣传，
自此以后船山文学批评思想一直都是中国文学批评研究中的重要组
成部分，并且越来越得到重视和肯定。

第五节　宗白华与船山文学思想研究

　　宗白华（1897—1986），本名之櫆，字白华、伯华，籍贯江苏常
熟虞山镇。中国哲学家、美学大师、诗人。著有《宗白华全集》及
美学论文集《美学散步》《艺境》等。《中国艺术意境之诞生》这一
篇文章发表在《时事潮文艺》创刊号，其中探讨了与船山诗学理论
相关的内容。宗白华也受到船山诗学的影响和启发，因为第一篇文
章发表在 1943 年，虽然后面宗白华的相关论述中都涉及船山的有关
思想，但是本节把宗白华与船山文学思想相关联的内容都放在这一
部分中统一展开。

一、情景关系

　　情与景是船山诗学中重要的范畴之一，船山对于两者之间关系
的论述极为深刻透彻。《诗译》云："情景虽有在心在物之分，而景

生情，情生景，哀乐之触，荣悴之迎，互藏其宅。"《夕堂永日绪论》云："情景名为二，而实不可离。神于诗者，妙合无垠。巧者则有情中景，景中情。""夫景以情合，情以景生，初不相离，唯意所适。截分两橛，则情不足兴，而景非其景。"由此表明了情景之间不可分离，两者的妙合无垠是船山所提倡和追求的审美意境。

宗白华意境理论中的意境就是："意境是造化与心源的合一。就粗浅方面说，就是客观的自然景象和主观的生命情调交融渗化。"① 意境作为自然景象和生命情调的交织融合，也正是情景相融的体现。"意境是'情'与'景'（意象）的结晶品。""情和景交融互渗，因而发掘出最深的情，一层比一层更深的情，同时也透了最深的景，一层比一层更透明的景。景中全是情，情具象而为景，因而展现了一个独特的宇宙，崭新的境象，为人类增加了丰富的境象，替世界开辟了新景。"② 这样情景之间的互动让情更深、景更明，从而获得一个全新的境界，使情景之间的融合达到一种新的高度。

两人都论述情景，都十分重视情景之间的融合，都认为只有情景协调了，才有可能创生出更新的境界。

宗白华在《关于山水诗画的点滴感想》中引用船山的话："不能作景语，又何能作情语耶？古人绝唱句多景语，如'高台多悲风'，'蝴蝶飞南园'，'池塘生春草'，'亭皋木叶下'，'芙蓉露下落'，皆是也。而情寓其中矣。以写景之心理言情，则身心独喻之微轻安拈出。"只有好景语才能写出好情语，宗白华用这段话说明山水、鸟兽、草木等寄托了诗人的思想情感。"见景生情，因物起兴"，是写诗时自然的过程，这也契合船山关于情景的思想。

二、意境中的虚空观念

宗白华在《中国艺术意境之诞生》中引用了船山《诗译》的

---

① 宗白华. 宗白华全集：第二卷［M］. 合肥：安徽教育出版社，1994：327.
② 宗白华. 宗白华全集：第二卷［M］. 合肥：安徽教育出版社，1994：327.

话："论画者曰，咫尺有万里之势，一势字宜着眼。若不论势，则缩万里于咫尺，直是《广舆记》前一天下图耳。五言绝句以此为落想时第一义。唯盛唐人能得其妙。如'君家住何处，妾住在横塘，停船暂借问，或恐是同乡'，墨气所射，四表无穷。无字处皆其意也！"并说明这才是艺术境界中的虚空要素。

王船山又说："工部（杜甫）之工在即物深致，无细不章。右丞（王维）之妙，在广摄四旁，圜中自显。"又说："右丞妙手能使在远者近，抟虚成实，则心自旁灵，形自当位。"这话极有意思。"心自旁灵"表现于"墨气所射，四表无穷"，"形自当位"，是"咫尺有万里之势"。"广摄四旁，圜中自显"，"使在远者近，抟虚成实"，这正是大画家大诗人王维创造意境的手法。

王船山论到诗中意境的创造，还有一段精深微妙的话，使我们领悟了"中国艺术意境之诞生"的终极根据。他说："唯此窅窅摇摇之中，有一切真情在内，可兴可观，可群可怨，是以有取于诗。然因此而诗则又往往缘景缘事，缘以往缘未来，经年苦吟，而不能自道。以追光蹑影之笔，写通无尽人之怀，是诗家正法服藏。""以追光蹑影之笔，写通天尽人之怀"，这两句话揭示出中国艺术最后的理想和最高的成就。唐、宋人的诗词是这样，宋、元人的绘画也是如此。

中国画的用笔，从空中直落，墨花飞舞，和画上虚白，溶成一片。画境恍如"一片云，因日成彩，光不在内，亦不在外，既无轮廓，亦无丝理，可以生无穷之情，而情了无寄"。（借王船山评王俭《春诗》绝句语）

王船山说得好："两间之固有者，自然之华，因流动生变而成绮丽，心目之所及，文情赴之，貌其本荣，如所存而显之，即以华奕照耀，动人无际矣！"

宗白华又在《中国诗画中所表现的空间意识》里写道：

王船山《诗绎》里说："右丞妙手能使在远者近，抟虚成实，则心自旁灵，形自当位。"使在远者近，就是像我们前面所引各诗中移远就近的写作特色。我们赏山水画，也是抬头先看见高远的山峰，然后层层向下，窥见深远的山谷，转向近景林下水边，最后横向平远的沙滩小岛。远山与近景构成一幅平面空间节奏，因为我们的视线是从上至下的流转曲折，是节奏的动。空间在这里不是一个透视法的三进向的空间，以作为布置景物的虚空间架，而是它自己也参加进全幅节奏，受全幅音乐支配着的波动。这正是传虚成实，使虚的空间化为实的生命。于是我们欣赏的心灵，光被四表，格于上下。"神理流于两间，天地供其一目。"（王船山《论谢灵运诗》语）而万物之形在这新观点内遂各有其新的适当的位置与关系。①

从中我们可以看到，宗白华意境理论中的虚实、时空观等都深受船山思想的影响，是对船山思想的吸收融汇和发挥创造。

三、同情心理

"同情"是宗白华艺术思想中的一个重要概念，强调"艺术的生活就是同情的生活"②。同情是指主体与对象之间的一种默契，可以推及人生、社会和宇宙自然等方方面面。诗人通过同情，与天地、禽鱼草木、道等同情，从而有所感悟，由此获得生命的意义。艺术也正是通过同情形象的塑造，从而获得一个更为广阔的世界。

王船山论诗云："君子之心，有与天地同情者，有与禽鱼草木同情者，有与女子小人同情者，有与道同情者——悉得其情，而皆有以裁用之，大以体天地之心，微以备禽鱼草木之几。"宗白华认为，

---

①　宗白华. 宗白华全集：第二卷［M］. 合肥：安徽教育出版社，1996：434-435.
②　宗白华. 艺术生活——艺术生活与同情［M］//宗白华全集：第一卷. 合肥：安徽教育出版社，1996：316.

这是中国艺术中写实精神的真谛。①

由此我们可以看到，宗白华的"同情"说早在船山这里就得到了阐发，只是古人倾向于用更诗意化的语言来表达。宗白华运用西方文学理论中的"同情"一词来观照中国传统文化，具有重要的参考价值。"同情"把艺术与现实生活之间的关系进行了分解，艺术之所以能够反映生活，是因为它具有"同情"的心理，但艺术又不完全等同于生活，也是因为"同情"具有更广阔的存在价值和意义。船山也注意到这一心理的存在，两人之间达成一种共识。

总之，宗白华对于艺术理论的探讨与中国传统文化有着密切关系，船山诗学启发了其思想和观点的形成。对于这一问题的深入了解，有助于我们在西学视角下对传统文化进行重新审视。

---

① 宗白华. 中国艺术的写实精神——为第三次全国美展写［M］//宗白华全集：第二卷. 合肥：安徽教育出版社，1996：323.

第三章　1950—1979 年的王船山文学思想研究

第一节　船山著作的整理

一、船山著作的点校

二十世纪五十年代，随着船山思想的不断传播，研究活动广泛开展，对船山著作的整理出版也迎来了一个新时期，结束了船山著作无句读标点的历史。由于船山著作本身文字晦涩，阅读相对困难，整理本的出版给船山学术思想的传播带来了极大的便利。

1959 年到 1975 年中华书局编辑校点出版了王船山的《楚辞通释》《张子正蒙注》《黄书》《噩梦》《思问录》《俟解》《尚书引义》《周易外传》《老子衍》《庄子通》《诗广传》《王船山诗文集》《宋论》《读通鉴论》《读四书大全说》等十余种。其中，《楚辞通释》十四卷，卷末附王夫之《九昭》一卷，1959 年中华书局上海编辑所校点铅印本，本书为《楚辞通释》的第一种校点铅印本。《王船山诗文集》，三十四卷，1962 年中华书局标点铅印本。前有嵇文甫《序言》。本书底本有清同治四年（1865）金陵本、光绪十三年（1887）衡阳船山书院增补刻本、民国二十二年（1933）上海太平洋书店排印本。《诗广传》五卷，王孝鱼点校，1964 年中华书局标点铅印本。前有王孝鱼 1963 年 3 月撰写的《点校说明》和目录。该书为王船山读《诗经》时写下来的一些杂感性文字。他从个人哲学、历史、政治、伦理和文学的观点出发，对《诗经》各篇加以引申发挥，所以叫作"广传"。书分五卷，第一、二卷论"二南"和十三"国风"，第三卷论《小雅》，第四卷论《大雅》，第五卷论《周颂》

《鲁颂》和《商颂》。全书共二百三十七篇。标点本以曾氏金陵本为底本，参照周调阳依清朝王嘉恺抄本所作的校勘加以勘正，作校注，加按语，还补入抄本多出的四篇未刊稿。全书分了段，各论加了子目，更便于读者检阅。①

人民文学出版社于 1961 年出版了点校过的王夫之的《姜斋诗话》。《姜斋诗话》三卷，包括卷一《诗译》，卷二《夕堂永日绪论内编》，卷三《南窗漫记》，并附《夕堂永日绪论外编》。由舒芜点校，据曾氏金陵节署本《船山遗书》作底本标点整理，与《四溟诗话》合刊，末尾有 1958 年 11 月舒芜的《校点后记》，是郭绍虞主编的"中国古典文学理论批评专著选辑"之一种。1981 年人民文学出版社出版了戴鸿森的《姜斋诗话笺注》，一册四卷，前有 1963 年戴鸿森撰写的《例言》六条，末尾有 1979 年 12 月 6 日戴鸿森撰写的《后记》。是书卷一为《诗译》，卷二为《夕堂永日绪论内编》，卷三为《南窗漫记》，而《夕堂永日绪论外编》别为"附录"。是书以清同治四年（1865）曾刻《船山遗书》为底本，与他本互校，凡可作参考之异文，均作校语。

1975 年上海人民出版社据原中华书局本重新排印了《楚辞通释》，称 1975 年新 1 版。前有 1975 年 2 月上海人民出版社撰写的《出版说明》："1959 年中华书局上海编辑所曾用《船山遗书》本以铅字断句排印出版，现根据中华书局上海编辑所的本子重印，以供参考。"

1978 年上海古籍出版社点校出版了《姜斋诗话》二卷，上卷收录诗话 16 条，下卷收录诗话 48 条，编入《清诗话》的上册。

除此以外，还有一些选注本也逐渐出现。1975 年湖北人民出版社出版了《王夫之著作选注》，其中有政治论文 13 篇，哲学论文 18 篇，还有文学评论和诗文赋创作等篇章。1975 年云南人民出版社出版了《王夫之著作选注》。1977 年湖南人民出版社出版了文白对照

---

① 刘志盛，刘萍. 王船山著作丛考 [M]. 长沙：湖南人民出版社，1999：74－76.

版《王夫之哲学著作选注》。

二、船山著作的考证

随着船山著作的整理出版，相关的考证著作也随之丰富。其中周调阳的《王船山著述考略》是比较有代表性的文章。

《王船山著述考略》一文共分为五个部分。第一部分引言介绍了王船山幼年的渊博学识、家庭的治学气氛以及学术思想上的家学渊源；还谈及了船山著述的艰苦环境，指出船山的伟大著述能完成，是经过一番艰苦奋斗得来的。

第二部分介绍了各种著述的完成时期和著述目录。首先是各种著述完成时期。《滧涛园集》是一部诗集，1643 年王船山 25 岁时所编，熊渭公作序，是唯一一部自刻的书，后散失于兵乱。《九砺》是1643 年写的九章五言古诗，这些诗的底稿在变乱中全部丧失。《悲愤诗》一百韵乃 1644 年闻帝死明亡而作。1645 年南明福王亡，作《续悲愤诗》一百韵，这是第一续。1646 年南明唐王亡，仍作《续悲愤诗》一百韵，这是第二续。1662 年南明桂王亡，又作《续悲愤诗》一百韵，这是第三续。在这 18 年间，遭遇国变四次，他作《悲愤诗》和《续悲愤诗》共四次，都是同原韵的。可惜这些诗篇现在都不存在了。《买薇稿》是 1649 年王船山 31 岁时编的诗集。《章灵赋》是 1653 年 35 岁时作的赋诗。《落花诗》收录六题九十九首诗，是 1661 年 43 岁时在败叶庐编定的。《遣兴诗》编入《遣兴诗》《广遣兴诗》各三十首，于 1663 年作。《和梅花百咏诗》是 1665 年写成的。《五十自定稿》是 1669 年 51 岁时在败叶庐编成的诗集。《洞庭秋诗》是 1669 年作的诗集。《雁字诗》是 1670 年汇编的诗集。《潇湘怨词》是 1655 年写成的词集。《惜余鬈赋》乃 1674 年春天所作。《被裭赋》于 1678 年所写。《柳岸吟》是在 1669 年到 1678 年编定的诗集。《六十自定稿》是 1680 年编定的诗集。《广哀诗》是 1681 年追悼平生知交十九人的诗。《诗广传》于 1683 年以前写成，到此时又重新订定。《楚辞通释》于 1685 年写成。《忆得》于 1686 年编定。《南窗漫记》于 1688 年写成。《七十自定稿》于 1688 年编定。《夕堂永日绪论》于 1690 年写成。各种诗文评选推测在他六十七八岁时左右编定。

其次是各种著述目录。邹汉勋编《衡阳二王著述目录》时，分为三卷，可惜此书未刊行，现已失传。《衡阳二王著述目录》依照邓显鹤所编，增加了一些必要的补充和考证，列明经部二十七种、史部六种、子部二十五种、集部四十二种，共九十五种，除其中十五种不知卷数多少未计外，尚有三百八十卷。

第三部分介绍了船山著述的保存和传播。对船山著述保护最力者，首推船山之子王敔，他集中保存了船山遗稿。还有许多亲友学生纷纷抄录副本，分别保存其家中，其中以刘岷映、刘近鲁兄弟的子孙收藏遗著抄本最多，保护最为周密。关于船山著述的传播，主要介绍了船山著述的刊刻情况，由船山逝世后其子王敔刻书介绍到民国时期的《四部丛刊》《四部备要》和中华人民共和国成立后北京古籍出版社和中华书局等出版的船山著述。

第四部分介绍了《船山遗书》的几种版本。

第二节　1950—1979 年船山文学思想研究论文

一、1950—1979 年王船山诗论、词论整体研究

这一时期的研究论文有的对王船山文学思想做了整体介绍，比如陈友琴的《关于王夫之的诗论》（《人民日报》1962 年 12 月 25 日）对诗论进行了分析，吴则虞的《姜斋词论略——为纪念王船山逝世 270 周年作》（《江汉学报》1962 年 12 期）对词论展开了研究；还有的具体分析了一种诗歌类型——词的思想内容和艺术特征。

陈友琴的《关于王夫之的诗论》以当时人民文学出版社出版的

很多种不同朝代的名家诗话，"明末清初王夫之的《姜斋诗话》就是印行的许多诗话中较有特色的一种"作为契机，展开了对王夫之诗论的研究。文章在郭绍虞《中国文学批评史》的基础上，从四个方面进行了论述。第一，立意和取势。王夫之强调立意的重要性，也就是思想的重要性。"取势"则是缩"万里"于"咫尺"之中，让读者从无字处求意，分享创作的乐趣。第二，现实意义和直爽风格。王夫之重视现实，便积极主张"要以俯仰物理而咏叹之，用见理随物显，唯人所感，皆可类通"。在风格上，他一面提倡含蓄，赞美委婉曲折的妙处，但一面又说诗有时也要痛快淋漓，不满意于诗教中的温柔敦厚。第三，强调独创性。王夫之最重视作者自己的性情、兴会和思致，反对依傍门庭，拾人牙慧。第四，反对琢字、琢句、讲死法。在他的诗篇中，含蓄和直陈，独创和师法，工巧和自然等各方面，乍看起来好像有些矛盾，但其实是有矛盾的统一性的，他的方法是合乎辩证的。这也是王夫之诗学值得推崇的地方。①

论文的突出之处在两个方面，第一，把船山诗论作为一个整体来进行研究。在此之前都研究船山诗学思想，更多的是比较零散的阐释，而没有作为一个统一的文本。这篇论文认为船山诗论表面上看起来有些矛盾，但是总体而言是辩证统一的。第二，把"取势"作为船山诗论中的重要内容，这是以前研究中缺乏关注的地方。

吴则虞在《姜斋词论略——为纪念王船山逝世 270 周年作》一文中，首先结合船山词创作的前后两个阶段，分析了船山词的思想内容和写作手法。具体表现为：第一，船山以"兴、观、群、怨"论诗，而着重是在"群"字。诗人的思想感情与群众相通。第二，船山强调了思想性与艺术性的统一，主张"以意为帅"。第三，诗要做得好，必须深刻观察客观事物，不但要得"物态"（现象），而且要穷"物理"（本质），主张"即物达情"。船山主张客观世界与主观世界的统一，即"景"与"情"的统一，对于二者的相互关系，

_____

① 陈友琴. 关于王夫之的诗论［N］. 人民日报，1962 – 11 – 25.

船山认为必须从景出发。第四，力排"门庭""成法"，主张"意必由衷""唯意所适"。船山的艺术理论是唯物主义的，是一种积极的（有主旨的）反映论，是唯物主义艺术论的总结，触及了现实主义和浪漫主义的问题。①

根据船山诗学的特点，可以看出船山词的创作具有许多新的地方：第一，"为了达到'人'、'我'、'景'、'情'的统一，因此他的选题，无论是写景或咏物，很注意所选择的对象是一般人所能够接触到的，这才能达到'换我心为你心'的'类通'。因此，他的词题并不回避春花秋月，相反的他正要抓住这些形象让它作为传导思想情感的媒介"。第二，"他特别注意到语言的提炼"，"词里很少出现古人的成句，他所用的词句戞戞独造，却字字又有来历，这又是他打破了死法的结果。在宋词中语言技巧最成功的要算辛弃疾、吴文英，可是辛词往往整句的搬用经史，不脱'宋四六'的习气，吴文英则腻得化不开来。王船山书卷虽多，却不'掉书袋'，这是他胜过前人的地方"。第三，"他的词具备多种多样的风格，而不是以一种面孔出现"，"取法多家，又不为各家所限；学人之长，却不落窠臼。"

论文结合文学创作来谈文学理论，让理论变得更有说服力，也让船山的理论与实践统一。通过与不同词人的比较分析，我们能够感受到船山不同于前人的地方，而且这样的分析有理有据，十分切合实际。

对王船山贡献的评价则是："王船山以朴茂挽救了靡弱，以浑成纠正了饾饤，又以深刻纠正了明末叫嚣浅薄的作风。所以我们可以说他是起三百年词学之衰。词在清初，又分成两支，浙西醇雅，阳羡豪宕。实际上，'醇雅''豪宕'，不过各得王船山的一面。清初大家朱彝尊和陈其年不知道是否见到王船山的词，但是王船山截断众流，实为清初词坛整顿了文风，开辟了新路。他和清初词人的关

---

① 吴则虞. 姜斋词论略——为纪念王船山逝世 270 周年作 [J]. 江汉学报，1962 (12).

系，正是'但开风气不为师'的关系。"①

龙榆生于 1963 年 5 月撰有《王船山词三种提要》一文，后由富寿荪校定，改为《读王船山词记》，刊于《词学》1983 年第二辑。这篇文章，一方面对船山词的创作时间进行了考证，虽然有的作品并没有确切的时间，但是能够让我们对船山词创作的大致情况有一定了解；另一方面对船山词的思想内容和创作手法也进行了探析。

第一，"填词在船山的全部著作中，虽属余事中的余事，但把流传下来的三种词集，参互比勘，仔细玩味，就能体会到：他并不像其他迂儒鄙薄填词为小道，而是寓以《风》、《骚》微旨，援引'兴'、'观'、'群'、'怨'的传统诗教，用来寄托其宏伟思想和爱国热忱，委曲以达其幽约怨悱不能显说之情的。他对倚声之学，也曾下过不少工夫，从而吸取两宋诸作家的精华，在语言艺术上发挥他的独创性"。②

第二，船山词的最高成就，"似在康熙十年辛亥（1671）《潇湘怨》编就之后，二十四年乙丑（1685）《楚辞通释》写定之前"。"在这一段时间，他的词几乎全是激楚苍凉、声情并茂的。由于他晚岁沉浸于屈子《离骚》和南宋诸大家词，含咀既深，把他那精湛的哲理、壮烈的怀抱，以及眷怀宗国、殷望复兴的信心，一以沈郁悲凉的笔调喷薄而出，使后来读者如闻其声，如见其人，具有强烈的艺术感染力。"③

第三，其鼓词"把家国之恨，伉俪之悲，打并起来，作者惨淡经营的描画，绵密凄悱"。④ 其《潇湘小八景》词，"绝非刻意于自

---

① 吴则虞. 姜斋词论略——为纪念王船山逝世 270 周年作［J］. 江汉学报，1962（12）.

② 《词学》编辑委员会. 词学：第 2 辑［M］. 上海：华东师范大学出版社，1983：110.

③ 《词学》编辑委员会. 词学：第 2 辑［M］. 上海：华东师范大学出版社，1983：114.

④ 《词学》编辑委员会. 词学：第 2 辑［M］. 上海：华东师范大学出版社，1983：118.

然景物的摹写，而是托兴于湘灵的怨瑟，以寄其浩渺无涯的沉恨深悲"。① 《潇湘十景词》"这一组令词，是经过严密组织，匠心独运，巧妙地用比喻手法，寓情于景，缠绵悱恻，芳洁壮烈，真是屈原《离骚》的嗣响！"②

二、《姜斋诗话》研究

《姜斋诗话》是王船山诗学重要的研究资料，也是关注度较高的文本，因此这一时期的研究也主要集中在《姜斋诗话》。如羊春秋《〈姜斋诗话〉初探：王夫之逝世二百七十周年祭》，马茂元《〈姜斋诗话〉中论自然景物的描写》，周健明《〈姜斋诗话〉浅识》，洪途《读王夫之的〈姜斋诗话〉》，蒋世杰《读王夫之的〈姜斋诗话〉》，以上作品都以《姜斋诗话》作为主要研究对象，分别论述了其中的重要思想。

羊春秋《〈姜斋诗话〉初探：王夫之逝世二百七十周年祭》文章开头认为，《姜斋诗话》对于江西诗派的诗歌主张和明七子所倡导的复古运动，起了针砭的作用，对于当时诗歌理论建设和艺术经验的总结，做出了可贵的贡献。

文章具体从五个方面进行梳理：第一，强调了"兴、观、群、怨"的社会功能。他一方面赞叹诗歌的社会功能被孔子概括得十分详尽；另一方面又指出运用这一根衡量诗歌的玉尺，可以严雅俗之辨，正得失之源。他没有孤立地去看"兴、观、群、怨"的社会功能，而是从它们相互联系、相互区别的角度进行考察，把文学的认识、教育和美感作用进行统一的解释。《诗话》从文学的形象和感情交流作用的角度来解释"兴、观、群、怨"的社会功能，是值得重

---

① 《词学》编辑委员会. 词学：第 2 辑 ［M］. 上海：华东师范大学出版社，1983：121.

② 《词学》编辑委员会. 词学：第 2 辑 ［M］. 上海：华东师范大学出版社，1983：123.

视的艺术见解，这也是此文对于前人研究有所发挥和超越的地方。第二，强调了"身之所历，目之所见"是诗歌创作的"铁门槛"。创作是诗人根据自己的美学见解，攫取社会生活中某一问题，或者自然界一个美的景象，捕捉内心一个美的意念，以语言文字为媒介，创造一种新的意境，给人们一种生活的启发和美的享受。还把"现量"二字作为"身之所历，目之所见"的最好注脚。第三，强调了思想内容是诗歌的统帅和灵魂：创作一首诗歌，如果只有华丽的辞藻、优美的形式，而缺乏深刻的思想内容，便不能产生很好的艺术效果。要真正获得感人的艺术力量，就必须"以意为主"。还运用朴素的辩证法的因素，来解释艺术创作的内容与形式的关系。第四，总结了诗歌创作的一系列艺术经验：就情与景的关系来说，王夫之认为情和景是密切结合着的，任何把情景对立起来、割裂开来的看法都是不正确的。只有在景物中，寓之以情，在情语中，布之以景，才有可能成为千古的绝唱。第五，强调反对立门户、守成法、作诗佣。总之，《姜斋诗话》对于阐明诗歌的作用，总结创作的经验，挽回诗坛的颓风，保卫真正的艺术，有着不可磨灭的贡献。但这部著作也有不足之处，仅就其对待民间歌谣的态度来看就是十分错误的。[①]

　　文章更多的是总结了前人的研究内容，并把《姜斋诗话》中最为核心的几个内容再次进行了强调和分析，总体而言创新内容不是很多。

　　马茂元《〈姜斋诗话〉中论自然景物的描写》一文在前人研究基础上有所突破，主要表现在以下几个方面：第一，论文指出，船山还有一些零碎的诗评，见于其《古诗评选》《唐诗评选》《明诗评选》之中，可与《姜斋诗话》相参证。文中把船山的诗歌评选也正式作为船山诗学的重要参考资料，虽然在此之前就有人关注过，但是没有人能够如此正式地对其进行定位。第二，作者认为，情和景

---

　　① 羊春秋. 《姜斋诗话》初探：王夫之逝世二百七十周年祭 [J]. 湖南文学, 1962
(12).

的关系问题，实质上是一个形象思维的问题。每一首好诗，都应该是情景交融，都应该是主客观的统一体；但就表现的艺术手法而言，则有各种不同的方式。"三百年前的王夫之，对于诗歌艺术形象思维的基本特点有了这样的认识，在中国文学理论发展的历史上，不能不说是代表了这个时代最高的水平。"从形象和思维的角度去思考情景交融的问题，也是受到当时文学理论整体思潮影响的结果。第三，船山对自然景物的描写特别强调直接的体验。"强调直接的体验，以佛家的'现量'喻诗，因而船山在艺术上所追求的是一种活泼空灵的意境。"通过直接体验把"穷物之理"和"传物之神"有机地融合在一起了。① 这些对船山诗学的论述对后来的研究者而言都具有极高的启发性。

周健明在《〈姜斋诗话〉浅识》中认为："王船山不但认识到物质不灭的原理，同时还承认主观是客观存在的反映。因此，在《姜斋诗话》中，形成了一系列的正确的文学观点。"② 二十世纪五十年代，我国文艺界受苏联文艺理论的影响，形成了一种新的研究视角，即运用马克思主义文艺理论的观点去研究问题，主张文学是现实生活的反映，是其中最普遍和重要的概念之一，并以此来分析中国传统的文学理论。这篇文章正是用这一理论来分析《姜斋诗话》的："在文学与现实的关系上，他认为：'会景而生心，体物而得情，则自有灵通之句，参化工之妙。'认为'身之所历，目之所见，是铁门限'。这也就是说，文学创作都要以实际生活作为依据。""意识是客观物质世界的反映，但是，意识在反映客观世界时又是能动的。在强调身历目见的实际体验对创作的重大意义的同时，王船山没有忽视作者的思想情感的作用。"③ 除了运用马克思主义文艺理论来分析，该文还对《姜斋诗话》中的部分观点进行了阐释；王船山竭力反对复古主义，反对门庭，反对一切不合理的格与法；提出了新的

① 马茂元.《姜斋诗话》中论自然景物的描写 [J]. 文艺报, 1963 (4)：39-41.
② 周健明.《姜斋诗话》浅识 [J]. 湖南文学, 1963 (11).
③ 周健明.《姜斋诗话》浅识 [J]. 湖南文学, 1963 (11).

格与法，认为产生一切合理的格与法的基础是意和势。该文同时指出《姜斋诗话》中的局限："王船山的唯物主义和辩证法观点不可能是彻底的。"因此"他反对劳动群众参与文学活动，反对民间文学"。反对讽刺文学，特别是反对讽刺君王的文学。这是船山诗学中的不足之处，也是时代发展的必然影响。文章过度阐释船山诗学中政治意识形态的内容，马克思主义文艺理论与船山文艺理论的结合有些牵强，并不是十分恰当。

洪途《读王夫之的〈姜斋诗话〉》、蒋世杰《读王夫之的〈姜斋诗话〉》两篇文章都从《姜斋诗话》中获得了新的收获。从唯物主义、尊法反儒的角度来进行阐释，具有极强的政治意识形态性，过多地凸显了诗话的政治性而忽视了其审美性。

洪途在《读王夫之的〈姜斋诗话〉》中认为："《姜斋诗话》是他晚年完成的著作之一，它对历代诗歌的评论，体现了作者尊法反儒的进步文艺观。""他所强调的思想内容主要是指作家要具有尊法反儒精神。""王夫之的进步文艺观，和他进步的政治思想、哲学思想是一致的，也是他尊法反儒的政治路线在文艺评论中的体现。他反对复古主义的'死法'，主张'别致其新'，是他发展的进步的历史观在文艺观中的反映。他强调社会实践对文艺创作的重要作用，是他哲学思想中的唯物主义因素在文艺思想中的反映。他进步的文艺观的形成，是继承了历史上法家的思想和总结了历史上唯物主义的哲学思想所取得的成果。《姜斋诗话》在历史上发挥了一定的战斗作用，具有进步意义。"①

蒋世杰在《读王夫之的〈姜斋诗话〉》中直接把王夫之的思想理解为政治斗争的重要工具，对于其中的许多文艺理论进行了过度阐释甚至存在误解的地方。比如，他认为，"王夫之的文艺观的首要之点，就是冲破儒家'文统'的桎梏，主张文艺为法家政治路线服务"。"坚持了文艺创作的唯物主义路线，并提出了文艺要通过创造

---

① 洪途. 读王夫之的《姜斋诗话》[N]. 文汇报，1975 – 02 – 26.

形象来为政治服务的思想。""用历史进化论为武器为发展地主阶级革新派的进步文艺扫清道路。"① 这种理解是对船山思想的一种误读，也是特定历史时期的产物。

三、关于儒法问题的研究

这一时期的研究，曾把王船山定位为法家代表，对船山的研究违背了研究规律，但此时的研究在某种意义上扩大了船山思想的传播，具有一定的积极意义。十一届三中全会以后，船山研究拨乱反正，回归正途，也正说明了船山思想的重要性和价值魅力。对于儒法问题的研究主要集中在哲学和历史方面，朱祖延等人的《王夫之的文艺思想与儒法文艺斗争》则直接从文艺思想的角度来阐释船山思想。

文章指出，王夫之在文艺理论方面对儒家思想的批判，主要表现在两个方面：一是对宋明以来的理学家为实现"存天理、灭人欲"而标举的"文以载道"的批判，一是对统治明朝文坛达一百多年之久的"前七子"和"后七子"复古主义文学思潮的批判。虽然文章中强调了"情"是诗歌创作中的一个重要因素，但也指出了其是建立在唯物主义认识论基础上对客观外界的反映，认识到了船山文艺思想的特点，但最终试图以评法批儒作为落脚点。总之，对船山文学思想的这种理解有悖于文学自身的特点。

二十世纪七十年代中后期，开始对船山思想的研究有了更加合理的定位。此时期恢复了船山本来的面目，而不是将船山思想作为政治斗争的重要载体来研究。1977 年湖南人民出版社出版了由湖南省王夫之哲学著作注释组选注的《王夫之哲学著作选注》，在前言中提道："王夫之是一个进步性与局限性都比较明显的两重性的历史人物。但他的进步思想占主导地位是毋庸置疑的；他在唯物主义方面

---

① 蒋世杰. 读王夫之的《姜斋诗话》[J]. 思想战线，1976（4）.

的贡献更是不可磨灭的。……但由于时代和阶级的局限，他不但没有可能把这一斗争进行到底，而且始终没有摆脱儒家思想的束缚。"① 从中我们可以看到，船山学术的本来样子不再是法家的卫道者，而具有了更准确的思考。对船山的学术研究经历了这一倒退后得到更好的发展，从此船山研究也进入了一个崭新的历史时期。

四、《龙舟会》研究

《龙舟会》是船山为数不多的戏剧创作，虽然在船山文学思想中的地位不是很高，但是也具有一定的关注度。

铁可的《谈谈〈龙舟会〉的发掘和整理》注意到船山戏剧的相关思想。虽然这并非船山诗学中的主要部分，但是也说明了当时对船山学术思想已有了全方位的了解。

文章认为，王船山的《龙舟会》是"反映了他的政治思想、学术思想的。就政治思想来说，《龙舟会》表现了王船山先生鲜明的民族立场，民族气节，和强烈的爱国主义思想观点。……就学术思想来说，《龙舟会》鲜明地表现出王船山先生借唐人小说的历史题材，来歌颂自己时代美的事物，抨击自己时代丑恶事物的'古为今用'的精神"。此外，文章还指出船山戏剧创作的成就和不足之处："不以曲折离奇的情节取胜，而以抒情的笔调描绘和刻画人物形象来体现主旨，是《龙舟会》的艺术特色之一。""《龙舟会》在人物性格刻画和人物形象塑造上，也有它的特色，船山先生是借古人抒发自己的情感和抱负。""《龙舟会》的语言艺术是高超的，光华四射的，它是作者激情凝练的结晶，许多唱词都是非常优美的诗句，给人以美的艺术享受。但是，也存在着不足的地方。由于人物有一个'借'字，因而总感到在人物性格的刻画和形象的塑造上，自我交代表白

---

① 王夫之哲学著作注释组. 王夫之哲学著作选注 [M]. 长沙：湖南人民出版社，1979：13.

过多而形象描写不足。至于给人物冠以一种政治概念的名字尤不足为训。"①

谭家健的《浅谈王夫之的杂剧〈龙舟会〉》认为，《龙舟会》"贯穿着反抗民族压迫的强烈感情和批判现实的战斗精神，在当时具有深刻的社会意义"。文章考据了《龙舟会》的成书时间，"在船山从南明朝廷罢官归家之后，隐居湘西之时，即一六五二年前后所成"。②"《龙舟会》的创作意图正是为了'使人作'，'正而（尔）国'。因而剧中处处表现出强大的鼓动力量，饱含着忧国忧民的感情，读来令人激兴，发人深思。特别是李公佐的一些议论和感慨，实际上就是王船山自己在对群众讲话。"③

文章还指出《龙舟会》存在的不足并分析了原因："由于《龙舟会》是在历史传说的基础上改编的，它要把现实的思想情感和古老的人物故事糅合在一起，这种旧题材和新思想之间的矛盾，使作者在创作过程中不免受到一定的限制，因而在艺术上也表现出某些不足之处。那就是，作者的思想倾向并没有完全通过人物的行动和故事情节来体现，而是过多借助于独白、自我介绍乃至借题发挥等方式，故尔有时显得不够自然，个别地方甚至不免给人牵强附会之感。这种状况的形成，是有其特定的历史原因的。空前严重急切的民族危机，在作家胸臆中燃烧起炽热的报仇雪恨的怒火，强烈的战斗要求，使他来不及把自己的思路全部熔铸入艺术的形象，而是迫令他利用一切可以利用的机会，来表现、抒发、倾吐自己的情感。形成一种如同长江大河不择平地行的粗犷风格，正是昂扬的战斗意志的表现。因而对于随之而来的某些缺陷，我们应该给予历史的客

---

① 铁可. 谈谈《龙舟会》的发掘和整理 [J]. 湖南文学，1963（1-2）.

② 谭家健. 浅谈王夫之的杂剧《龙舟会》[J]. 湖南师范大学社会科学学报，1979（3）：111.

③ 谭家健. 浅谈王夫之的杂剧《龙舟会》[J]. 湖南师范大学社会科学学报，1979（3）：116.

观的分析，而不可以过高的苛求和指责。"①

五、其他研究

席思鲁的《〈姜斋文集〉遗文〈惜余鬒赋〉考释——为纪念王夫之逝世二百七十周年作》一文主要从六个方面来阐述：第一，《姜斋文集》卷八标出赋三篇，只存《被楔赋》《章灵赋》两篇。虽注明缺一，但又不同于他卷体例缺文存目，因此，久不为人所知。一直到《惜余鬒赋》发现，作者检读《文集》，才恍然大悟，这不被人注意的缺名一篇，确是此赋无疑。若将三赋（即《惜余鬒赋》《被楔赋》《章灵赋》）合观，更觉前后一贯。第二，《惜余鬒赋》撰著年代和流传始末。这赋是甲寅年（清康熙十三年，公元 1674 年）替他的学生衡阳人唐端笏（字须竹，号躬园）撰著的。辛未年（清康熙三十年，公元 1691 年）夏季，船山老病之余，用素绢手写此赋一通，跋尾两段，又加书壮年所作《七歌》，将卷子郑重地付与唐端笏，无异于临终遗言。第三，题解和本事。人民为了爱护自己民族的风俗和习惯，使自己的衣冠服饰不致受其他族的侵凌和变更，在愤怒心情下，就以宁肯留头发而不留头颅，作为坚决的回答。第四，正文今译。文章对《惜余鬒赋》进行了全文翻译，并指出"本赋以避剃全发为题材，而篇中于清朝禁令一语不及，而且发鬒字面也只一见，专用比喻手法，所以不容易读懂"。② 第五，旁证。就船山诗文涉及的这个问题作为补充材料对主题思想的说明，增加些力量。第六，附《惜余鬒赋跋语》原文。

张少康在《我国古代文论中的形象思维问题》中指出："王夫

---

① 谭家健. 浅谈王夫之的杂剧《龙舟会》[J]. 湖南师范大学社会科学学报，1979（3）：116.
② 席思鲁.《姜斋文集》遗文《惜余鬒赋》考释——为纪念王夫之逝世二百七十周年作 [J]. 江汉学报，1962（11）：1.

之在关于'情'和'景'关系中，对于这个问题讲得最透彻。"① 王夫之讲的"情"和"景"的关系，实际上就是艺术形象中思想和形象的关系。

一方面，强调"情"和"景"是相互触发而产生的，从一开始就不可分离，都是服务于诗人一定的目的和意图，即服务于诗人的世界观。另一方面，"情"和"景"也互相依存。在形象思维过程中，"情"总是体现在一定的"景"中的"情"，而"景"总是含有一定的"情"在内的"景"。

我国古代文论认为艺术的形象思维过程中，思维和形象同时产生，互相触发，又互相依存。把船山情景理论和"身之所历，目之所见，是铁门限"与比兴、"神与物游"、"思与境偕"、"别材"、"别趣"，非关"书"、"理"等统一起来成为古代文论中形象思维理论的重要组成部分。这也是对船山诗学理论不断解读之后获得的新价值和意义。

吴文辉在《"兴、观、群、怨"解》一文中结语用王夫之的《姜斋诗话》一句话"兴、观、群、怨，诗尽于是矣"，总结了孔子"兴、观、群、怨"的重要理论价值和历史意义；对孔子的"兴、观、群、怨"进行了全面详细的分析，也让船山思想中的部分内容得到了更多的认可和理解。②

总之，这一时期的船山文学思想的研究开始有了更多的关注，研究者也从不同的角度展开了探究，尤其是对《姜斋诗话》的诗学观点进行了深入的探讨。但总体而言，文学思想研究的深度和广度还有待加强。"文化大革命"后对船山的研究逐渐步入正轨，20 世纪 80 年代后船山思想的研究达到了一个新高度。

---

① 张少康. 我国古代文论中的形象思维问题［J］. 北京大学学报（哲学社会科学版），1979（1）：59.

② 吴文辉. "兴、观、群、怨"解［J］. 学术研究，1962（6）.

第四章 学术研究的多元化
（1980—2000）（上）

第一节 船山学会的成立及学术活动的开展

一、船山学术研讨会

随着船山研究的日益兴盛，船山研究的学术活动有计划地开展。在船山诞辰的特殊日子，曾召开了几次重要的学术研讨会，为船山研究者们提供了交流机会，有利于促进船山的思想研究。

在1962年以前并没有召开过学术研讨会，因此笔者把20世纪以来船山学术研讨会的梳理都集中在这一个小节中。

1962年，船山逝世270周年，湖北省哲学社会科学界联合会首先于9月中旬在武昌举行了王船山学术研讨会，共收到论文12篇。其中席鲁思的《〈姜斋文集〉中的赋三篇考释》着重考释了新发现的船山《惜余鬢赋》及《跋》，对于补足船山文集的缺失具有重要贡献。

同年11月18日到26日，纪念王船山逝世270周年学术讨论会在长沙开幕。这是第一次专门对船山思想进行研究的大型学术会议，应邀出席这次讨论会的，有全国知名学者和对王船山学术思想有专门研究的学者，如李达、潘梓年、吕振羽、嵇文甫、冯友兰、关锋、金灿然、杨荣国、徐旭生、谢华、谭戒甫、吴泽、吴传启、林聿时、吴则虞等人，以及来自湖南、湖北两省和北京、上海、广东、广西、河南、吉林等地的哲学、史学、文学工作者共九十多人。这次研讨会被认为是王船山研究的一次重要会议，是有组织研究船山思想的开始。李达在开幕式上致辞，认为这样的学术活动有利于促进学术研究。与会人员主要就王船山的哲学思想、史学思想、政治思想、爱国主义与民族思想、阶级立场等问题展开了深入探究。提交大会的论文于 1965 年由中华书局出版，即湖南省哲学社会科学学会联合会、湖北省哲学社会科学学会联合会合编的《王船山学术讨论集》（全二册）。

1972 年，王船山逝世 280 周年，我国台湾地区成立了"船山学会"，学会由辅仁大学校长、衡阳籍人士罗光任会长。自由出版社出版了《王船山遗书全集》（重编本），并召开了研讨会，出版了《船山学术研究集》第一辑（船山逝世 280 周年纪念论文集）。1979 年还建立了船山书院。

1982 年 9 月 25 日至 28 日，在湖北武昌举行的纪念王船山逝世 290 周年学术研讨会，共收到来自湖北省社会科学界、天津、广州、合肥等地的论文 40 篇。"与会代表一致认为，粉碎'四人帮'后，王船山研究在较短时间内取得了可喜的成果：（一）研究领域日益扩大。对王船山的研究，过去大都只重视他的哲学、政治、史学、文学等方面的思想，近来则扩大到经济、教育、美学等领域。（二）研究内容向纵深发展。（三）研究的方法更加科学化。"[①] 这次会议主要仍集中在船山哲学思想的启蒙性质、船山民族观、船山辩证法思想、范畴体系等问题，对于文学问题的涉及还是偏少。但这次会议对于船山思想的美学问题有了一定的深入思考，有些学者认为其逻辑起点是"积淀着理性的情感"，美学理论是情与理、情与景、意与势、意与辞等多层次的统一。

同年 11 月 9 日至 11 月 16 日，在湖南衡阳也举办了纪念王船山逝世 290 周年的学术研讨会，由湖南省社会科学院、湖南省哲学社会科学学会联合会和船山学社共同召开。此次会议无论在广度还是深度上都取得了可喜的进展。对船山的自然哲学、逻辑思想、军事

①　李明华. 湖北召开王船山学术讨论会 [J]. 江汉论坛, 1982 (11)：42.

辩证法思想、美学思想、人性论、宗教思想、教育思想、方志思想、经济思想、政治思想、民族观和文学理论等方面，都进行了探讨和研究。其中一些领域和方面，是过去船山学的研究中从未涉猎的。[①]1985 年湖南人民出版社出版了由湖南省社会科学院编的《王船山学术思想讨论集》，此书收集的是 1982 年 11 月 9 日至 16 日在湖南省衡阳市召开的王船山学术讨论会的部分论文。其中文学方面的论文有：马积高的《王船山的〈楚辞〉学及其辞赋》、陈书梁的《王船山〈楚辞通释·离骚经〉浅议》、彭靖的《王船山词的思想特色》、周示行的《言意　情景　内外》、张长青的《试论王船山情景融浃的诗境说》和谭承耕的《船山诗词艺术特征初探》等。

　　同年 4 月 12 日，天津市中国哲学史学会和南开大学哲学系联合举办纪念王船山逝世 290 周年学术报告会。方克立作《船山学的回顾与展望》的报告，杨柳桥作《船山的易学方法》的报告，从多个方面对船山的思想进行了分析和阐释，引起了与会者对船山研究的兴趣。

　　1987 年 10 月 20 日至 22 日，由湖南省船山学社、湖南省中国哲学史研究会、衡阳市博物馆、衡阳市社会科学界联合会共同发起的王船山学术思想讨论会在衡阳市举行，与会专家学者 54 人，共收到论文 22 篇。这次会议对于船山研究中的价值观问题提出了新的思考，并为 1992 年举办国际性船山学术思想讨论会提出了初步设想。

　　1992 年 11 月 3 日至 11 月 7 日，海内外 120 余名学者以"船山学在中国传统文化中的地位及其与社会主义精神文明建设的关系"为主题，在湖南衡阳召开了纪念王船山逝世 300 周年国际讨论会。会上提出了建立"船山学"的问题：一方面是王船山本身的思想理论体系，另一方面是船山著述的传播、影响等。这次会议从不同领域和侧面深入研究船山，比如《船山诗论及创作研究》（谭承耕），《王夫之诗论研究》（杨松年），《王船山美学》（熊考核）等专著是

① 晋. 王船山学术思想讨论会在衡阳举行 [J]. 哲学研究，1982（12）.

对船山文学和美学思想深入研究的重要成果。与会者还认为在船山微观研究上，人学思想、价值哲学、文化思想、艺术哲学等方面有待进一步开垦。只有坚持实事求是，才能更准确地把握船山思想，也才能真正把船山学的研究推向深入。①

1992 年由纪念王船山逝世 300 周年国际学术讨论会组委会学术组编了一本《纪念王船山逝世 300 周年国际学术讨论会论文提要》，对于当时参会的论文都进行了简要概述，让我们能够获得一个大概的认识和了解。1993 年船山学刊社出版的罗小凡、王兴国主编，张以文、李定安副主编，纪念王船山逝世 300 周年国际学术讨论会组织委员会编的《船山学论》，则是选取了其中的部分论文进行转载，让研究者能够进行深入的探讨。

1993 年 6 月 3 日至 6 日，台北故宫博物院、辅仁大学、台北中国哲学会和船山学会合办了王船山学术研讨会。这是海峡两岸船山学术研讨的一次重要会议，也为两岸的船山学术交流提供了新的渠道，揭开了新的篇章。这次研讨会"是五十年代以来，尤其是八十年代以来两岸船山学术研究丰硕成果的检阅与直接交流。两岸学者或从微言大义上阐幽发微，或宏观上综论，或作传统文化的疏释，或与中外学者作比较研究，互相取长补短，实为繁荣学术研究的有益举措。这是两岸船山学术交流的可喜开端，也是两岸高层文化交流、融汇的一个生动体现"。② 会后由辅仁大学出版社出版了《王船山学术研讨会论文集》。

1999 年 6 月 28 日至 30 日，王船山学术思想暨哲学范畴研讨会在昆明举行，来自 10 个省市的 31 位专家出席会议，并提交了 14 篇论文。会议的主题是：王船山思想的现代意义、马克思主义哲学范畴在当代的发展。

---

① 王兴国. 纪念王船山逝世三百周年学术讨论会综述 [J]. 中国社会科学，1993（2）.

② 徐荪铭. 海峡两岸学术交流的新开端——辅仁大学"王船山学术研讨会"述评 [J]. 船山学刊，1994（1）：200.

学术研讨会的召开，使船山思想由个人研究转向群体研究，并获得了对话和交流的可能，有效地促进了船山思想的传播。

二、船山学社、《船山学报》（《船山学刊》）及其他

（一）"船山学"的提出和发展

"船山学"这一概念在很早以前就已出现，熊十力在其《心书·船山学自记》中云："船山书凡三百二十卷，学者或苦其浩瀚，未达旨归。余以暗昧，幸值斯文，嘉其启予，爰为纂辑，岁星一周，始告录成，遂名船山学。"① 因此这一概念的提出，并不是创新，但是把"船山学"与"朱子学""黑格尔学"等并列在一起作为一门独立的门类来研究则是在 1982 年 11 月 10 日衡阳召开的王船山学术思想讨论会上，由南开大学方克立副教授提出的：

船山学是一门以我国 17 世纪著名唯物主义思想家王夫之的生平活动和学术思想为研究对象的新学问。……在世界哲学史中，封建时代的哲学以中国发展得最为完善、最为成熟、最具有典型意义，而船山哲学又代表了中国封建时代哲学的最高成就，由他高度发展了的朴素唯物主义和朴素辩证法相结合的哲学形态，不仅在中国，而且在世界哲学史上都具有典型意义，在整个人类认识史上是不可缺少的重要一环，是一系列圆圈中的一个应该用粗线画的圆圈。船山学不仅是中国人民的宝贵的历史遗产，而且是全人类共同的思想财富。王船山应该是一个世界性的人物。现在各国学者要召开'国际黑格尔学大会''国际朱子学大会'，可以预计在不久的将来，世界各国的船山学者也会坐到一起来，召开国际船山学术会议，共同发掘船山学说中所蕴含的丰富的思想宝藏。②

---

① 熊十力. 心书·船山学自记［M］//船山全书：第 16 册. 岳麓书社：2011：981.
② 方克立. 方克立文集［M］. 上海：上海辞书出版社，2005：626 - 627.

对于船山学的研究内容，王兴国在《关于船山学科建设的两个问题》中指出至少包括 13 个方面：①船山的生平、行迹、事迹研究，船山历史遗迹、文物的保护研究；②船山的家庭、亲属和师友以及他们对于船山的影响研究；③船山著作的写作和刊刻、出版情况的研究；船山著作佚文的继续收集整理；④船山各方面学术思想的专题和综合性研究，船山生平和学术思想研究中有争论问题的研究；⑤船山思想渊源、影响及其在世界思想史、中国思想史和湖湘文化史上历史地位的研究；⑥船山研究方法论的探讨和研究；⑦船山思想现实意义的研究，除了船山思想品德的现实意义的研究，还应包括船山历史遗迹文物及船山学、船山学社品牌的开发利用研究；⑧船山学发展的历史阶段及各阶段历史特点的研究，不同历史阶段中一些对船山学有贡献的代表人物及有代表性的著作的研究；⑨从思贤讲舍到船山学社等国内外有关船山的教育和学术机构的研究；⑩从民国时期的《船山学报》到当代的《船山学刊》，包括《衡阳师范学院学报》的船山研究专栏的研究；⑪国外及港台船山学的情况及其特点的研究；⑫船山思想和著作的普及推广的研究；⑬船山学的未来发展和展望的研究。①

从当下船山学研究取得的成果看，在很多方面已经初见成效，但研究的空间仍然十分广阔。

（二）船山学社

船山学社的前身是 1881 年由郭嵩焘创办的思贤讲舍。思贤讲舍极力宣传船山思想并为船山思想获得一个全面的学术史地位不断努力。辛亥革命后，思贤讲舍停止活动，后经刘人熙等人不断努力，在原思贤讲舍旧址上，创办了船山学社，于 1914 年 6 月 14 日在长沙正式成立。船山学社对于搜集和刊印船山著作、编辑出版学报、创办学校、学术讲演等活动有着重要贡献。抗日战争中，船山学社

---

① 王兴国. 关于船山学科建设的两个问题 [J]. 衡阳师范学院学报，2006（4）：1–2.

的财产受到毁坏，自抗战胜利至 1949 年 8 月长沙和平解放前，船山学社仍然开展活动，社员积极参加中共湖南工委领导下的地下活动。1950 年船山诞辰，毛泽东主席亲自题写了"船山学社"四个字并寄到学社。1958 年至 1963 年，湖南省文化局委托湖南省图书馆代管船山学社。二十世纪八十年代随着船山研究的逐渐繁荣，湖南学者意识到团体组织的建立有助于学术思想的传播和交流，在筹备纪念王船山逝世 290 周年活动的同时，也着手恢复船山学社，并于 1982 年 5 月 8 日重建，由吴立民任社长，王兴国、陈远宁等人任副社长。1994 年起王兴国任社长。船山学社一方面积极搜集船山资料并编辑整理，另一方面召开学术研讨会，恢复《船山学报》。1988 年衡阳成立了船山学会，这些团体都有利于船山思想研究的交流、碰撞，为船山思想的传播提供了资源和条件。

（三）《船山学报》（《船山学刊》）及其他

《船山学报》于 1915 年 8 月 20 日正式创刊，"《船山学报》是湖南船山学社出版的群众性学术研究刊物。它以发表王船山未刊著作和研究船山学术思想的文章为主，积极宣扬了船山的爱国、爱民族的思想"。① 《船山学报》以弘扬王船山爱国主义思想和爱民族的精神为宗旨，以砥砺国人承担社会重任、振兴中华民族为目标，对于传播船山思想与船山文化起到了重要作用，成为二十世纪初学术思想界一支异军突起的劲旅，极大地推动了当时的社会思想解放运动。"②

　　1915 年到 1917 年出版了 8 期《船山学报》。虽然发行时间不长、刊期较少，但对船山研究发挥了积极推动作用。1930 年出版第 7 期《湖南船山杂志》，1932 年到 1937 年出版了 15 期续刊《船山学报》（又名《湖南船山学报》），到 1949 年之前，《船山学报》陆续出版大概 30 期内容。

---

① 湖南船山学社. 船山学报 1［M］. 长沙：湖南师范大学出版社，2009：前言 2.
② 湖南船山学社. 船山学报 1［M］. 长沙：湖南师范大学出版社，2009：前言 6 - 7.

　　改革开放后，《船山学报》于 1984 年 3 月 30 日复刊。复刊后的学报由湖南省社会科学院、湖南省社会科学学会联合会、船山学社联合主办，王兴国任主编。学报无专职编辑，主要由湖南省社会科学院哲学研究所和文学研究所研究人员兼任。每年出版两期，至 1989 年共出版 14 期，其中两期为增刊：《屈原研究论文集》和《船山政治伦理思想研究专辑》。学报的第 1 至 4 期只刊登研究船山的论文、资料，第 5 期起扩展至湖湘文化和中国传统文化研究。开设的主要栏目有"船山佚文""船山哲学""船山史学""船山文学""争鸣""青年论坛""原著注释""船山学的历史和现状""船山学在国外""船山生平与师友研究""《船山全书》的编辑与研究""湖南学案研究""明清思想研究""中国传统文化研究"等。①

　　这一时期的办报宗旨十分明确："提倡在实事求是的原则下，全面地、科学地研究船山的生平、著述和思想，揭示其内在的逻辑体系，弄清其学术源流，探讨其历史地位，总结其思维经验教训，以做到古为今用，为社会主义精神文明建设服务。"②

　　1989 年底，《船山学报》因全国报刊整顿而再次停刊。《湖南社会科学》于 1991 年出版了一期"船山研究专刊"。1991 年 12 月重新复刊，并更名为《船山学刊》。《船山学刊》创刊号发表了《拓宽船山研究，弘扬民族文化》一文："就历史的承接关系而言，新的《船山学刊》乃是 1915 年创刊，并于新中国成立后八十年代一度恢复的《船山学报》的继续和发展。其宗旨是进一步推动、拓宽、拓深对船山及相关传统学术思想的研究，弘扬我中华悠久瑰丽的优秀传统文化，为建设有中国特色的社会主义新文化服务。"③

　　《船山学刊》的重点是："深入拓展船山研究，同时将进一步拓宽在传统文化方面的研究领域，加大明清学术思想和湖湘文化研究

①　王兴国.《船山学刊》百岁生日颂 [J]. 船山学刊, 2014 (2)：4.
②　本刊编辑部. 发刊词 [J]. 船山学报, 1984 (1)：4.
③　编者. 拓宽船山研究, 弘扬民族文化 [J]. 船山学刊（创刊号）, 1991：6.

方面的份量。"① 这样使得《船山学刊》有了一个更为广阔的发展前景和动力，改变了刊物单一内容的不足，既保留了船山思想研究的特色，又为湖湘文化的传播提供了一个更好的平台。1991 年至 2000年出版的 20 期《船山学刊》则是由湖南省社会科学界联合会主管、主办。虽然刊物的发行期间波折不断，但是《船山学刊》还是得以保存和延续，这也正是对船山思想的继承和发展的表现。对于《船山学报》（《船山学刊》）发表的文学研究方面的具体论文，将在后面章节中具体分析和阐释。

除了《船山学报》（《船山学刊》）的之外，《衡阳师专学报》与船山思想研究也有着密切的关系。

《衡阳师专学报》自 1980 年创刊开始，就十分重视对王船山的研究，到 1986 年底，发表相关论文 12 篇。1987 年，《衡阳师专学报》开始向全国公开发行，并从第 1 期开始，专门设置了"王船山研究"专栏，发表了涉及哲学、伦理学、政治学、经济学、军事学、文学、美学等相关领域的文章。1992 年还专门发表了一篇《衡阳师专学报 1982—1992 年刊发王船山专栏文章索引》，共包含船山文章75 篇，为学者研究船山思想提供了便利，里面也有许多关于船山文学、美学等方面的研究，具体在后面的论述中会有详细说明。学报和学刊的出版，为船山研究提供了一块固定的阵地，培养和团结了一支研究队伍。

第二节　船山著作的整理出版及其他

一、《船山全书》的出版

在船山研究史上，文本的整理、出版、注释等历来是研究的前

---

① 编者. 拓宽船山研究，弘扬民族文化［J］. 船山学刊（创刊号），1991：9.

期工作，这也是船山思想获得普及和传播的必要条件。"文革"结束后的一段时间内，随着船山研究的迅猛发展，船山著作整理出版的工作显得尤为突出和迫切。其中，最重要的成果是岳麓书社《船山全书》的出版。

《船山全书》自 1982 年开始编辑，至 1996 年 12 月 16 册全部出齐，整整经历了 14 年的时间。

在此之前的曾氏兄弟金陵节署本《船山遗书》，共收录船山著述 56 种 288 卷，是历史上第一种船山全集。1933 年，上海太平洋书店的《船山遗书》收录著述 70 种 358 卷，是历史上第二种船山全集。本次《船山全书》的特点是：

> 一为广辑传世之船山著述及前人未入集之遗佚书文，以期收录之全；二为据可信之旧钞、旧刻以至船山手稿，订正两本之白匡、墨格、窜改、删削，以还船山面目之真；三为力求搜齐船山著作之所有版本，取精用宏，以求校勘之善；四为概用新式标点符号，乃至编目、标题、分章、分段皆汰旧从新，以利现代读者之用。①

全书共十六册，计经部九册，史部二册，子部二册，集部二册，末册为附录，收船山传记、年谱，各种有关船山生活、著述之杂录及《船山全书编辑纪事》。《船山全书》第 16 册中的传记、年谱、杂录，搜集了船山生平、著作、相关研究的资料，特别是杂录部分中的《编辑出版之属》和《记叙研究之属》是极为可贵的材料。据本书编辑杨坚所言："《编辑出版之属》所辑者，为三百年来船山著作历次版本之序跋题记及其它附件，依出版年代一一著录，实为一部船山著作出版史之资料长编。"②"《记叙研究之属》所辑者为船山生前，其同志友好戚属之记叙、赠答，以及后世对船山之传述、咏歌、议论、研究诸作。……以迄于今，总计所得凡二百三四十家。

① 船山全书序例 [M] //船山全书：第 1 册. 长沙：岳麓书社，2011：26 – 27.
② 杨坚. 杨坚编辑文存 [M]. 长沙：岳麓书社，2012：192.

去其抄袭、重复、浮滥之作，以及仅仅字面提及船山而内容太无干系、又乏联想启发作用者，所收仍约二百家。……首先为关于船山本人之资料，例如言行、踪迹、遗闻轶事等；其次则关于其著作，例如佚书佚篇，以及手迹、书目、版本、校勘等；其次则关于船山思想学术之传述、阐扬、论说、研究。"① 第 16 册共收录了众多相关人物对船山的评论，这些资料的搜集整理，为后来的研究者提供了重要的参考依据。

《船山全书》出版之后，在学术界引起了热烈反响，获得了大家的一致好评。张岱年认为："《船山全书》校订精审，十分钦佩！船山著作从此得一善本，实为学术史上一件大事。"任继愈说："岳麓版船山全集，可以传世。"

2003 年，为了让《船山全书》更加完善，岳麓书社决定修订再版。这次修订主要集中在三个方面的工作：第一，辑佚补遗。全书出版以后，陆续发现了几篇失收的船山遗书，然后进行补录。第二，择优更换个别底本，用更好更完善的本子进行更换。第三，正讹补漏。通过重新核对底本发现初版文字上的讹误与缺漏，然后进行正补。第四，编辑体例的进一步规范。一是某些特殊字形的标准化；二是杨坚先生对大量校注文字作了悉心修订，从而使表述更为精准。② 因这一版的《船山全书》是在 21 世纪初完成，不属于本书研究范围，所以这里仅作简单说明。

二、船山著作的笺注与其他研究

（一）《姜斋诗话笺注》的出版

1981 年，戴鸿森《姜斋诗话笺注》出版。戴鸿森在《例言》中指出，《姜斋诗话》的名称由来已久，清道光年间邓显鹤刻本《船

----

① 杨坚. 杨坚编辑文存［M］. 长沙：岳麓书社，2012：194.
② 船山全书修订再版说明［M］//船山全书：第 1 册. 长沙：岳麓书社，2011：1 – 3.

山遗书》中的《船山著述目录》集类中就已经载有《姜斋诗话》三卷：卷一《诗译》，卷二《夕堂永日绪论内编》，卷三《南窗漫记》。笺注以曾国藩金陵刻本《船山遗书》为底本，以王启原辑《谈艺珠丛》本、丁福保辑《清诗话》本、上海太平洋书店《船山遗书》本为参校本，凡有异文等皆出校语，置于注释中。注释部分主要内容为诗句、人名的出处，为了便于读者参看，节省翻检之劳，征引稍详；特殊语词，略作解释。笺即就本书各卷之内容、条理，辑录散见于他书之有关意见，分别隶于各条之后，这一部分内容对于船山诗学的研究具有重要价值；笺语以船山他处有关诗论为主，间有他人诗论，或为船山所取资，或为船山所攻驳。案语则是申说王船山论诗大旨，间有管见所及。① 此书最后还有一篇后记，是作者对船山的生平、著作的流传、哲学思想及诗学思想进行的一个简单的梳理。这本书的出版为王船山诗学的研究提供了便利，也使相关思想得到了恰当的汇编，如果这种方法可以推广到船山其他诗学著作中，把语义、来源贯通联系在一起，必将有利于促进这一课题的研究，也期待以后能有更多类似的注释版本出现。

（二）船山著作的考证与辑佚

船山著作数量庞杂、年代久远，在当时并未能有效保存并流传于世。因此现在可能会发现一些新的材料，这也是船山研究文献资料中的重要组成部分。

1. 刘志盛、刘萍《王船山著作丛考》

刘志盛于1981—1982年先后在《求索》杂志发表了四篇论文《王船山著作版本源流考（一）》② 《王船山著作版本源流考（续一）》③ 《王船山著作版本源流考（二）》④ 《王船山著作版本源流考

---

① 戴鸿森. 姜斋诗话笺注 [M]. 北京：人民文学出版社，1981.
② 刘志盛. 王船山著作版本源流考（一）[J]. 求索，1981（3）.
③ 刘志盛. 王船山著作版本源流考（续一）[J]. 求索，1981（4）.
④ 刘志盛. 王船山著作版本源流考（二）[J]. 求索，1982（1）.

（三）》① 四篇论文，对王船山的著作版本源流做了一个较为细致清晰的考订，为船山学的研究提供了丰富的资料。其后，其女刘萍对论文内容进行扩编增补，两人于 1999 年撰写了《王船山著作丛考》，把自明代崇祯年间开始一直到中华人民共和国成立以来的各种版本进行了统一说明和介绍。

全书上篇《王船山著作版本源流考》分别从王船山著作的刻本和排印本、王船山著作的稿本和抄本、王船山著作的佚文佚诗佚联题字三个方面，研究了船山著作的目录和版本问题。对于每个阶段出现的版本都做了概述，这是一个极其细致的工作，使大家对于船山著作的刊印和流传，有了一个清晰的了解和认知。在王船山著作的刻本和排印本中，按照时间分别介绍了明崇祯年间刻本，清康熙年间刻本，清雍正、乾隆年间王船山著作流传情况，清嘉庆年间刻本，清道光年间刻本，清同治年间刻本，清光绪、宣统年间刻本，民国年间刻印本，中华人民共和国成立以来的印本。王船山著作的稿本和抄本中分别介绍了五种王船山著作手稿、影印仿刻的王船山著作手稿、待访的王船山著作手稿、王船山著作的抄本。

在下篇《王船山著作考证》中，作者具体考证了几本著作：王船山《楚辞通释》考、王船山与《宝宁寺志》、王船山与马桥唐氏的诗文交往、《常宁县志》与船山佚文简介、王夫之《惜余鬓赋》考述、船山佚文《刘公墓表》与《振衣台歌》考述。

附录包括王船山著作年表、王船山著作传本知见录、湖南船山学社略考、《船山学报》与《船山杂志》、湖南船山学社大事记。

此书的出版，为船山的研究提供了重要参考资料，让我们能够从历时的角度审视船山著作的出版、传播和流行情况，这也是船山研究中的一个重要组成部分。

2. 欣子、石舟《王夫之著作目录考略》

王船山著作数目极其丰富、涉及面十分广泛，但由于特定的历

---

① 刘志盛. 王船山著作版本源流考（三）[J]. 求索，1982（1）.

史时代原因，刊印和传播相对比较困难。因此随着船山研究的日益深入，船山的著作目录的确切性显得尤为重要，研究者开始关注船山著作的目录研究。

欣子、石舟的《王夫之著作目录考略》一文在前人和今人的研究成果基础上进一步展开了探讨。文章回顾了船山著作的著述历程：最早的是王敔的《大行府君行述》，其中记载了船山著作五十一种；最早系统整理船山著作目录的是邹汉勋，其《衡阳二王著述目录》现已失传；邓显鹤编写的《著述目录》中统计了船山著述五十二种，其中已见三十八种，共三百二十三卷，未见十四种，无卷数，为后人研究提供了良好的基础。自此以后，对于船山著作的统计，大家一般都是以此为基础进行增补。周调阳《王船山著述考略》统计有著录九十五种，除其中十五种不知卷数未计外，尚有三百八十卷。刘建国在《王夫之的思想史料》中谈到，实际著录一百零二种。欣子、石舟一文以列表的形式指出王夫之传世著作目录，计七十四种，三百七十三卷，与太平洋书店本相较，多四种，即《四书笺解》《箨史》《家世节录》《惜余鬓赋》；卷数多一十五卷。王夫之待访著作目录，共二十六种，除二十种不知卷数外，已知卷数有二十五卷，将前述传世著作目录和卷数与之相加，则目前已掌握的王夫之著作共一百种，三百九十八卷。

3. 船山的佚文

船山佚文的搜集在二十世纪八十年代后依然不断有所收获，佚文发现后会在《船山学报》《船山学刊》等杂志上刊布。《船山学报》1984 年第 1 期、第 2 期，1985 年第 2 期，1986 年第 2 期，1987 年第 1 期，1988 年第 1 期，1989 年第 1 期、第 2 期均刊载了船山佚文诗，此不赘述。

第三节 船山研究的专著与博硕士论文

一、文学理论批评史、美学史、文学史中的船山研究

二十世纪最后二十年的时间里，我国的文学理论批评史、美学史、文学史的研究得到了迅速发展。在这些研究著作中，都有大量的篇幅对船山思想进行了论述，在前面的章节中对最初三大批评中的船山研究进行了简单阐释和分析，可见那个阶段的研究还是相对简单。因此把船山思想放入整个中国文学史、文学批评史、美学史中予以纵向地考察，能够更加准确地对他进行历史定位，也更富有历史价值，这也是船山文学思想研究中的重要组成部分。

（一）文学理论批评史中的船山研究

这一时期的文学批评史著作较多，我们将按照时间的先后顺序进行分析阐释。

敏泽《中国文学理论批评史（下）》（人民文学出版社，1981年）把王夫之和魏禧放在同一节，主要从三个方面论述了船山文学批评思想：王夫之论明代文风及作家的素养等，王夫之论意、势、神理等和王夫之论情、景及兴、观、群、怨等。作者认为船山重视审美知觉在创作中的重要性，重视审美直觉，同时又十分重视理性的作用。此书也批评了船山诗论中的一个基本倾向，即对于民间文学和封建知识分子作家的现实性较强的作品的排斥。从敏泽的论述中，可以看出他对船山的文学理论的关注度不是很高，仅仅就理论中的部分观点进行了简单阐释，没有能够从整体上对船山理论进行把握，但是也给我们提供了一个参考维度。

黄保真、蔡钟翔、成复旺合著的《中国文学理论史（四）》（北京出版社，1987年）中有一节《王夫之的杂文艺哲学》，其中最为

突出的观点是把船山的文艺问题与哲学问题有机地结合在一起，"杂文艺哲学是王夫之哲学体系中的一个特殊层次"，不是单独就文艺谈文艺，这是其可贵之处。文艺哲学不仅是王夫之哲学的组成部分，也是合乎逻辑的必然产物。因此，"杂文艺哲学在王夫之的哲学体系中是个特殊的层次，其主要内容有两部分：一是以人文之'文'为逻辑起点的杂文艺社会学，二是以诗学为主体的杂文艺审美论"。①首先，分别从"修辞立其诚""辞尚体要""辞，达而已矣"三个方面阐释了"文"的社会本质、政教作用和特殊规律等。然后，对于美的本质、人在文艺创作和鉴赏中审美活动的规律，进行了详细探讨，认为船山的诗学也就是"专门讨论'文词之美'的本质、特点、规律的专门之学"。②"以他的哲学思想中的人性论为基础，全面地、辩证地揭示了作为诗之本、诗之质、诗之用的'情'的内蕴，以及人们把情感作为审美对象而进行艺术创作和艺术鉴赏时思维活动的特点、规律。"③作者具体从包括情与物、景，情与理、势，情与体、法，情与兴、观、群、怨等问题进行了阐释。这是一个比较独特的视角，"（王夫之）运用高度发展的素朴唯物论与素朴辩证法相结合的思想武器，将前人创造的倾向不同的文艺思想资料，融会贯通，加工提高，建立了新的杂文艺哲学，并成为他的结构宏伟、层次繁多的庞大哲学体系中的有机部分"。④船山学说中更具影响的是哲学，而且其诗学思想也是建立在哲学基础之上的，文论与哲学的同步研究，可以更加深层次挖掘其中的价值和意义。但是此书的分析具有比较明显的政治倾向，认为船山的地主阶级立场鲜明，学术观点也不无偏狭之处。

---

① 黄保真，蔡钟翔，成复旺. 中国文学理论史：四 ［M］. 北京：北京出版社，1987：151.

② 黄保真，蔡钟翔，成复旺. 中国文学理论史：四 ［M］. 北京：北京出版社，1987：173.

③ 黄保真，蔡钟翔，成复旺. 中国文学理论史：四 ［M］. 北京：北京出版社，1987：173.

④ 黄保真，蔡钟翔，成复旺. 中国文学理论史：四 ［M］. 北京：北京出版社，1987：140.

　　王运熙、顾易生主编，邬国平、王镇远著的《中国文学批评通史（陆）·清代卷》（上海古籍出版社，1995 年）对王船山文学理论分六个部分进行了论述：第一，哲学伦理观与文学批评。王夫之的文学思想与他的辩证观、心物说和伦理道德观的联系最为紧密，也最为重要。此书从总的方面对王夫之文学理论的言说依据进行了概述，为后面具体诗学主张的分析提供了基础。第二，"诗者象其心而已矣"，这一部分主要分析了诗人在诗歌创作中的想象和情感。第三，"陶冶性情，别有风旨"，强调了诗歌的抒情性。王夫之对前人的观点进行重新申述，从而提出自己的看法，比如，关于"诗史"、关于以议论为诗、关于诗歌入理和立意。王夫之对诗歌表现手法和艺术风格的理解及追求表现为意约辞尽、尚柔韧的风格，倡说"神韵"。第四，论诗法与诗派。王夫之激烈地批判了当时盛行的诗法和文学史上的诗派。第五，情景相生，互藏其宅。"诗歌创作中的情景关系是指：（一）从创作的性质和动因说，谓诗人内在情绪与外在世界自然景貌，人寰世俗互相感发、启触，激起诗人表达叙述的冲动，并最终以诗篇的形式将这种冲动固定下来。（二）就具体表达而言，它又指如何处理和协调将被纳入诗篇的情感思绪与自然景致、生活图景两者关系的方法和技巧。"① 王夫之关于情景的论述把这两个方面都涵括了。第六，"作者用一致之思，读者各以得其情而自得"。此书既从宏观上把王夫之诗学与其整个思想体系结合在一起进行论述，又从微观上阐释了诗学中的具体观点。论述既系统又具体，既全面又深刻，资料丰富翔实，论证有理有据，是对王夫之诗学进行全面了解的重要参考资料之一。本书最为突出的地方在于，把"作者用一致之思，读者各以得其情而自得"作为船山诗学思想中的一个重要组成部分，在此之前的研究者，对这一问题虽也有所关注，但是没有能够阐释得如此透彻。

　　张少康、刘三富著《中国文学理论批评发展史（下）》（北京大

---

① 邬国平，王镇远. 清代文学批评史［M］. 上海：上海古籍出版社，1995：84.

学出版社，1995 年）中的第二十四章《王夫之和叶燮的诗歌理论》认为，明末清初时期的文学理论批评，是对中国古代文学理论批评发展经验的总结，与当时的社会经济、政治发展与思想文化的演变有着密切的关系，强调文学与社会现实的密切关系、文学的社会教育作用，认为明末清初在诗歌理论批评上成就最高的是王夫之。① 本书是以王夫之诗学理论中的"兴观群怨"和论诗创作中的情景关系为中心的，对于王夫之诗学理论的分析主要从历史发展的角度来进行定位，这是此书比较特别的地方。此书最终得出结论："（王夫之）开了清代诗歌理论批评的先河，因此他是一位具有承上启下、继往开来的有重要作用的文学理论批评家。"②

袁行霈、孟二冬、丁放《中国诗学通论》（安徽教育出版社，1994 年）主要是"对中国历代关于诗的理论和品评作一番搜集、爬梳、整理和总结的工作"③，按照时间先后顺序把不同时期历朝历代的诗学理论整合在一起。其中第五章第四节《王夫之与叶燮的诗学体系》中指出："王夫之的诗学是其哲学在文学领域内的实际运用。"④ 本书从中国诗学建立的角度出发，认为"王夫之试图建立一个从生活到创作，从立美到鉴赏，从审美到认识，从个体的情感泻导到群体和谐的开放性关系结构。至此，船山已把以美真为主的审美理论和以善美为主的教化理论统一起来，从而完成了我国古代诗学的体系。王夫之提倡儒家诗教与审美诗学的合流"。⑤ 此书把王船山的诗学理论放在整个中国诗学理论中考察，并且用合流的视角来审视船山理论，更具合理性。

陈良运《中国诗学批评史》（江西人民出版社，1995 年）中单

---

① 张少康，刘三富. 中国文学理论批评发展史：下 ［M］. 北京：北京大学出版社，1995：292.

② 张少康，刘三富. 中国文学理论批评发展史：下 ［M］. 北京：北京大学出版社，1995：292.

③ 袁行霈，孟二冬，丁放. 中国诗学通论 ［M］. 合肥：安徽教育出版社，1994：3.

④ 袁行霈，孟二冬，丁放. 中国诗学通论 ［M］. 合肥：安徽教育出版社，1994：806.

⑤ 袁行霈，孟二冬，丁放. 中国诗学通论 ［M］. 合肥：安徽教育出版社，1994：834 – 835.

列一小节论述王夫之"兴、观、群、怨"新解。作者认为，船山"是一位遵循儒家诗教在某些方面有所突破的诗论家。在诗学发展史上，最具有新意的创见，是他对孔子所提出的'兴、观、群、怨'说做了新的阐释"。① 从兴观群怨出发，到意兴，到情景，再到神理，最后实现情景"妙合无垠"，主客"融洽无间"，造化出一个意兴、情景、神理浑然一体的诗的"现量"，至此，船山把兴观群怨与诗的审美创造、审美鉴赏融于一体了，赋予了"兴、观、群、怨"以新的意义，这是儒家诗学领域中一项重大的变革，是重整、改善传统儒家诗学的有力举措。本书同样认为船山把审美创造与鉴赏融入儒家诗学，是对儒家诗学的改善。

另外还有几本断代史诗学研究，一本是张健《清代诗学研究》（北京大学出版社，1999 年），其中第六章《主情与崇正：王夫之的诗学理论》，从六个方面进行了论述：第一，王夫之诗学的极端内在性立场；第二，王夫之诗学体现的是汉魏、六朝审美精神，不是唐诗精神；第三，诗乐同源：诗歌的时间性展开方式与音乐性精神；第四，情景交融：诗歌的境界美；第五，谢灵运：音乐美与境界美统一的典范；第六，跻己怀于古志：王夫之的特殊的学古方式。用时间中展开情感，空间中展开情感的视角来研究船山的诗学思想，是一个比较有新意的研究视角，看到了船山诗学中不同于其他诗学理论家的地方。②

孙立《明末清初诗论研究》（广东高等教育出版社，1999 年）的第四章《王船山古典主义诗学的建构》分别以"山中大儒与民族志士""推故而别致其新——王船山对旧诗论的清理""情与景——王船山的诗境论""船山与庄子——王船山的诗歌创作论""'兴'——一个有关诗歌鉴赏的命题""巨人与侏儒——王船山文学批评中的封建伦理观念""余论：不以门派论是非，且辨源流求真诗"为题讨论了王船山的诗学思想。这本书的一大特色在于它从王

① 陈良运. 中国诗学批评史［M］. 南昌：江西人民出版社，1995：500.
② 张健. 清代诗学研究［M］. 北京：北京大学出版社，1999.

船山的生平谈论他的诗学理论，并把船山与庄子对读，认为"他倾心于作家创作过程的随意性和自发性，追求建立在物我为一基础上的天籁境界，更见出庄子思想的影响"。① 这是让人眼前一亮的探讨，我们从中看到了船山诗学中除了受儒家文化的影响，道家思想也渗入其中。作者最终认为船山诗学体系是古典主义诗学体系，"是一套全面的总结性的诗论体系，其中包括创作理论、作品评述、情景理论、鉴赏理论等。尽管他的这个体系有一些不足，但它自身确实是严密而完整的"。②

李世英《清初诗学思想研究》（敦煌文艺出版社，2000 年）从言情说、论情景关系、论兴观群怨、提倡诗教与崇尚"清贞"、反对门户宗派和死守成法五个角度分析了船山诗学思想。

此外，郭绍虞《中国历代文论选（第 3 册)》（上海古籍出版社，1980 年）中选录了《夕堂永日绪论内编》中的部分内容，并提出王夫之论诗，强调"以意为主"，反对"求形模、求比似、求词采、求故实"，这是继承传统进步诗论对诗歌总的认识，在选文中突出诗歌中的情景问题。

总体而言，船山文学思想在文学批评史上占有一席之地，也正说明了其重要性和可研究性。

（二）美学史中的船山研究

二十世纪八十年代以来，我国美学史的研究也取得了一定成果，出版了一些有影响力的著作。这些专著从美学的角度阐释船山思想，虽然在某些问题上，与文学理论和文学批评之间存在交叉重复的观点，但因为研究角度的差异，还是有新的研究成果。

最先我们要关注的是叶朗的《中国美学史大纲》中的论述，后面会单列一个小节讨论叶朗对船山思想研究的贡献，这里就不再多作论述。

---

① 孙立. 明末清初诗论研究［M］. 广州：广东高等教育出版社，1999：196.
② 孙立. 明末清初诗论研究［M］. 广州：广东高等教育出版社，1999：232.

　　敏泽在《中国文学理论批评史》中对船山思想已经做了简单论述，后来在《中国美学思想史（第三卷）》（齐鲁书社，1989年）中又从美学研究的角度来观照船山思想。第四十七章单列一章论述王夫之，分为三小节。第一节，王夫之及其天人合一、尊性达情的美学思想；第二节，论审美创造的直觉等；第三节，情景论及势、象、灵等。在美学史中，作者更凸显了美学中的相关问题，他认为：天人合一是船山美学思想的哲学基础，"王夫之美学思想中的一个最有特色的部分，是他十分重视直觉在美的创造及审美鉴赏中的特殊而重要的作用"。① "情景论是王夫之美学思想中最富特色，也最为精辟的部分，它实际上是中国美学思想中历来关于这一问题的丰富论述的总结，并且更加深入、精细，从而在实际上也更为系统化。"② 敏泽还从天人合一的哲学基础出发审视船山美学思想，并从主体和客体的角度来分析情景论，这些都不同于文学理论史论述，更具有一种形而上的美学概念的研究观照。

　　陈望衡《中国古典美学史》以中国古典美学体系论为出发点，进行中国古典美学史的阐发。这是以意象为基本范畴的审美本体论系统、以"味"为核心范畴的审美体验论系统、以"妙"为主要范畴的审美品评论系统、真善美相统一的艺术创作理论系统。运用西方美学的研究视角来重新审视中国古典美学的范畴、概念，形成了一套独特的研究方法。对于船山的美学研究也是从审美本质论、审美直觉论、审美意象论这几个角度来分析船山美学思想。③

　　张少康《古典文艺美学论稿》中《王夫之诗歌理论的历史评价》一文分别从论诗歌的本质和特征、论诗歌创作、论诗歌的艺术欣赏三个方面来阐述王夫之诗歌理论的重要贡献。④

　　庄严、章铸的《中国诗歌美学史》认为《姜斋诗话》是中国古

① 敏泽. 中国美学思想史：第三卷 [M]. 济南：齐鲁书社，1989：128.
② 敏泽. 中国美学思想史：第三卷 [M]. 济南：齐鲁书社，1989：144.
③ 陈望衡. 中国古典美学史 [M]. 长沙：湖南教育出版社，1998.
④ 张少康. 古典文艺美学论稿 [M]. 北京：中国社会科学出版社，1988.

典诗歌美学的总结，并具体论述了原因。①

张长青《古典文艺美学》从诗境说的内涵、诗境的创造、诗境的欣赏、诗境说的评价四个方面分析了王船山的诗歌美学思想。②

（三）文学史中的船山研究

船山除了对文学理论思想的阐发外，还一直进行诗词创作，在中国文学史上也有着一定的影响。

袁行霈主编《中国文学史（第四卷）》把王夫之的作品和顾炎武、黄宗羲的作品共同放在遗民诗人的章节中，用一段话简单概述了船山的诗歌创作，认为"孤愤"是船山诗歌突出的内容，船山用美人香草寄托抒怀，比喻坚韧不拔之志和恢复故国的理想；用落花飘魂抒写胸中郁结的亡国之恨，含蓄蕴藉，深沉瑰奇。③

郭杰、秋芙总主编《中国文学史话·清代卷》中用一小节论述了船山的诗歌创作，认为船山诗作甚多，下笔如神，表面咏落花，实际上也是对自我精神品质的肯定，和对"世风日下，人心不古"的嘲讽，表现了一朝遗老的思索和自己的精神苦痛。④

二、叶朗对船山研究的贡献

叶朗，1938 年生，浙江衢州人。主要著作有《美学原理》（彩色插图本书名为《美在意象》）、《中国美学史大纲》、《中国小说美学》、《胸中之竹——走向现代之中国美学》、《欲罢不能》、《中国历代美学文库》（总主编）、《现代美学体系》（主编）等。

在叶朗的众多著作中，与船山研究密切相关的专著主要有：《中国美学史大纲》（上海人民出版社，1985 年）中的第十九章《王夫

---

① 庄严，章铸. 中国诗歌美学史［M］. 长春：吉林大学出版社，1994.
② 张长青. 古典文艺美学［M］. 长沙：湖南师范大学出版社，1994.
③ 袁行霈. 中国文学史：第四卷［M］. 北京：高等教育出版社，1999.
④ 郭杰，秋芙. 中国文学史话·清代卷［M］. 长春：吉林人民出版社，1998.

之的美学体系》,《美学原理》（北京大学出版社，2009年），《美在意象》（北京大学出版社，2010年），论文有《王夫之美学二题》（《学术月刊》1980年第6期）、《王夫之的美学体系》［《北京大学学报（哲学社会版）》1985年第2期］（本文系作者所著《中国美学史大纲》之一章，原有六节，选刊了其中四节，文字略有压缩），叶朗之后在很多相关论文中都运用了船山的理论作为重要例证。叶朗先生对船山思想的研究具有开创性的意义，并取得了重要成就，探讨他对船山学发展的贡献，有助于我们更好地把握船山学在一定历史时期的发展。

（一）明确地将船山美学界定为中国古代美学的总结

关于船山的思想定位、历史地位，一直是学术界存在争议的地方，而且不同研究领域对其定位又有所不同。

张岱年在《王船山的历史地位》中肯定了船山的历史地位："王船山是明、清之际的卓越思想家，他的哲学思想是中国近古时代唯物主义和辩证法思想的最高峰。这是新中国成立以来绝大多数的哲学史工作者所共同承认的。但是，对于一些具体问题，也存在着不同的认识。"[①]

任继愈在《伟大的唯物主义者王夫之》中写道："王夫之是我国封建社会一位伟大的唯物主义哲学家。在中国封建社会历史上，王夫之建立的唯物主义体系达到了封建主义哲学的高峰。"

萧萐父在《王夫之——为〈中国大百科全书·哲学卷〉所写条目原稿》中指出："王夫之（1619—1692）十七世纪中国的早期启蒙学者、伟大的唯物主义哲学家。"[②] "王夫之的哲学思想，是十七世纪中国特殊历史条件下的产物，是明清之际时代精神的精华。

---

① 张岱年. 王船山的历史地位［M］//船山全书：第16册. 长沙：岳麓书社，2011：1282.
② 萧萐父. 王夫之：为《中国大百科全书·哲学卷》所写条目原稿［J］. 船山学报，1988（2）：35.

他处在中国封建社会已处于能够自我批判的特殊阶段，对宋明道学以及整个古代哲学作了比较全面的批判总结，成就了一种具有典型意义的朴素唯物辩证法的理论体系，在哲学史上占有很高的地位。当然，他的哲学受其所处时代和所属阶级的局限，不可避免地具有二重性，既透露出许多新的思想光芒，又受到封建传统意识的沉重束缚。王夫之思想的矛盾，是中国十七世纪矛盾的一面镜子。"①

从中我们可以看到，船山在中国哲学史的历史地位比较高，得到了研究者们的肯定和认可，对于中国传统哲学中的许多思想具有总结意义。同理，船山在中国文学理论史和美学史上也需要一个准确的定位。

叶朗《中国美学史大纲》作为中国美学史上第一部美学通史，对船山美学地位的定位直接影响了后世船山美学研究的方向。

叶朗先生的美学研究从王船山所处的历史时代的社会背景出发，准确把握了船山思想的定位："中国封建社会在进入近代以前的整个发展过程中，社会经济形态并没有发生根本的变化。因此，中国美学的历史，除了近代美学可以划出一个阶段以外，不可能像西方美学史那样明显地划分成几个性质不同的发展阶段。如果着眼于中国古典美学自身的逻辑发展，可以把近代以前的中国美学分成三个时期。"② 其中，明代后期，社会经济领域中出现了资本主义萌芽，城市市民阶层日益壮大。思想领域出现了李贽哲学，拓展了理论视野。再加上明末农民大起义、明朝灭亡、清朝入关等一系列社会变动，促使理论思维重新活跃起来。这一切，都为中国古代美学的总结准备了前提条件。

王船山的美学体系正是在这样的环境下应运而生，成为中国古代美学总结时期的代表，它"是中国古典美学的总结性形态，是中

---

① 萧萐父. 王夫之：为《中国大百科全书·哲学卷》所写条目原稿 [J]. 船山学报，1988（2）：39.

② 叶朗. 中国美学史大纲 [M]. 上海：上海人民出版社，1985：7.

国古典美学的高峰"。① 这既是对这一时期美学史的总结，又是对船山美学的高度概括，确立了船山美学思想的历史性定位。

　　王船山所处的明末清初，正是政治、经济、文化矛盾冲突最为明显的时期。商品经济、资本主义萌芽的发展逐步引起其他社会关系的变化；农民起义和民族原因也促使这一时期的知识分子的人生选择有了变化；晚明阳明心学的出现和分化，禅风的兴盛都给晚明的文化注入了不一样的特点，尤其是李贽，有针对性地提出了许多新的观点。在那段岁月中，船山从科举入仕到铁马金戈、收复河山，最终发出感慨："呜乎，先君之训，如日在天，使夫之能率若不忘，庚寅之役，当不致与匪人力争，拂衣以遁，或得披草凌危，以颈血效稽侍中溅御衣，何至栖迟歧路，至于今日求一片干净土以死而不得哉！"②

　　船山经历了这些斗争实践，逐渐认清了现实状况，他深知无法改变现状，打算跳出政治的牢笼，投入到学术领域中去寻找新的寄托和追求。因此船山的学说思想中具有理论与实践密切相关的思路。

　　叶朗先生将船山美学与叶燮美学都界定为中国古代美学的总结，这种基于对其美学思想的深入研究是美学发展史上的一种重要尝试。因为船山思想在沉寂了很长一段时间之后，研究者更多地把注意力放在哲学、历史、政治、伦理等研究上。在美学通史的首次研究中给予船山思想这么高的评价，也正说明了船山思想的可贵之处。

（二）　第一次系统地剖析了船山美学体系

　　王船山和黄宗羲、顾炎武被称为明末清初三大家，王船山与叶燮并称为双子星。

　　在叶朗的《中国美学史大纲》发表之前，人们对船山美学的专门研究很少，这也与整个中国美学学科的发展有着密切的关系。

　　中国美学思想从先秦时期开始不断发展演变，但是美学学科的

　　① 叶朗. 中国美学史大纲 [M]. 上海：上海人民出版社，1985：9.
　　② 家世节录 [M] //船山全书：第15册. 长沙：岳麓书社，1996：219.

成立却在五四运动以后。戊戌变法前后，西方文艺美学思想开始逐渐引入中国，学者开始把西方美学的研究和中国古代美学融合在一起。叶朗用唯物主义的观点，让中国美学和西方美学有效地融合，深入揭示了中国美学中与西方美学不一样的内容。叶朗在《王夫之的美学体系》中具体从以下几个方面进行分析：

第一，王夫之的美学著作。叶朗认为船山的美学思想主要集中在论诗的著作中：《姜斋诗话》《古诗评选》《唐诗评选》《明诗评选》，还有《尚书引义》《诗广传》等。

第二，王夫之的情景说。王夫之的美学体系是以诗歌审美意象为中心的。对于情景问题，叶朗从一个全新的角度分析，而不再是简单正面阐释情景关系，而是从区分不同概念、范畴的角度进行切入。"首先，王夫之明确地把'诗'和'志''意'加以区别。"① 我们一直以来都认为诗言志，但是并不是说"志"就是诗，"意"也不是诗，具有审美意象的才是诗歌，这才是诗的本体。其次，"王夫之又明确地把'诗'和'史'加以区别"。② 两者的本质区别在于一个是审美意象，一个不是审美意象。在区分"诗"不同于"志"，也不同于"史"之后，船山提出，诗歌意象就是"情"与"景"的内在统一。叶朗不是笼统地像以前论诗情景一样认为其观点是指情和景的融合，而是强调情景相融的内在统一，分析了情景结合的多种多样的形态，包括"情中景""景中情""人中景""景中人"，但又不局限于这几种形态。叶朗把情景问题从宏观到微观都分析得十分详细，让我们能够更加准确地去理解和把握情景问题。

第三，王夫之的现量说。叶朗根据船山《相宗络索·三量》所言认为："'现量'有三层涵义。一是'现在'义。就是说'现量'是当前的直接感知而获得的知识，不是过去的印象。一是'现成'义。所谓'一触即觉，不假思量计较'，就是说'现量'是瞬间的直觉而获得的知识，不需要比较、推理等抽象思维活动的参与。二

---

① 叶朗. 中国美学史大纲 [M]. 上海：上海人民出版社，1985：453.
② 叶朗. 中国美学史大纲 [M]. 上海：上海人民出版社，1985：455.

是'显现真实'义。就是说'现量'是真实的知识，是显现客观对象本来的'体性''实相'的知识，是把客观对象作为一个生动的、完整的存在来加以把握的知识，不是虚妄的知识，也不是仅仅显示对象某一特征的抽象的知识。"① 审美意象是对自然美的真实反映，是通过审美感性即瞬间直觉实现的。叶朗认为："王夫之明确指出审美观照的直觉性，同时又强调审美观照是对于客观存在的自然美的真实反映，这样，他就把审美感兴、审美直觉和唯物主义反映论统一起来。这是王夫之美学思想中最深刻的内容，也是王夫之在美学史上的最大贡献。"② 在"现量"这一节中叶朗还提到了审美的心胸乃是实现审美观照所不可缺少的主观条件。

第四，王夫之论诗歌意象的特点。叶朗认为审美意象是中国美学中具有本体论意义的存在，在船山美学思想中也得到了全面的研究：诗歌意象的整体性、诗歌意象的真实性、诗歌意象的多义性、诗歌意象的独创性。诗歌审美意象的整体性是指在直接审美感兴中自然连接成为整体。诗歌意象的真实性的第一层含义，"是认为直接审美感兴中所产生的审美意象，不仅仅限于显示客观事物的外表情状（'物态'），而且要显示事物的内在规律（'物理'）"。③ 另一层含义，"是说直接审美感兴所产生的审美意象，应该显示客观事物作为一个完整存在的本来面目，而不应该用主体的思想、情感、语言的框框去破坏客观事物的完整性"。④ 诗歌意象的多义性指诗歌含义的宽泛性和不确定性。诗歌审美意象的独创性指由审美感兴产生的审美意象必然是新鲜的、独创的。叶朗总结道："王夫之对于诗歌审美意象特点的这些分析，都是从他对审美观照（审美感兴）的分析直接引出来的，也就是从他的现量说直接引出来的。正是现量说，使得他对于诗歌意象特点的分析，达到了前人所不曾达到的深

① 叶朗. 中国美学史大纲 [M]. 上海：上海人民出版社，1985：462 - 463.
② 叶朗. 中国美学史大纲 [M]. 上海：上海人民出版社，1985：464.
③ 叶朗. 中国美学史大纲 [M]. 上海：上海人民出版社，1985：469.
④ 叶朗. 中国美学史大纲 [M]. 上海：上海人民出版社，1985：472.

度。"① 这既是船山美学的成果，也是叶朗对于船山美学分析总结的结果，让我们能够提炼挖掘出船山文字背后潜在的内涵以及中国古代美学的明显特点。

第五，王夫之论诗的意境。在分析了诗歌审美意象特点之后，叶朗又对船山重要的美学范畴"意境"展开了论述，还把"意象"和"意境"进行了比较分析。他认为只有"超以象外，得其环中"，有虚有实，不即不离的审美意象才是意境。"'意境'和'意象'并不是同一的概念。'意境'的内涵比'意象'丰富，'意象'的外延大于'意境'。因此，并不是一切审美意象都是意境，只有取之象外，才能创造意境。"② 并以意象和意境来进行诗歌评价，认为杜诗有意象，而少有意境。把意象和意境进行区分，虽然比较简短，但是为我们提供了一个新的参考维度。

叶朗一方面阐释了船山美学体系，另一方面也通过审美意象这一范畴，试图建立中国古代美学的艺术本体论。这也不同于其他人对美学本体论的思考。在这些阐释分析中，很多理论具有开创意义。

其一，"兴观群怨"。叶朗对于船山美学中"兴观群怨"这一范畴进行了新的阐发和理解。"兴观群怨"一直以来都是中国传统儒家诗学中的重要范畴，但是以前的研究更侧重于四者的分开解释，到船山这里才是真正意义上把四者作为一个整体来理解，并观照它们内在的联系性。虽然二十世纪四十年代的几本批评史开始关注船山对"兴观群怨"的理解和分析，但直到叶朗才更加全面，达到一个新的高度。首先，叶朗指出诗人的审美感兴，读者的反复涵泳，是产生"兴观群怨"的前提。其次，审美意象从审美感兴中产生，是因为审美意象具有多义性，从而可以实现"兴观群怨"的统一性。再次，诗歌蕴涵的情意具有宽泛性、不确定性，在这样的条件下，欣赏者能够"于兴观群怨而皆可"。最后，叶朗从诗歌欣赏的美感差异的角度来理解"兴观群怨"，这是融入新的元素。这种差异的产

① 叶朗. 中国美学史大纲［M］. 上海：上海人民出版社，1985：479.
② 叶朗. 中国美学史大纲［M］. 上海：上海人民出版社，1985：482.

生，固然是由于欣赏者具体条件的不同所造成的，但其根据则在于诗歌审美意象具有多义性的特点。

其二，情景理论。首先，情景关系在船山诗学体系中具有重要地位。虽然后来许多理论家也肯定了船山情景说的重要性，但是却没有像叶朗这样赋予它这么高的地位，认为王船山的美学体系中心是诗歌审美意象的基本结构，这无疑让我们必须更加重视情景理论。其次，对情与景的具体内涵进行了拓展。最后，对情景关系的深入理解。情景结合的具体形态多种多样，景中情、情中景、人中景、景中人等，只要这种结合是内在的统一，就可以构成审美意象。这为后来中国情景说的发展奠定了良好的基础。

其三，意境和意象。在中国传统诗学中，意境和意象是两个重要的范畴概念，有时两者也会混在一起，叶朗根据船山诗学中的理论，认为意境与意象并不是同一概念。他认为"意境"的内涵比"意象"丰富，"意象"的外延大于"意境"。因此，并不是一切审美意象都是意境，只有取之象外，才能创造意境。这种阐释和理解也具有开创性的价值和意义。无论在此之前的研究还是以后的研究，都逐渐开始对这两个范畴进行区分，叶朗强调船山诗学中意象的重要性，后来也有研究者认为船山诗学中探讨的是意境问题。

其四，现量。首先，叶朗分析了"现量"的三层含义，即"现在""现成""显现真实"。其次，叶朗认为，审美观照的直觉性，即显现真实，把审美感兴、审美直觉和唯物主义反映论统一在一起。这是船山美学思想最深刻的内容，也是船山在美学史上的重大贡献，同时是船山美学体系是唯物主义美学体系的原因。叶朗用唯物主义的理论对船山美学进行解读，本身就具有开创意义。

其五，"取势"。"取势"即"神理凑合"或"以神理相取"。对于这一概念也是首次得到关注和研究。

（三）以美学范畴、美学命题研究船山美学

以美学范畴、美学命题研究美学是叶朗《中国美学史大纲》一

书重要的写作原则，也是船山美学研究中的重要内容。叶朗认为：
"美学范畴和美学命题是一个时代的审美意识的理论结晶。""一部
美学史，主要就是美学范畴、美学命题的产生、发展、转化的历
史。"① 中国古典美学史是重体验和感悟的历史，而不同于西方美学
中的系统理性的分析，因此某一范畴、命题的历史性的历时性的梳
理，有助于我们更好地看到在不同历史时期同一范畴的发展变化的
历程。在船山美学思想中，叶朗最为强调的范畴是"意象"。就像王
船山所说"我注六经、六经注我"，一方面叶朗挖掘和阐释了船山的
美学思想，另一方面船山的美学思想也成就了叶朗的美学思想：

> 总之，我们要理解"意象"，需要注意这样几点：第一，审美意
> 象不是一种物理的实在，也不是一个抽象的理念世界，而是一个完
> 整的、充满意蕴、充满情趣的感性世界，也就是中国美学所说的情
> 景相融的世界。第二，审美意象不是一个既成的、实体化的存在，
> 无论是外在于人的实体化的存在，还是纯粹主观的在"心"中的实
> 体化的存在，都是在审美活动的过程中生成的。第三，意象世界显
> 现一个真实的世界，即人与万物一体的生活世界。这就是王夫之说
> 的"如所存而显之""显现真实"，显现存在的本来面貌。第四，审
> 美意象给人一种审美的愉悦，即王夫之所谓"动人无际"，也就是我
> 们平常说的使人产生美感，更确切地说是狭义的美感。这样的意象
> 世界，一方面是超越，是对"自我"的超越，是对"物"的实体性
> 的超越，是对主客二分的超越，另一方面是复归，是回到存在的本
> 然状态，是回到自然的境域，是回到人生的家园，因而也是回到人
> 生的自由的境界。②

---

① 叶朗. 中国美学史大纲 ［M］. 上海：上海人民出版社，1985：4.
② 彭锋. 美在意象——叶朗教授访谈录 ［J］. 文艺研究，2010（4）：69.

三、船山研究的代表性专著

在二十世纪八十年代后，研究船山文学或美学思想的专著，并不是特别多。这一时期大部分的论文正在酝酿、思考之中。二十世纪八九十年代，船山文学理论研究著作在大陆主要有：谭承耕《船山诗论及创作研究》（湖南出版社，1992 年）；熊考核《王船山美学》（中国文史出版社，1991 年），这本书虽然是美学研究，但因美学与文学有着密切的关系，关注内容基本以诗学为主，因此也放在这里讨论；邓潭洲的《王船山传论》（湖南人民出版社，1982 年）中单列一章讨论王船山的诗论，还有其他相关理论专著中有对船山文学思想的研究。在台湾有杨松年《王夫之诗论研究》（文史哲出版社，1986 年）。

（一）谭承耕《船山诗论及创作研究》

经过长达 10 年的研究，谭承耕在 1992 年船山逝世 300 周年之际，由湖南出版社出版了《船山诗论及创作研究》一书，此书受到了学术界的关注和好评。马积高先生在此书的《序》中说道："（此书）包括以诗论为主的文学观、诗歌批评及诗词等的创作三个大部分，搜集的材料很广，论述亦较全面……基本上概括地展示了船山在文学方面的建树的全貌，揭示了其理论和实践的主要特点与价值。"①

全书共十章。第一章分析了船山从事诗歌研究与创作的历史背景和条件。第二章，从"文以言道，文以言志""文以治情，文以节情""文以函情，文质兼备""儒家文论在新条件下的发展"这四个方面阐述了船山对于文学的论述，指出船山的文学观指导和制约着他的诗论。第三章指出，船山认为诗歌是通过"兴观群怨"达到

---

① 谭承耕. 船山诗论及创作研究［M］. 长沙：湖南出版社，1992：序 3.

为封建政治伦理服务的目的。第四章是对船山论诗歌创作的探讨，包括诗歌创作的关键、获得典型审美意象的步骤与途径、对意象的艺术表现、关于诗歌创作理论的贡献。第五章是船山论诗歌批评及对历代诗歌的评价与研究，包括诗歌批评的标准和对门庭的反对、对《诗经》的评价与研究、对楚辞的评价与研究、对汉魏晋南北朝诗歌的评价与研究、对唐诗的评价与研究。第六章是船山诗论体系的构成及其历史地位，包括以儒家正统诗学为体、以审美诗学为用，不是复古，而是为了适应新的历史条件。第七章阐释船山诗词的爱国主义，船山诗词的爱国主义表现在：强烈的战斗性；对真理、理想的执着追求；对祖国美好的未来充满信心；历史的进步性。第八章是关于船山的诗，按照时间顺序概括了船山的诗歌创作：早年的诗、"三藩之乱"时期的诗、晚年的诗。第九章是关于船山的词，探讨了船山词的写作时间和广用比兴，寄托深远、豪放与婉约相结合的艺术手法。第十章是关于船山的赋，探讨了船山赋的思想内容和艺术风格。

此书在船山的文学研究中具有几个明显的特点：

第一，它是第一部全面系统地研究船山诗论及其创作的专著。书中除了研究我们熟悉的船山诗学著作《姜斋诗话》《诗广传》《楚辞通释》《古诗评选》《唐诗评选》《明诗评选》等，还把散见在《读通鉴论》《尚书引义》《周易外传》《四书训义》《张子正蒙注》等历史、哲学著作中诗学评论的相关内容进行整理和分析。这些材料主要体现在船山诗歌的社会作用、诗歌批评等内容之中，让此书的研究有全面的资料，研究更有可信度。

第二，理论阐释与材料结合。此书共十章，对于每个问题的论述作者都会给出详细的材料来支撑理论观点，让其言之有理。一方面是利用船山著作中的材料来论证观点，另一方面也会引用其他人的阐释来佐证。除了船山诗论中的理论资料，在研究船山文学创作中，作者也有意识地把诗学理论和诗学创作有机结合在一起。

第三，对船山诗学体系的认识。前人的船山研究多着眼于某个问题、某个范畴，而从整体结构研究的学者尚不多见。到了二十世纪后二十年才开始有了更多的体系研究。谭承耕在对船山理论进行了系统整体的考察之后，明确树立了船山诗学的理论体系的观念。他总结船山诗论是：以儒家正统诗学为体，以审美诗学为用。对儒家正统诗学的内容进行了调整与修正；对历代诗论进行了改造；统一真、善、美，从这三个方面把儒家正统诗学与审美诗学进行了结合，在这个结合体中，他认为是以儒家正统诗学为体，审美诗学为用，前者是方向、目的，是主体，后者是手段，是为前者服务的，当后者与前者在某个问题产生矛盾时，后者必须服从前者。两种诗学进行了结合，但不是平行的合流，而是有主有次的、有体有用的有机结合。"船山从唯物主义自然观和朴素辩证法出发，从儒家正统思想和爱国主义的政治目的出发，对我国儒家正统诗学和审美诗学两大诗学思潮的理论成果进行的总结，实质上也是对以和谐为特征的中国古典美学的总结；在这个总结中，虽有封建正统思想的局限和唯心主义的残余，但他的成就是空前的。"①

此书为后世船山诗学的研究提供了多样的视角和详细的资料，其中对船山诗学中许多问题的研究深刻影响了后来学者的切入点和思路。书中材料详细，论证细致，作者能够有效地结合船山著作的内容，进行抽象整合，并得出自己的研究结论。

（二）熊考核《王船山美学》

熊考核，曾任湖南省船山学社副社长、衡阳市船山学会会长、衡阳市社会科学界联合会党组书记。其著作《王船山美学》共六章，本书内容简介中说："《王船山美学》是迄今第一部系统、全面研究王船山美学思想的学术专著。该书从美的存在及本质探讨出发，以审美心理和审美表现为主线，以意境创造为重心，以审美教育为旨归，去建立船山美学的理论体系，充分展现了王船山美学的基本面

---

① 谭承耕. 船山诗论及创作研究 ［M］. 长沙：湖南出版社，1992：184.

貌和特点，显示了其在传统美学中的历史贡献和独特魅力。全书结构严谨、材料翔实、立论新颖、分析入微、富有新意，是研究王船山思想和中国古典美学的一部拓新之作。"

全书六章分别是《生平与思想》《美论》《审美心理》《审美表现》《审美教育》《船山美学的历史评价》。

作者最后总结道："船山美学的历史地位，不仅在于他以理性的精神对中国古典美学进行了历史总结，更在于他以辩证的方法深刻地描述了审美规律及特征，并且他还以诗美学为主线，把传统的审美表现理论推向历史的高峰。"① 首先是美学总结"合"的特点。"船山美学思想是与他的文艺思想、哲学思想、伦理思想、心理思想、教育思想紧密融合在一起的。这不仅是船山美学的一大特点，也是中国传统美学区别于西方美学的一大特色。"② 船山"建立起一个充分体现中国古典审美文化精神的严密系统的美学体系。美学从本质上讲是艺术哲学。中国古典美学的主线是诗学的发展变化，船山美学的重心始终放在诗学的内外规律、特征及作用的探索之上"。③ 其次是美学总结的时代批判精神。最后是船山美学的历史贡献：第一，贯穿了一条朴素唯物主义和辩证法相结合的美学路线；第二，坚持了现实主义的创作原则；第三，对审美心理的系统描述；第四，对审美表现的最高境界——意境的深层挖掘。"船山美学的历史意义在于：他以中国古代哲学最高成就的朴素唯物主义和辩证法，对源远流长的传统美学进行了历史总结和系统概括。他广泛和系统地阐释传统美学的范畴，建立起一个系统、完整的古典美学的理论体系，并站在历史的高度提出众多超越前人的理论创见，使中国古典美学达到了最高水平的批判总结。"④

亥民在《船山思想研究的一部拓新之作——〈王船山美学〉评

---

① 熊考核. 王船山美学 [M]. 北京：中国文史出版社，1991：267.
② 熊考核. 王船山美学 [M]. 北京：中国文史出版社，1991：267.
③ 熊考核. 王船山美学 [M]. 北京：中国文史出版社，1991：268.
④ 熊考核. 王船山美学 [M]. 北京：中国文史出版社，1991：313.

介》中认为该书有以下特点：

第一，首次系统地展现船山美学的基本面貌，不仅使船山学研究拓展了一个新思维空间，而且在传统美学研究上挖掘出一座丰富的宝藏。以往中国传统美学和诗学的研究，往往忽略了船山美学的特殊意义。近年来学术界虽注意到这个缺憾，但侧重的只是对船山的审美表现和诗学理论的研究，还未对船山美学思想整体把握。该书使船山美学从单一的审美表现理论框架扩展为美——审美表现——审美教育这一比较系统、全面的理论认识。

第二，以审美为中心推出了船山美学的理论框架。……船山美学思想不仅较为集中反映在他的一系列诗学著作中，还大量涵泳在他那如林的哲学、伦理、历史著作中。《王船山美学》从船山大量的思想材料中寻觅其美学脉络：从美的存在和本质出发，以审美心理为基点，审美表现为主干，审美教育为旨归，使船山美学的理论体系清晰和完整地展现出来。

第三，从整体高度把握船山美学的理论贡献。该书在深入挖掘大量第一手材料和对船山美学思想进行历史比较分析的基础上，认为船山美学代表了中国古典美学历史发展的高水平。著者抓住传统美学发展的几个基本特征予以阐析，如真善美、文质、人与自然、情与理、情与景的相互关系，揭示了船山美学所达到的新高度。……此外，还可以从著者的详尽论述中，看出船山美学的宏大气势和兼容并收的胸襟。船山在批判总结和继承创新传统美学过程中，以儒学为宗，批判吸纳了道家美学和佛家美学的合理内核，也是其美学总结的一大特征。

第四，该书资料翔实、筛选得当、论证充分。①

———————

① 亥民. 船山思想研究的一部拓新之作——《王船山美学》评介［J］. 船山学刊，1991（创刊号）：201－203.

（三）杨松年《王夫之诗论研究》

杨松年，1941 年出生于新加坡，毕业于新加坡南洋大学中文系。《王夫之诗论研究》是在其 1970 年呈交香港大学的硕士学位论文基础上加以增删修改而成的。

全书共五章。第一章《绪论》，探讨了中国文学批评的特色、中国文学批评用语所发生之问题、王夫之诗论用语所发生之问题、语义含糊问题发生之根源、如何解决语义含糊的问题。从中国文学批评的传统中提出王夫之"还是不能摆脱发生在中国文学评论上的种种用语语义含糊的问题：甲、对主要用语之语义，不作具体阐述，以致读者不能通过字面直接了解作者之思想或意见。乙、用同一词语，但在不同地方，表示不同意义之现象，亦存在于王氏之言论中。丙、在用前任之术语方面，王氏亦同一般文学批评者一样，或根据讲义，或益以己意"。语义含糊问题的发生与当时社会观念的影响、诗坛风气的影响和中国人的思维方式的影响有关。

第二章《王夫之诗论作品主要用语阐释》包括"王夫之的诗论作品"和"释王夫之诗论作品几个主要用语：释情、释意、释气、释神"两部分。杨松年总共列举了船山诗论所用"情"的十多种含义：一指宇宙本体的变化；二指天地万物人类事理所具有之共通之性质；三指人类独具，有别于禽兽之内心活动，从道德标准看，它处于"善""恶"之间；四指人心活动之合乎肯定之道德标准者；五指不合乎肯定道德标准之人心活动；六指与外物观照交融之文思活动；七指作品完成后，由作品之组成成分如文字、声律、形象等表露之情感；八指文学作品之内容；九指流露于语言文字以外之韵味；十指诗人禀具之才能；十一指事物所处之形势，与势同；十二指人、物之内在本质。①

"意"的含义有：一指不合乎肯定道德标准之人心活动；二指尚

---

① 杨松年. 王夫之诗论研究 [M]. 台北：文史哲出版社，1986：25-38.

未表达而具存于文人心胸之境界；三指无视诗文特质而刻尽心思，追逐模拟之写作态度；四指与情感较少关涉之哲理或思想；五指作品的内容；六指写作过程中，落笔时或完篇后所展现之境界；七指展现于语言之外，可由读者领略而得之韵味；八指诗人凭其经验而进行辨认之思虑活动。

"气"的含义有：一指宇宙本体、万物始源；二指宇宙本体化人生，为人所禀具之特性（个性）；三指诗人写诗时流贯运行之情思活动，或成诗后，流贯于作品之情感；四指诗人情思活动贯注于作品之感人力量；五指诗人表露其情性之风度，犹今之"风格"；六指未受理性熏陶之生理性之内心活动；七指充沛洋溢之生命气息。

"神"的含义有：一指描绘对象之本质，此本质亦系使此描绘对象生动之所在；二指人物或作品柔和飘逸之风格；三指不沾不染、离形脱迹之心灵活动；四指冥冥之中之主宰；五指超越人力施为与认识之力量；六指经受熏陶澄化之人心活动。

第三章《王夫之诗观论析》主要内容包括：第一，王夫之论诗的情感，包括论一般人心活动、诗与情感的关系、对诗情的要求、对诗风格的要求、重诗外情致。情感是诗的要素，诗的疏导人情的作用、对诗情的要求、对诗风格的要求。"在诗情表达上，他肯定徐缓宛转与含蓄不露的方式，而反对褊急促露，在诗作风格上，见解也是如此。他肯定纾雅、徐雅的风格。"① 重诗外情致，要求诗作必须"字外含远神"，"句中有余韵"。王夫之论诗的意境，包括论情与景的关系：应即景会心或兴会标举；应以"情"为主，"景"为实；写"情""景"应契合无间，毫不滞累；应有机地对待"情""景"；强调"情之景"的描写。论意境的表现：意境是情景的契合；意境的形成注重想象；在酝酿与展现意境上，主张曲折以达，才能达到烟云缭绕的韵致；意境的表露能静、能远、宜宽、简意。

第二，王夫之论诗的语言声韵。一方面，王夫之认为诗意如果

---

① 杨松年. 王夫之诗论研究［M］. 台北：文史哲出版社，1986：84.

没有通过语言文字，则无从显现，因此肯定语言文字的价值，也要求作诗者"作诗亦需识字"；同时讲求文字声律的谐和。他赞赏善于用字以传景之神者、用字之精确者。另一方面，王夫之认为文意如果受语言文字声律所束缚，则会大大影响诗作的艺术效果。他反对诗讲求句眼，反对琢字琢句。王夫之论文重视文外之意，强调诗的写作应于含情会景中下手，不能于句求巧。

第三，王夫之论诗的法度。王夫之论诗的写作，重在心目相接处，内心有所触感，意境逐渐形成，然后通过语言声律，使之展现。因此，他极力反对先立定题目，而后写诗。王夫之也反对于诗之换韵处，割裂诗意以解诗或作诗。王夫之注重谋篇而反对谋句。

第四，王夫之论诗的鉴赏。"王夫之重视读者对诗作的反应，认为诗作是否能够感动与触引读者，乃其是否生动的关键。在诗评中，他常用'动人''引人'来说明生动的诗作对于读者的感染作用。"[1]"他也要求读者必须能够认识到诗的特性、诗的妙致以赏诗。他极不满意无视诗的特色而以经生家训诂的方法或另立一套道理来解诗。"[2]

第五，王夫之评诗坛习气。首先，他反对诗人讲派别、立门庭。其次，王夫之反对诗坛的饾饤风气。所谓饾饤，即不依诗人之心灵感兴，而是借前人之陈事熟句拼凑成篇。

王夫之要求情"正"，同意诗情应合乎正，乃在于情正者其情之表达必定舒缓曲折，这正合于好诗的准绳。舒缓达情的诗作，才能够感染读者，达到一唱三叹的妙致。[3]"王夫之由宇宙本体'气'的运行，见及其姿为虚渺绸缊，因此要求诗情柔婉，也要求诗作风格柔缓飘逸。同时，他由诗的欣赏要求的观点出发，由诗作必须具有感染人心作用的观点出发，见及诗感人的原因，在于它的言永和声的特色，而这不是劲露、怒张所可达致的，从而提出其诗风清逸淡缓的主张。王夫之对诗的风格的看法，不仅容纳了前代儒对诗作风

① 杨松年. 王夫之诗论研究 [M]. 台北：文史哲出版社，1986：130.
② 杨松年. 王夫之诗论研究 [M]. 台北：文史哲出版社，1986：135.
③ 杨松年. 王夫之诗论研究 [M]. 台北：文史哲出版社，1986：165.

格的观点，也包含了司空图、戴叔伦等就诗论者在这一问题上的看法。这是王夫之诗论另一特殊之处。"① "王夫之肯定诗主要在抒情，诗情之捕捉须在心目之间，而诗妙绝对不在文字的雕饰，因此也自然较之于其他论诗者更加剧烈地反对订立一套格律以求诗。"②

第四章为《王夫之诗观与前代诗论》。第五章为《评后人分析王夫之诗论》。书末附有《王敔〈姜斋公行述〉补证》《王夫之著述目录》《王夫之诗选体制分类统计》。

此书对王夫之诗论研究具有以下几个特点：第一，此书是首次对船山诗论的全面分析研究，不同于前面提及的谭承耕《船山诗论及创作研究》。此书的研究对象集中在船山诗论之中，包括论诗的情感、意境、语言声韵、法度、鉴赏、评诗坛习气等，对王夫之诗论中最具特色的理论进行了阐释和论证。

第二，此书把王夫之诗论与前人的研究进行对照分析，又论述了后人对王夫之诗论的评析，第四章王夫之诗观与前代诗论和第五章评后人分析王夫之诗论，全面论述了王夫之诗论与前代诗论的继承和发展的关系，也阐释了后人的总结分析，让我们能够在历史背景中找到对王夫之的理解。

第三，此书最突出的就是材料十分翔实。在每个观点的论述中，作者都会用材料进行说明和阐释，让读者能够直接从王夫之的原文中领悟到作者的想法。

（四）邓潭洲《王船山传论》

邓潭洲（1925—1991），长沙浏阳人，出版有《谭嗣同传论》《王船山传论》。曾为湖南省社会科学院哲学研究所研究员、研究室主任、《船山学刊》副主编。

邓潭洲《王船山传论》共计五章：第一章《王船山的生平事迹》，第二章《王船山思想产生的社会基础和理论渊源》，第三章

---

① 杨松年. 王夫之诗论研究 [M]. 台北：文史哲出版社，1986：169.
② 杨松年. 王夫之诗论研究 [M]. 台北：文史哲出版社，1986：173.

《王船山的哲学思想》，第四章《王船山的社会政治思想》，第五章《王船山的诗论》。

此书认为，王船山的诗论是以儒家思想为主要的理论根据，并以此而"愈来愈为自己开拓了道路"。首先，谈论了"兴、观、群、怨"的问题。王船山主张把"兴、观、群、怨"联系起来，加以运用。第一，就文学批评而言，对于某些优秀的诗歌，王船山主张根据"兴、观、群、怨"的原则，进行全面的探索，以发掘作品所蕴藏的深广的思想意义。他认为简单地片面地加以评价，必然歪曲作品的思想性。第二，就诗歌创作而言，王船山认为作者应该把"兴、观、群、怨"适当地融入作品之中，使它们通过相互间的依赖和渗透，增强作品的教育作用和认识作用。其次，王船山全面深入探索了诗歌创作的思想内容和艺术形式的关系。他认为诗歌必须蕴藏深广的思想内容（即体现"兴观群怨"），能够变现"事理情志"。在艺术手法上，需要注重"势"。完美地"取势"，应该用生动而简洁的语言，对所吟咏的事物，委婉曲折地描述，造成深远优美的意境。诗歌创作的要诀，要"咏得现量分明"和"会景而生心"。王船山还对情景关系进行了阐释。王船山重视诗歌的艺术性，反对诗歌创作中陈陈相因、拘执不化的现象，希望诗人充分发挥独创性，大胆突破某些不合理的人为障碍，写出有血有肉的优美诗歌。

此书还对船山诗论中的不足进行了批判：王船山对于诗歌如何表达作者的思想情感，存在着很大矛盾，以"神韵"为尺度衡量诗歌艺术价值，太狭隘了；对于"诗言志"的推崇，过于强调抒情也不合理。[①]

（五）其他理论著作

肖驰《中国诗歌美学》（北京大学出版社，1986 年）中的第三章《中国古典诗学之逻辑发展：从前后七子到王夫之——中国古代

---

① 邓潭洲. 王船山传论 [M]. 长沙：湖南人民出版社，1982.

两大诗学潮流之汇合》提到了船山的诗学。

首先此书从宏观上概括了中国古代诗学的两大潮流："我国古代的诗学，由中唐至两宋开始分化为自成畛域的两股潮流：以理学家文艺观为代表的儒家政教中心派和以司空图、严羽等的意境说为代表的审美中心派。……由明至清初是这两股潮流逐渐汇合的时期。古代的重要诗歌流派——明代前后七子的诗学主张，只有放在文学思潮的历史流动中才能正确地把握和评价。前后七子的理论，是两大潮流汇合中的产物，从'诗教'到'乐教'，音乐美到意境美则是此过程中的两次理论递进。明清之际王夫之的诗歌美学，则反映了这个汇合的完成。"①

然后分析了从"诗教"到"乐教"，从音乐美到意境美中的历史发展演变过程，最终探讨了王夫之的诗学——一个深刻的合题。"王夫之的诗学之所以成为两大诗学思潮的理论合题，因为王夫之是从儒家文艺学出发并将其主要思想融入意境说。这主要表现在审美主体和艺术社会功用性的认识上。"②

第四章《中国古典诗学之创作论：王夫之的诗学体系——中国诗歌艺术传统的美学标本》，主要关注了船山的诗学体系，具体内容分析在关于船山诗学体系研究板块中会详细阐释，这里就不再赘述了。

四、船山研究的博硕士论文

王峰《王夫之诗学研究》（北京大学博士学位论文，1999 年），论文共六章，分别讨论王夫之诗学的三个主要方面：第一、二章为"诗歌的本质与审美特征论"。第三、四章为"诗歌创作论"，讨论王夫之诗歌创作论中的几个重要问题。第五、六章为"诗歌史论"，

---

① 肖驰. 中国诗歌美学［M］. 北京：北京大学出版社，1986：48.
② 肖驰. 中国诗歌美学［M］. 北京：北京大学出版社，1986：58.

其中第五章主要论述王夫之的诗歌史观、研究诗歌史的方法论等基本问题；第六章则具体讨论他对各种诗体的源流及特征的认识，重点讨论了他对四言诗、五言古诗、七言歌行和绝句等诗体的看法。

这篇博士学位论文比较突出的地方在于：第一，指出"乐教"思想与诗学思想的密切关系，正面阐述王夫之对诗歌本质与审美特征的认识，认为"长言永叹，以写缠绵悱恻之情"是王夫之对诗歌本质与审美特征的基本认识。作者充分重视了音乐与诗歌之间的关系，以前研究者相对来说对此关注不是很多。第二，作者有意识地重点梳理了船山诗学中的几个关键问题，"诗史"说、"以意为主"说、"情景"论与"现量"说，对前人的研究中进一步论证并能提出自己的看法。第三，从"诗歌史"的角度来观照船山诗学，给人以全新的视角。最终，作者认为船山诗学思想是对中国抒情诗学的总结，富于思辨色彩，体系性较强，有创新性，同时也存在保守、片面、偏激的缺点。①

羊列荣《船山诗学研究》（复旦大学博士学位论文，2000 年），这篇论文认为船山诗学的主题是元声论、意识论和神韵论。论文从这一角度对船山诗学思想进行研究，也正是其独特之处，具体表现在：第一，元声论的提出具有一定的开创性，把船山的诗学思想和音乐论有机融合在一起了。"元声"观念是船山在他的宇宙论的基础上提出来的。他认为宇宙的"元"精神首先是整体性，其次是内在的动态和外在的简约的统一。船山通过对音乐论中的"元声"观念的重新解释，并与上述"元"的哲学结合起来，形成了诗的本质论思想。他说，诗美体现着宇宙的"元"精神，既要真实表达情感，又要合乎律度；他希望诗人能在写作中再现宇宙产生的过程。这是船山论诗的基本点，并且将这一思想贯彻于历史论中。

第二，意识论的提出也是一个全新的观点。船山对人的意识进行了卓越的分析，然后延伸出他的意识论诗学。他认为，诗的意象

---

① 王峰. 王夫之诗学研究 [D]. 北京：北京大学，1999.

的形成方式有两种：或者在内在情感的推动下，或者在外物的触动下，由此产生具有不同表现特征的境界。这分别在"取影"说和"现量"说中完成表述。情感与景色的关系，作为传统诗论中一个重要的话题，以意识论哲学为背景而得到了船山的深入而系统的揭示。

第三，神韵论虽然早在郭绍虞的《中国文学批评史》中已经有思考，但是过于简单，并没有能够展开。论文把神韵说做了一个更为详细的阐释，既研究了神韵说产生的原因，也探讨了神韵说的价值和意义。"元声"的极致和情景的圆融，产生了诗的"神韵"。神韵观念在明代的不同流派中有不同的内涵，或者求诸超然的精神境界，或者以调剂"格调"，或者在"性灵"中获得，等等。与他们相比，船山更注重"神韵"的自身意义，因为他把它放到了一个中心的位置上。船山所说的"神韵"不仅化解法则，体现了其一贯的反技术主义立场，而且是最高诗美的实现，因而也就必然地涵摄了"元声"论和意识论的基本精神。①

陶水平《船山诗学研究》（北京师范大学博士学位论文，1999年），论文分七个部分：绪论。第一章，《"诗道性情"论》。第二章，《情景相生论》。第三章，《"诗乐一理"论》。第四章，《诗艺表现论》。第五章，《诗艺理想论》。第六章，《船山诗学的理论个性及其形成语境》。论文对船山研究的创新性体现在以下几个方面：

第一，论文把船山诗学同船山哲学思想结合在一起。作者虽然以船山诗学为研究对象，却有意识地探索了诗学和哲学的内在逻辑，指出船山诗学是其整个哲学体系中一个相对独立的重要组成部分，尤其是阐释了船山思想与宋明理学之间的关系，使得研究层次达到了一个新的美学高度。

第二，论文把船山诗学与中国古代诗学的发展结合在一起。这种结合更容易突出船山诗学的理论特点和历史价值。船山系统总结了中国历代诗歌艺术的审美经验和中国历代诗学研究的成果，尤其

---

① 羊列荣. 船山诗学研究 [D]. 上海：复旦大学，2000.

是对宋明以来诗歌创作和诗学研究做了批判和反思。论文对船山诗学命题进行了历时性的阐释，也结合了现代研究的视角，充分挖掘了船山诗学内在的意义和价值。

第三，船山诗学是中国儒家诗学美学化的完成。其一，船山诗学属于儒家诗学范畴；其二，船山诗学属于一种美学化了的儒家诗学；其三，船山诗学标志着儒家诗学美学化的完成。这个研究结论也是具有创新性的结论，把船山诗学研究向前推进了很多。

船山诗学既是作者个性化的理论思考的产物，又是当时整个历史和时代精神的折射。由于个人的和历史的原因，船山诗学也暴露出自身的局限性，即诗学理论与诗歌创作、批评在一定程度上的脱节。因此，船山诗学以其重要的美学价值和局限性给后人留下了一份需要进一步思考的极为宝贵的理论遗产。

武文颖《评王夫之诗学情景论》（吉林大学硕士学位论文，1997年），论文从诗歌情景论角度来论述船山诗学理论。情与景一直是船山诗学中极为重要的范畴之一，一直以来对船山诗学的研究都很难绕过情景问题。作者首先从历时的角度来观照了中国诗学理论中的情景问题。我国古代抒情文学特别发达，古代诗学理论中对情与景关系的论述也相当多。陆机的《文赋》、钟嵘的《诗品序》、刘勰的《文心雕龙·物色》等都对外在世界的自然景致与诗人情感互相感发触动而成诗，即触景生情问题做了阐发。宋元间方回、明代胡应麟的著作都谈到过情、景关系问题，但大都把情、景作为形式问题研究，看作诗体外在结构和句法关系。也有诗论家如唐代的王昌龄、宋代的范晞文、明代的谢榛将情景关系看作艺术构思或诗意境本体构成问题的，前人的思想对王夫之的启迪很大。其次，船山反对宋元以来有些诗论家割裂情景，强分景语、情语的死板做法，精辟而深刻地论述了诗歌创作中情与景的内在统一关系。他将情景交融分为三种类型："神于诗者""景中情""情中景"，还就如何实现情景结合的途径，提出了"现量说"，在审美感兴直观中达到情与景的融合为一。

　　论文最终的落脚点在哲学，他认为情景交融理论及其"神于诗者"、景中情、情中景的分类，无不折射出"天人合一"思想的印记。王夫之的情景论与他的哲学辩证观、心物学说也存在着不可分割的内在联系。船山诗学还启示现代人从各种社会角色、物欲羁绊中突围出来，在瞬间审美直观中，达到一种"审美的天人合一"境界，在有限向无限的飞升中体验到美和自由。①

　　总体而言，这篇论文对前人已有的研究进行了总结和补充，虽有自己的思考，但是创新上并不是十分突出。

　　蔡仁燕的《王夫之诗歌评选研究》（中山大学硕士学位论文，1999 年），论文以《古诗评选》《唐诗评选》《明诗评选》三种诗歌评选本作为研究对象，全面系统地论述其选诗和评诗的情况；通过与其他选本的对比，突出王夫子在评选本中体现出来的特别之处。论文的可贵之处在于作者有意识地把船山的诗歌评选作为一个整体来研究，并试图从中挖掘船山诗学的特点。②

　　张晓黎的《王夫之"现量说"及其美学意义》（北京大学硕士学位论文，2000 年），论文第一部分对"现量"范畴的佛教内涵进行了溯源。第二、三部分讨论了"现量"与王夫之整个美学体系的关系以及"现量说"对理解审美活动特征的启示。通过讨论，逐步展现王夫之的美学"现量"范畴是一个经过发展的、与佛教"现量"范畴有着本质不同的新范畴。第四部分讨论了王夫之"现量说"对我们理解审美活动本质的启示。

　　论文对于船山的"现量"做了一个极高的评价，认为：这一理论在王夫之的美学体系中具有纲领性的核心地位。"现量说"不仅是对中国传统美学关于审美活动思考的总结，更体现出王夫之对审美活动的独特理解，正是他对中国古典美学做出了突破性贡献，中国美学由此开始了向近现代的转折。这在以前的研究中是没有实现的高度，也正是论文的独到之处。此外，论文还有意识地把"现量"

---

　　①　武文颖. 评王夫之诗学情景论［D］. 吉林：吉林大学，1997.
　　②　蔡仁燕. 王夫之诗歌评选研究［D］. 广州：中山大学，1999.

与当代西方美学中的思想对照研究，提供一种中西美学的观照视角。①

李瑞卿《从心到即景会心到神理——王船山美学体系简论》（辽宁师范大学硕士学位论文，1996 年），该文指出，从美学体系的角度，我们可以看到美学与文学之间的密切关系。

第四节　台湾地区船山文学思想研究

随着船山思想逐渐得到关注和认可，自二十世纪八十年代以来，大陆地区掀起了对船山研究的高潮。台湾地区的研究，虽然没有大陆的体系庞大、资料丰富、角度多样，但也取得了一定的研究成果，其中专著、学位论文、期刊论文数量都有着明显的增加。台湾地区对船山的研究起初主要集中在哲学方面，比如，罗光的《船山先生学术思想要点》《王船山的历史哲学思想》等，曾昭旭的论文《论王船山之即气言体》《论王船山与宋明儒在根本方向上的异同》等及博士学位论文《王船山及其学术》、专著《王船山哲学》等。王船山诗学思想的研究，主要从 1976 年郭鹤鸣的《王船山诗论探微》开始，文章从纯粹文学的角度来分析船山的诗歌创作、诗歌批评等思想，或者试图挖掘诗学与哲学及其学术思想的关系。

一、文体分析

王船山诗学思想的文体研究主要包括专著、学位论文和期刊论文等，多种研究文体的出现也正表明了船山研究的逐步深化。

其中王船山文学思想研究的专著相对比较少，而只是在研究专著的部分章节中出现。比如蔡英俊《比兴物色与情景交融》的第四

---

① 张晓黎. 王夫之"现量说"及其美学意义［D］. 北京：北京大学，2000.

章《王夫之诗学体系析论》中指出："本文论述的重心将摆在王夫之《诗广传》一书上，探讨王夫之借重《诗经》，随取一事、发挥议论而形成的理论系统，并且循着《诗广传》一书所形成的这一套理论系统作为王夫之诗评与论诗的基础，进一步探论王夫之整个诗学体系的重要论点——尤其是他在'情''景'问题上所建构出的理论内容与批评观念。"① 通过分析阐释，蔡英俊认为："传统的诗歌批评原在于解释个体生命间相互感通、相互契合的文化理想，而'抒情诗'的创作典式与'情景交融'的理论旨趣，就是此一文化理想的具体显现。……'情景交融'的美学就是在这种理论基础上成为传统诗歌批评的要义与最高点。"②

龚显宗《诗话续探》中的《船山论诗》通过《姜斋诗话》分析了船山诗论的四个特点：第一，"兴观群怨"：诗歌欣赏以感发"兴观群怨"四情为要；欣赏诗歌必须灵活而不固执；作诗则应"曲写心灵，动人兴、观、群、怨"。第二，"意为主，势次之"：无论诗文应皆以意为主；又若证于画论则"有势则活，无势则死"。第三，"舍死法"：王夫之反对"桎梏性灵，画地成牢"的死法，提倡"从心所欲不逾矩的自然之法"。第四，"斥恶诗"：船山所谓恶诗者，大概有门庭，有似妇人者、似乡塾师者、似游食者，又有艳诗，最下则为诗佣。③

研究论文中既有硕博士学位论文，也有期刊论文。这些研究既有整体研究，也有个别观点的研究，涉及了船山整体诗学观，诗学批评，诗学与哲学、美学和佛学的关系等各个方面的相关内容。从这些材料中我们可以明显体会出船山诗学思想的深刻意义，具体内容将在以下论述中充分展开。

---

① 蔡英俊. 比兴物色与情景交融［M］. 台北：大安出版社，1986：245 – 246.
② 蔡英俊. 比兴物色与情景交融［M］. 台北：大安出版社，1986：328.
③ 龚显宗. 诗话续探［M］. 高雄：复文图书出版社，1989.

二、研究角度

（一）整体全面的研究

由于王船山的文学思想内容十分丰富庞杂，因此相关的研究论文尝试从一个整体的视角对船山的文学诗论思想做全面的分析阐释。

郭鹤鸣《王船山文学研究》通盘考察了王船山在文学领域的重要著作《楚辞通释》《诗广传》，重要理论"性情风旨，兴观群怨与情景交融"、诗体、流变、诗法、门庭以及诗教，还探讨了船山个人文学创作中的诗、词、文、戏曲等评选、诗话等，认为"在学术思想上，他扭转了宋明理学家'从末探本'的方向，打开了'由本贯末'的思想格局，使人间现实上的种种文化事业能够在道德理想的润溉下，具有独立的意义与价值，从而受到应有的肯定与重视。……所以船山能度越宋明诸子而真正肯定文学、重视文学，使他在学术文化的工作上，生面所开，不止于六经典籍"。①

李锡镇《王船山诗学的理论基础及理论重心》一文分为两个部分：理论基础和理论重心。在理论基础部分，作者从"性"与"情"之别、"志"与"意"之辨、"达情"含义三个方面分析了情感与外物之间的关系；从"言""意"之辨、"修辞立诚"的意义两个方面分析了语言与心灵的关系。在理论重心部分，作者分析了"兴观群怨"论诗歌本质的效用、从"章—意—势"论抒情诗的创作原理、从"情""景"交融论抒情诗的意象语等重要问题。②

翁慧宏《王船山诗学理论新探》一文以为，《姜斋诗话》的论述形式是完整的，想顺着它的内容逐条疏通，以建立船山的诗学理论。"《诗译》的内容与意义，讨论船山由《诗经》出发对诗歌的探索以及诗与情、语言与心灵之间的关系。""《夕堂永日绪论》的内

---

① 郭鹤鸣. 王船山文学研究 [D]. 台北：台湾师范大学，1990：599 - 600.
② 李锡镇. 王船山诗学的理论基础及理论重心 [D]. 台北：台湾大学，1990.

容与意义，讨论船山由乐出发建构诗歌系统以及诗与经义之间的关系。主要目标在于建构船山诗学中继承乐教而来的诗学系统。""比较船山《诗译》与《夕堂永日绪论》的诗学理论，说明船山诗论的真正风貌，并疏解船山各种论诗进路，……说明船山论诗所依据的理论基础及脉络。藉以确定船山诗学的立场及观点。"①"船山将乐、诗、经义构拟说解成一完整的系统。……在这个架构中点出跨文类的文化精神内容，亦证实了中国诗学风格历史的起落与抒情精神的一致性，并且，船山人性论、宇宙论的论述，又与此文艺精神相通，在此天道、人情、文艺又是融合而不相离。"②

以上是学术论文对王船山诗学思想的整体、全面的分析，期刊论文也有从全局的角度进行研究的。郭鹤鸣《王船山诗论探微》是台湾地区目前可供查询资料中最早论述船山文学批评的文章。论文研究对象为王船山整体诗论，首先探讨了王船山诗论中的渊源，其次探讨了王船山诗论中的创作论，最后探讨了王船山诗论中的批评论，并以"陶渊明"作为批评实例，证明船山的批评论。③但是全文论述过于简单，更多的是观点的陈述和归类，缺乏对王船山整体诗论的分析与总结。

丁履譔《王船山的诗观》主要从五个方面分析船山诗学观点：文学与经史训诂之学有异、诗中的情感交融、格律与家法之不可取、诗的时空限制、"恶诗"在所不取。④这篇论文虽然提炼了船山的观点，但更多用材料来说明问题，阐释的内容相对薄弱。不过丁履譔所关注的这几个问题也成了后来船山诗学研究中的重要内容。

此外还有《由道化技——论〈姜斋诗话〉儒教诗学的审美境界》从诗教的观点来归纳总结船山的诗学思想。

---

① 翁慧宏. 王船山诗学理论新探［D］. 台南：成功大学，1999：11.
② 翁慧宏. 王船山诗学理论新探［D］. 台南：成功大学，1999：134.
③ 郭鹤鸣. 王船山诗论探微［J］. 台湾师范大学国文研究所集刊，1976（6）：855－957.
④ 丁履譔. 王船山的诗观［J］. 中外文学，1981（5）.

（二）主要观点研究

凡是对船山诗学理论中的重要范畴进行研究，都会关注"情与景"和"兴观群怨"，它们是船山诗学理论中的核心部分，也是船山诗学中最为重要的部分。因此，这两个问题是船山诗学研究中无论是整体研究还是专门研究都必然涉及的问题。

1. 情与景

情与景一直是中国古代诗学中的重要范畴，关于王船山的诗学研究也极大地关注了情与景，在其诗论中占有极为重要的地位。既有单独研究船山情景论的硕博士学位论文，还有从各种不同视角探讨船山情景论的期刊论文。其中有几个特点值得我们关注：首先，肯定了情与景的重要性，研究者会从不同的视角进行阐释，但是最终都认为"情景交融"是船山所推崇的境界。其次，关注情景与其他范畴之间的关系，使得情景的研究更具立体感和融通性。最后，部分研究也试图在船山学术的整体视角中反思情景，或者挖掘情景与哲学等领域之间的兼容性。

郭鹤鸣《王船山文学研究》认为："情景交融"是船山论诗的理论重心。"情景交融"与诗歌意象、"情景交融"与意象营造、"情景交融"与现量之间都有着紧密的联系。"想象在真情实感之函覆下，进入了直观妙赏和理性深情交融所形成的情理结构中，这种'想象的真实'正造就了创作的自由。"①

陈素英《王船山情景说研究》则是从王船山的"取景"说、"用情"说、"情景关系论"三个方面呈现了船山情景说的面貌。

庄川辉《王船山情景论探究——以身体空间的角度切入》从一个全新的视角来切入船山的情景论。船山为情景论的完成者，试图赋予情景论的内涵以新的诠释视域，以身体感诠释在当下情境中诗人之情与外在之物的交融互涉过程，"主体之情"与"客体之景"

---

① 郭鹤鸣. 王船山文学研究 [D]. 台北：台湾师范大学，1990：387.

在经验的层面上不断交流互涉，情感的空间性力量与景色的情绪性力量，两者间互相定义，互相发用。情景论通过"景以情合，情以景生"的景语和"宛折尽情"的情语使景物具有空间性，蕴含情感及力量，诠释情感所具有的空间性的展开和传达。文章提出"意"作为一种情景论诗学层面上的意义，是情景论从"作者"到"审美经验"的整体呈现，期能以身体感与空间的思考，丰富船山情景论之内涵。

2. 兴观群怨

兴观群怨源于《论语·阳货》："子曰：'小子何莫学夫诗？诗可以兴，可以观，可以群，可以怨。迩之事父，远之事君；多识于鸟兽草木之名。'"[①] 自此以后"兴观群怨"成为中国古代诗学理论中的重要范畴之一，船山对这一范畴进行了全方位的理解，不再仅仅局限于前人所强调的教化目的方面。

郭鹤鸣《王船山文学研究》从《姜斋诗话》中"随所以而皆可"出发，从"随所以而皆可"与多义性、模糊体验、广心、裕情，及其与诗歌之评价三个方面来探讨兴观群怨的诗学含义。

翁慧宏《王船山诗学理论新探》指出：怨乃泛指"不平则鸣"，是情感与外界互动的反应；群则是一种共存交感；观则是一种沉思回味；兴则是一种感受天道，最后达到美善合一的境界。船山认为作者的创作、作品、读者的阅读一定都要具备这四情，它们是创作规范、诗歌价值的判断、鉴赏的标准。因为有此四情才能使天地人情之美善表现出来，其内在理路的顺序是："私有经验→同体共感→静默沉思→美善合一。"[②] 这就赋予了"兴观群怨"更为丰富的意义内涵。

总之，兴观群怨的意义在船山所在的时代得到了新的阐释，在当下的时代又进行了二次甚至多次的解读，从而更符合我们所处时代对于船山思想的理解。

---

① 杨伯峻. 论语译注 [M]. 北京：中华书局，1980：185.
② 翁慧宏. 王船山诗学理论新探 [D]. 台南：成功大学，1999：126.

三、诗学批评研究

王船山纯粹的诗学著作不是很多，关于王船山文学批评的研究主要分为两类，一种是对船山本人创作诗歌的分析研究，另一种是船山对前人诗歌创作的研究。这一类研究都是专门针对文学作品的分析，相对具有可操作性，更能有效地说明船山诗学思想的状况。

陈民珠《王夫之姜斋词研究》对船山词的创作进行了全面分析，既探讨了姜斋词的体裁内容、艺术特色，也概括出姜斋词的风格为豪宕和醇雅；还把姜斋词与《姜斋诗话》结合分析，总结了其中蕴含的理论思想，即情景交融的美学内涵，群以制怨的含蓄本质，神理相取、意在言外的文学精神。以王夫之《姜斋词集》为依据，来探讨他身清心明的一片故国情怀，并给予船山词在词史上的地位与评价。

以上是对船山个人文学创作的批评研究，更多的研究论文则关注到船山对前人文学作品的批评研究，他的三大评选正是对前人文学创作理解的总结。

王船山在《古诗评选》中说到，"自有五言，未有康乐；既有康乐，更无五言"，深刻表明了他对谢灵运作品的赞扬和肯定。郭凯文的硕士学位论文《王船山评选陶谢诗之研究》以《古诗评选》中王船山对陶谢诗的评论作为研究对象，由王船山"诗歌评选"入手，以作品分析及评语解说为中心，逆证其诗论。目的在于揭明或考察船山的诗论与诗歌评选之间可能存在双向印证的关系；诠释王船山选录陶渊明、谢灵运二家诗的作品特质及其特定取向，二家诗之评语所持观念的意涵；诠释王船山评说陶谢诗所持有的核心观念与他的诗学、文化思想体系的关系。

第五节　域外船山文学思想研究

一、域外船山文学思想研究概况

1982 年 8 月，湖南省船山学社编辑出版的《王船山研究参考资料》，收集并翻译了日、苏、美等十多位国外学者的文章，并收录了《国外研究王船山论著目录》。后来，湖南省船山学社又编写了《船山学术资料简报》，其中第二辑收录了肖萐父《近二十年国外及台湾学者关于王船山研究的一些概况》，这应该是船山域外研究基本状况的早期介绍，从中我们可以看到域外学者们更多地关注船山思想中的政治、哲学、历史、经济等问题，而对文学的涉及较少。

在《王船山研究参考资料》中仅有三篇文章与船山文学研究相关。日本学者桑山龙平的《论王夫之的〈楚辞通释〉》一文指出，《楚辞通释》含有多种因素，一种读法是发现其中的唯物论思想，一种读法是发现其中的民族主义热情。

另一日本学者高田淳的《〈王船山诗文集〉序言与后记》从船山的生平经历开始谈起，概述了船山的家学，是从其父王朝聘那里接受的春秋学，接着分析了清末船山思想的复活和发现的过程，最后论述了船山诗文的选本，并对此做了简单的说明。

美籍学者黄秀洁的《王夫之诗论中的情与景》（陈荃礼译）是研究船山诗论的一篇论文，曾刊登在《明清诗文研究丛刊》1982 年第 2 辑和《船山学报》1985 年第 2 期。作者认为王船山的诗论"是独具一格的：表述明晰而准确，批评标准一致，对于作品的寓意和意图非常敏感。这些特点即使对于一些著名的评论家来说，也是难能可贵的。根据这些特点，按照我们当代承认的标准，王夫之也是有资格跻身于重要的文学批评家之列的"。文章从七个部分来展开论述：第一部分，概述了文章的目的是要通过对王夫之诗论中的情与景的考察引导人们认识王夫之关于诗的本性、诗的诞生，以及关于读诗和注诗的作用的基本思想。第二部分，论述了情与景的含义及关系。第三部分，论述诗意与诗的内在变化的协调性。第四部分，论述王夫之关于作诗法的看法。第五部分，论述读诗与评诗的作用。第六部分，讨论王夫之诗论中"情"与"景"的哲学含义。王夫之反对把"情"与"景"看作截然对立的东西，这种立场植根于他的宇宙观。第七部分，概括了深入研究文学评论家王夫之的理由。

青木正儿在《清代文学评论史》中对于船山诗学思想的概括相对比较简单，主要包括以下几个方面：第一，从船山的诗论的取舍来看，他是拟古派的余绪。他痛骂一切标榜派别者，破除门户成见之说。第二，提倡把《诗经》当作文学看待。《诗经》的训诂家不懂得诗味。第三，船山以"意"为诗之根本，所以重视主观。以"意"为中心，以抒情为主体，配之以写景和咏物，在它们相融浃之处，真正的诗自会形成。而文字之修饰推敲乃是末节琐事，作为表达"意"的手段，其"势"得宜足矣。整个文章论述都不够深入，但是涉及了船山诗学中的部分重要论题。

朱弘毅和朱迪光在《域外船山学研究与海外船山学的传播设想》中概述道：

对船山文学思想与文学创作进行介绍与研究的日本学者有青木正儿、船津富彦、小川晴久、高田淳等。青木正儿在其著作《清代文学评论史》中论及王船山文学。船津富彦讨论王船山的文学思想。小川晴久讨论王船山诗论中的"性与情"。桑山龙平探讨王夫之《楚辞通释》，他说："由于王夫之详知楚之地理及楚之风俗，故对其注有踏实之感。"然而对王船山文学思想与文学创作研究最努力的日本学者首推高田淳。高田淳，1925年生，1952年毕业于东京大学文学部中国哲学文学科，曾任东京女子大学文理学部教授，东京大学中国文学哲学会会员，中国近代思想与文学研究家。他撰写的船山学术研究论著主要有：《王夫之的〈章灵赋〉》（日本学习院大学文学部《研究年报》23 号），《王船山之〈霣梦〉或异派非正统论》（日本《汉文教室》124、128 号连载），《清末的王船山》（日本学习院大学文学部《研究年报》30 号），《王船山诗文集》，由日本平凡社 1981 年出版。其中船山文学研究方面的论著最多。①

通过对二十世纪这一阶段域外船山文学研究材料的分析，我们可以看到船山文学研究并不是特别多，因此就不再一一赘述，域外以宇文所安的研究为主，可作为代表性的研究。

二、宇文所安与王船山

1992 年，宇文所安的《中国文论：英译与评论》由哈佛大学亚洲中心出版。2003 年，此书由王柏华、陶庆梅翻译，上海社会科学院出版社出版了中译本。此书共十一章，其中第十章为《王夫之〈夕堂永日绪论〉与〈诗绎〉》。他认为，船山是一位集天赋、学识和多产于一身的顶尖人物。他是一位杰出的思想家，却又是位颇有偏见之人。他是一位孤独的修正主义者，试图将世俗诗歌的价值统一到他个人对《诗经》所蕴含价值的理解之中；像所有孤独的修正主义者一样，他的孤独给予他表达个人立场的权利。②

宇文所安一共选译了《夕堂永日绪论》中的 21 条，《诗绎》中的 6 条，并对每条都进行了分析论述，基本囊括了船山诗学中的重要观点。第一，关于"兴观群怨"的理解。作者认为，"一首诗所具有的'兴观群怨'之情发生在阅读之中，它不是等待读者去发现的原有特性，而是原有特性与读者所在情境的关系"。③ 第二，"以

---

① 朱弘毅，朱迪光. 域外船山学研究与海外船山学的传播设想［J］. 衡阳师范学院学报，2017（5）：3.

② 宇文所安. 中国文论：英译与评论［M］. 王柏华，陶庆梅，译. 上海：上海社会科学院出版社，2003：503.

③ 宇文所安. 中国文论：英译与评论［M］. 王柏华，陶庆梅，译. 上海：上海社会科学院出版社，2003：506.

意为主"。作者指出:"中国文学思想往往不是把文本各要素视为一个等级秩序,而是把各要素视为有机整体,即一个过程中的各个方面或阶段。"① 第三,关于"势"。 "每一'意'都有它自己的'势',表现为文本的'意'在'势'里展开,直到彻底完成。内在力量从'意'里直接冒出,文本似乎具有活生生的有机生命即'神理'。……'意'是一个被实体化了的整体;借助'势',它在此时此刻的文本中呈现出时空上的广度。"② 第四,关于情景交融的问题。"情"要想参与"景"中,"它需要读者方面具备某种素质,能透过不动声色的描写,看出诗句之中所蕴含的更深的意味;或许是那些景太动人了,让我们禁不住觉得它们一定包含着某种同样感动诗人的力量。那种感染诗人的力量藏而不露,无声无息,就好像与景色'融'在一起了。"③ "只有依附于景,他人之情才能够激发我。"④ 第五,关于"现量"。真情和真景确实互为条件,"一首诗能让我们感怀靠的是诗人在实际的和历史的体验中的偶然遭遇"。⑤ 第六,关于古体诗研究。"真正的古体诗应当具有统一的和线性的气势。"⑥ 第七,关于情感节制的问题。"诗人的情怀在诗里要有所节制。……节制力量的释放,让它在最合适最有效果的时刻爆发。……是一种推断,来自于假定的紧张和实际上的松弛所构成的

---

① 宇文所安. 中国文论:英译与评论 [M]. 王柏华,陶庆梅,译. 上海:上海社会科学院出版社,2003:509.

② 宇文所安. 中国文论:英译与评论 [M]. 王柏华,陶庆梅,译. 上海:上海社会科学院出版社,2003:511.

③ 宇文所安. 中国文论:英译与评论 [M]. 王柏华,陶庆梅,译. 上海:上海社会科学院出版社,2003:513.

④ 宇文所安. 中国文论:英译与评论 [M]. 王柏华,陶庆梅,译. 上海:上海社会科学院出版社,2003:530.

⑤ 宇文所安. 中国文论:英译与评论 [M]. 王柏华,陶庆梅,译. 上海:上海社会科学院出版社,2003:518.

⑥ 宇文所安. 中国文论:英译与评论 [M]. 王柏华,陶庆梅,译. 上海:上海社会科学院出版社,2003:521.

反差。"① 第八，关于"诗法"的问题。船山承认在某种意义上诗歌的发展脉络受制于"法"，但是把"法"的概念与指导作诗的通俗之"法"混为一谈了。

以上对船山诗学的解读符合船山诗学的基本观点，并且在对某些问题的具体阐释中，更多地与西方文论的思想进行了对照，为学者提供了新的参考思路，也提出了船山诗学中存在矛盾的地方。

---

① 宇文所安. 中国文论：英译与评论 [M]. 王柏华，陶庆梅，译. 上海：上海社会科学院出版社，2003：523.

第五章 学术研究的多元化
（1980—2000）（下）

第一节 船山文学思想研究中的几个重要问题

一、船山文学理论体系的研究

船山的诗学著作除了《姜斋诗话》之外，还有《古诗评选》《唐诗评选》《明诗评选》和分散在其他著作中的诗学理论，内容十分庞杂，从整体上把握其诗学体系对于研究船山的思想显得尤为重要。自二十世纪八十年代以来，专门探讨船山诗学理论体系的著作和论文都非常多。

在探讨船山诗学体系之前，我们首先看看文学批评史中的船山诗学思想研究。郭绍虞在《中国文学批评史》中把船山与王士禛的诗学理论都概括为神韵说，具体分析了其中兴观群怨、法与格、意与势、情与景四个方面。[1]

青木正儿的《清代文学评论史》中把船山的诗学放入了清初尊唐派诗，认为船山"关于诗的趋尚是取汉、魏、晋、宋（特别是陶渊明、谢灵运）、盛唐（特别是李白、杜甫），而不取中、晚唐，最厌恶宋人。所以，从他的取舍来看，他是拟古派的余绪。但他痛骂一切标榜派别者，王、李等人自然不在他的眼中。"[2]

还有许多文学批评史都对船山诗学思想进行了评述，但更多地

---

[1] 郭绍虞. 中国文学批评史：下卷 [M]. 天津：百花文艺出版社，1995：460 – 467.

[2] 青木正儿. 清代文学评论史 [M]. 杨铁婴，译. 北京：中国社会科学出版社，1988：32.

把其分为几个板块、几个部分来分别进行阐释。黄保真、蔡钟翔、成复旺著的《中国文学理论史》中称船山的思想为杂文艺哲学，并从杂文艺哲学是王夫之哲学体系中的一个特殊层次，以人文之"文"为逻辑起点的杂文艺社会学，以诗学为主体的审美理论三个方面来论述了船山诗学和哲学、社会学以及诗学本身的特点。①

王运熙、顾易生主编，邬国平、王镇远所著的《中国文学批评通史（清代卷）》对于船山思想的论述从哲学伦理观与文学批评入手，从"诗者象其心而已矣"、"陶冶性情，别有风旨"、论诗法与诗派、情景相生、互藏其宅、"作者用一致之思，读者各以其情而自得"六个角度分别论述船山诗学的特点。②

这些研究主要侧重于介绍船山诗学中的各种理论，并未从整体上论述船山诗学的特点，各个部分之间相对独立。随着研究的深入，对于船山诗学体系的建构则显得尤为重要。许多研究者都力图探索船山诗学的内在逻辑结构，从而挖掘其中所蕴含的理论体系。

程亚林《寓体系于漫话——论王夫之诗歌理论体系》一文中通过漫话的形式，审视了背后存在的一个严密诗学理论体系。体系的基础部分由诗与生活这对范畴构成；中心部分由情与理、情与景、意与辞三对范畴构成，它们逻辑的分别呈现为三个层次，它们之间的关系为：第一层次到第三层次是对诗歌创作过程的逻辑概括，从第三层次到第一层次则是王夫之对诗歌作品构成因素的由表及里分析的结果；最后对于诗歌的社会功能则用"兴观群怨"这组概念表述。体系的基础、体系的中心、诗歌的社会功能三大部分构成了王夫之诗歌理论的完整体系。它全面而深入地论述了从生活到诗歌创作的全过程以及作品分析、诗歌的社会作用诸方面，完全可以称得上"体大而虑周""思深而意远"。最后，还分析了船山诗论具有寓

　　①　黄保真，蔡钟翔，成复旺. 中国文学理论史：四 ［M］. 北京：北京出版社，1987：139－212.
　　②　邬国平，王镇远. 中国文学批评通史：清代卷 ［M］. 上海：上海古籍出版社，1996：57－95.

体系于漫话的特点的原因：明代诗歌及其理论的发展为它的出现提供了有利条件，是我们民族在特定历史条件下文化—心理结构的必然产物，也是我国古代绝不会少的一批诗论所具有的共同特点。①

　　肖驰《王夫之的诗歌创作论——中国诗歌艺术传统的美学标本》一文也试图从整体上剖析王夫之的艺术哲学。文章认为，王夫之的诗学是儒道文艺的合题，相对于近代文艺思潮的萌生而出现。他从个体情感和封建伦理、审美主体和客体两个方面的统一，完成了古典美学的体系，成为我们研究民族诗歌艺术传统的理论标本。由《毛诗序》奠基的儒家政教诗学，和滥觞于钟嵘《诗品》的审美诗学，终于在他这里汇流了！从"诗教"到"乐教"，从音乐美到意境美，在一步步朝同一个方向逼近。而王夫之诗学体系的建立，它与以往的理论特色迥然不同，它的丰富性、深刻性，都是这个汇流的产物，而这又是相对于具有近代气息的文学思潮的兴起而出现的。同时主客体自在统一、再现与表现自在统一的古典理想也被船山继承，并发展为一整套创作原则，一个完整的、功能间互相贯通的结构：在审美认识中，强调"现量"；在审美感情中，反对"以赪色言情"；在情景结合中，追求感物和情感外射的统一，提出"不敛天物之荣凋，以益己之悲愉"；在意象类型上，推情景"妙合无垠"为至高境界；在意境的空间关系上，主张"以小景传大景之神"。②

　　谭承耕的《船山诗论及创作研究》认为船山诗学是以儒家正统诗学为体，以审美诗学为用的。所以，在这个结合中，前者是方向、目的，是主体；后者是手段，是为前者服务的。当后者与前者在某个问题上产生矛盾时，后者必须服从前者，两种诗学的结合，不是平行的合流，而是有主有次的、有体有用的有机结合。③ 此外，谭承耕还专门撰写了论文《船山诗论体系的构成及其历史地位》，详细分

---

　　① 程亚林. 寓体系于漫话——论王夫之诗歌理论体系［J］. 学术月刊，1983（11）：38 - 44.

　　② 肖驰. 王夫之的诗歌创作论——中国诗歌艺术传统的美学标本［J］. 中国社会科学，1984（3）：143 - 168.

　　③ 谭承耕. 船山诗论及创作研究［M］. 长沙：湖南出版社，1992：182.

析了以儒家正统诗学为体、审美诗学为用的体系及其历史地位，不是为了复古，而是为了适应新的历史条件。

陶水平的《船山诗学研究》从"诗道性情"论、"情景相生"论、"诗乐一理"论、诗艺表现论、"晋宋风流"论、船山诗学的理论个性及其形成语境几个方面论述，认为船山诗学是中国儒家美学化的最后完成。首先，船山诗学属于儒家诗学范畴；其二，船山诗学属于一种美学化了的儒家诗学；其三，船山诗学标志着儒家诗学美学化的完成。船山诗学以儒家诗学为"体"，而以道家诗学为"用"。① 他还在《文化整合语境中的王夫之诗学》中提出：船山之所以是一位伟大的思想家，在于船山能对前人的思想遗产进行抉择，经由自己的融会贯通和创造性发展，建构了超越前人并对后代产生深刻影响的理论体系。②

张少康的《王夫之诗歌理论的历史评价》认为，王夫之的诗歌理论一方面总结了宋元明以来诗歌理论批评中的一些重大问题，同时提出了许多精辟的文艺理论见解；另一方面又开了清代诗歌理论批评之先河。张少康认为在我国古代文艺思想发展史上，王夫之是一位具有继往开来、承上启下的重要作用的文艺理论批评家。张少康用西方文艺理论研究的视角，从诗歌的本质和特征、论诗歌创作、论诗歌的艺术欣赏三个方面来阐述王夫之对诗歌理论批评发展的历史贡献。③

张节末在《论王夫之诗乐合一论的美学意义——兼评王夫之诗论研究中的一种偏颇》一文中认为王夫之诗论的核心是在强调诗乐之理一，即诗与乐相为表里，乐为体，为里；诗为用，为表，强调诗歌与音乐的内在联系，把音乐视为诗歌的本质。王夫之的诗歌理论出现了与传统言志观诗论大异其趣的三种变化：以形式融化内容，

---

① 陶水平. 船山诗学研究［M］. 北京：中国社会科学出版社，2001：9.
② 陶水平. 文化整合语境中的王夫之诗学［J］. 齐鲁学刊，2000（6）.
③ 张少康. 王夫之诗歌理论的历史评价［M］//古典文学美学论稿. 台北：淑馨出版社，1989：412－435.

以内在转化外在，以时间率领空间。王夫之的这些新观念是对中国古典诗歌的高度理论总结，也是对诗歌审美派理论的发展，更是对前后七子格调说与诗法论的纠正。①

郭齐勇在《船山思想的内在紧张与船山模型的当代意义》一文中指出，研究船山学术，重要的不在于为它建立一个自足圆满、严整如一、无懈可击的理论体系，而是在于发现船山思想内在深刻的矛盾、冲突与紧张，以及他为解决这些矛盾提出的具有创造性的、启发性的问题、构想、论证方法、致思模型，等等。而且他特别指出，"心有两端之用，而必合于一致"，"理虽一贯，而显立两纲"是船山思维认识的模型。②

滕咸惠在《论王夫之诗论之贡献》中认为，王夫之的思想体系博大精深，它主要由唯物主义自然观、唯物主义认识论以及历史观和人性论三个部分组成。诗歌理论以人性论为出发点，在继承审美中心论诗学的基础上，彻底改造了政教中心论诗学，从而把中国古代诗歌理论提高到一个新阶段。王夫之诗歌理论的形式是政教中心论（以"兴观群怨""乐教"为起点），而其内容则是审美中心论（以诗以言情、情景关系为核心）。这就是王夫之诗歌理论的基本特点。③

以上的论述一方面说明船山诗学体系中有极其丰富的内涵，可以从不同角度去解读、分析。有的学者从历史的角度给船山诗学体系进行定位，有的学者结合哲学思想来观照船山诗学思想中的体系，有的学者从船山诗学内部的矛盾和冲突中反观船山的诗学体系，有的学者从儒道两家思想的汇合中找寻船山诗学体系的特点，还有的学者从中国古代范畴中提炼船山诗学的体系的完整性，等等。另一

---

① 张节末. 论王夫之诗乐合一论的美学意义——兼评王夫之诗论研究中的一种偏颇 [J]. 学术月刊，1986（12）：43–49.

② 郭齐勇. 船山思想的内在紧张与船山模型的当代意义 [J]. 船山学刊，1993（1）.

③ 滕咸惠. 论王夫之诗论之贡献 [J]. 山东大学学报（哲学社会科学版），1990（2）.

方面，各观点之间的差异也说明我们并没有穷尽对船山诗学的理解，我们的研究还需要不断深入。

总而言之，船山文学理论体系的研究，虽然有不同的视角和切入点，但是在一些问题上也达成了共识：首先，都肯定了船山文学诗学体系的存在，认为其具有严谨的结构和内在联系；其次，研究上必须从整体上把握，才能更好地深入探讨其中的内容；再次，船山诗学体系是中国古代诗学的总结，是综合了多种元素而成的；最后，船山诗学体系的特点也正是中国传统诗学的特点，形成原因也是由传统思维方式所决定的。

二、船山重要美学和文学理论范畴的研究

船山研究中的许多问题的落脚点都是基于对于范畴的不同理解，因此准确弄清船山使用的重要范畴的意义显得十分重要。术语范畴的诠释，直接关系到理论文本的理解，也影响理论体系的探讨。在二十世纪晚期，船山诗学范畴研究的意识得到了充分的强化，并有了新的收获和进展，主要表现在：首先，对于船山诗学、美学中的范畴研究和阐释在某些方面逐渐达成了共识，获得了大多学者的认可，也得到了进一步深入研究。比如，兴观群怨、现量、意境等内容。其次，随着船山研究的深入，研究领域的扩大，一些以前没有受到重视或者研究不够透彻的范畴也开始得到大家的关注，比如势、声情等。下面将重点分析几个范畴的研究现状。

（一）情与景

情与景一直以来都是船山诗学研究中的重要范畴，也是最早受到关注的范畴。经过长期的探讨和研究，学术界对情景的理解形成了相对比较一致的观点：一是肯定了情景在船山诗学、美学理论体系中的重要性，也对船山的情景理论给予了很高的评价。二是对情、景和情景交融三者的含义都进行了分析，并试图研究其背后深层次

的文化、心理等。

1. 关于情、景的含义及其关系

肖弛在《王夫之的诗歌创作论——中国诗歌艺术传统的美学标本》一文中认为，王夫之所说的"景"有三种意义：一是指客观物象，二是指审美意象，三是指审美认识或审美表象。"情"则是指审美感情，既包含了诗歌感情的审美特质，也包含了感情的社会伦理内容。把"兴"作为情景结合的主要途径，在"兴"的过程中，构成诗歌意象的形态。"把'兴'的感物性扩大为物感和情感外射的统一，把'兴'的再现性扩大为拟物主义的抒情方式，把'兴'的复义性、多功能性扩大为对自然美多义性的认识和诗的辩证结构。"① 将情景结合，即将审美认识和审美感情的结合分成三种主要形态："情中景""景中情"和情景"妙合无垠"。

郁沅认为，船山所说的"景"有两种含义：一是指外界客观存在的自然景物，二是指存在于诗歌作品中的"景"或"景语"。王夫之所说的"景"是广义的，自然景物的描写是其中重要的一部分，但不只包括自然景物，一切社会人事、性情器物，在王夫之那里都称作"景"。它是"景象""图景"的意思，是指诗歌的形象意义上的具体描写。从这个角度去理解王夫之的"情景交融"说，其实是主观与客观、抽象与具体、情志与形象的统一。②

黄南珊、李倩《论王夫之的情景合一论》提出："王夫之的情景说，其情、景概念涵义有推陈致新的变化，突破了传统的思维定势和意义范式。就情概念而言，它包括知人观世、体物触景、感时即事、怀古念旧的感遇感知和感念感怀，大至忧世忧生之思，小至一时一事之慨，是一种伦理化和意理化的情思、情愫、情怀、情致。这种情并非是单一化纯粹化的情感，而是一种雅化、理化的情

---

① 肖弛. 王夫之的诗歌创作论——中国诗歌艺术传统的美学标本 [J]. 中国社会科学，1984（3）：153.

② 郁沅. 王夫之的诗歌艺术论概观 [M] //古代文学理论研究：第3辑，上海：上海古籍出版社，1981.

感."① "景包括客观生活的实在性景象和抒情主人公想象世界中的非实在性影象."②

此后，王德明的《前无古人的创造——王夫之的诗景理论》对船山的景做了细致的分析，认为船山"除一般景象外，从性质的角度，将景分为事之景、情之景、人中景等；从规模的角度，又将景分为大景、小景、大景中小景等；从观察的角度，又将景分为远景、近景；从艺术效果的角度，又有活景、滞景之说。此外，他还有景外之景、非景之景等说法"③。从中我们也可以看到船山对于诗歌独特的理解。

何国平、尹美林的《船山诗学中的情景范畴论》认为如果不准确厘清"情""景"两范畴的含义，对船山的情景论的阐发势必难以展开。④

情景关系的论述则相对更多，一般都是认为情景交融、情景相生，两者对立统一、不可分割。

叶朗在《中国美学史大纲》中把情景分为多种类型："情中景""景中情""人中景""景中人"等，并指出这些特殊类型是为了说明情景结合的具体形态可以多种多样，只要结合是内在统一，就可以构成审美意象。

李春青的《试析王船山的情景论》则提出，船山的情与景密不可分，总是从二者的关系中来考察它们，是具有辩证思想的。他既看重情，又不忽视景，把二者视为一个事物相互依存、相辅相成的两个方面。除了肯定船山的情景论之外，李春青还提出了其存在的局限性。"首先，他过分强调了诗歌创作过程的审美直觉性，认为只有捕捉一瞬间的目之所见与心之所感，才能写出好诗，这就排斥了借鉴前人创作经验的重要作用，也否定了诗人对素材的整理剪裁过

---

① 黄南珊，李倩. 论王夫之的情景合一论［J］. 青海社会科学，2000（2）：70.

② 黄南珊，李倩. 论王夫之的情景合一论［J］. 青海社会科学，2000（2）：70.

③ 王德明. 前无古人的创造——王夫之的诗景理论［J］. 常德师范学院学报（社会科学版），2002（3）：27.

④ 何国平，尹美林. 船山诗学中的情景范畴论［J］. 中国韵文学刊，2002（2）.

程，这是不符合创作规律的。其次，他所追求的境界在山水诗中可谓上乘，而对于其它题材的诗就不尽适宜。譬如他反对直接抒发愤懑之情，反对毫无掩饰地揭露客观黑暗现实，这便是陈腐之见。"①这里所说的局限性不仅仅是认为船山受到儒家思想、政治伦理思想的影响，还尝试从诗歌创作自身来进行阐释。

吴文治认为，王夫之关于情景关系的论述主要有三个方面：第一，王夫之认为一切写"景"的好诗都离不了情。第二，王夫之认为要写出情景交融的好诗，诗人必须有丰富的生活体验。第三，王夫之也承认灵感在文学创作中的作用。②

其他学者也有不同角度的阐释理解。张节末的《王夫之诗歌情景论新议》从中西诗歌创作角度的对照出发，以船山的"宾主"作为参照物，认为情景相生理论"至少包含三层意义：其一，以在'心目相取处'流动的自然景象与主体的情感运动相协调，协调方式包括情景同一与情景对立而同一两种或更多；其二，情感运动因此而被意象运动所隐蔽，它们各自都取得了对方的运动特性；其三，景与情之间建立象征与被象征的关系"。③

阳晓儒《情景说和艺术符号论——王夫之和苏珊·朗格的审美意象论》认为王夫之和苏珊·朗格生长在不同的历史时代，受不同的社会文化熏陶，但他们对艺术本质的看法，特别是对艺术品中的意象的分析有许多相似或相同的地方。苏珊·朗格的审美意象论和王夫之的审美意象论之所以有共同的理论内核，是由于他们的理论学说——艺术符号论和情景说受相同的文艺实践——表现主义文艺和抒情文艺的影响。

2. 情景理论在船山诗学中的地位和作用

情景理论在船山诗学中占有重要地位，有的学者认为它是船山

---

① 李春青. 试析王船山的情景论［J］. 河北师范大学学报（哲学社会科学版），1983（4）：62.

② 吴文治. 论王夫之的诗歌理论［J］. 文学遗产，1980（2）.

③ 张节末. 王夫之诗歌情景论新议［J］. 南京社会科学，1991（3）：92.

诗学创作论的中心，有的学者认为它是船山诗论体系的核心，有的学者认为船山"情景合一论是其情理美学观的一个重要组成部分，富于思辨特色及和谐美感，是对中国古典情景关系认识的理论总结"。①

郭建平《王船山诗学中的情和景》认为："王船山诗学最为精粹之处就是他没有让情去生硬地占有景物，使景物仅仅成为一种手段、一种情感的附着物；也没有让景势单力薄、无声无色，仅仅是一种自然景观的再现，一种没有生命的外物；而是要'以写景之心理言情，则身心中独喻之微，轻安拈出'。"②

3. 船山情景论的贡献

船山先生把情和景的概念都进行了扩展，并且把情景交融理论阐释得更加深入和细致，不同学者在此基础上进行了更加详细的分析。有的学者认为王夫之与王国维是"情景论"的集大成者，③有的学者认为，王夫之在情和景这一根本的诗学命题的阐发上，"吐故纳新，继往开来，把中国古典诗学升华到一个新的高度"。④

刘畅认为船山对情景关系研究的贡献之一是深入而清晰地揭示了情与景的基本特征以及能在诗中高度融合的原因，贡献之二是提出了"以写景的心理言情"的美学命题。在写景中存一种主动的心理状态，是船山强调的问题的核心。⑤

滕咸惠认为王夫之独特的理论贡献在于深刻揭示了在什么条件下才能达到情景交融。"诗人在亲身生活体验的基础上，主体和客体之间获取适当的结合点和处于合适的距离度，审美意象和审美感情在瞬间感悟中契合无间、融汇为一，感性中蕴含着理性，现象中蕴

———————

①　黄南珊，李倩. 论王夫之的情景合一论［J］. 青海社会科学，2000（2）：69.

②　郭建平. 王船山诗学中的情和景［J］. 河南大学学报（社会科学版），1998（5）：6.

③　周吉本. 试论古典诗歌情景交融机理及其构成方式［J］. 四川师范大学学报（哲学社会科学版），1999（2）.

④　郭建平. 王船山诗学中的情和景［J］. 河南大学学报（社会科学版），1998（5）.

⑤　刘畅. 王船山诗歌美学三题［J］. 文学遗产，1983（3）.

含着本质，从而创造出诗的意境。这是对于前人意境理论的继承和发展。关于适当的结合点和合适的距离度的观点，是他最富于独创性的。"①

孙立在《王船山论情景的结构关系——兼谈王船山的诗论倾向》中指出，"王船山对情景说的贡献，在于他以变化的观念，揭示了情景的多重结构关系，给传统的情景理论注入了新的内容，使之得到更新和巩固。而他由此所表现出的艺术好尚，对于了解他的诗论倾向无疑具有重要意义"。②

4. 船山情景理论在整个中国古典诗学中的位置

蓝华增从"神理凑合"的灵感论，"景生情，情生景"、情景"相为珀芥"的构思论和情景"妙合无垠"的表现论三个方面说明了船山的"情景"说达到了《人间词语》之前的高峰。③

王德明在《近20年中国古代诗歌情景问题研究述评》④中重点阐释了王夫之的情景理论，认为所有研究者都给予了他很高的评价，并列举了研究者对于船山情景理论的具体论述。

毛正天《中国古代诗学的"情景论"》认为，王夫之紧紧抓住情景相契而追问，把情景问题进一步引向深入，有集前人大成之妙。⑤

（二）兴观群怨

对于"兴观群怨"的探究，目前学术界基本上都认为：一方面船山对于这一理论的创造性阐释和发挥，是对前人的超越，他认为

① 滕咸惠. 论王夫之诗论之贡献 ［J］. 山东大学学报（哲学社会科学版），1990（2）：27.
② 孙立. 王船山论情景的结构关系——兼谈王船山的诗论倾向 ［M］//古代文学理论研究：第 13 辑. 上海：上海古籍出版社，1988：256.
③ 蓝华增. 古典抒情诗的美学——王夫之"情景"说述评 ［M］//古代文学理论研究：第 10 辑. 上海：上海古籍出版社，1985.
④ 王德明. 近 20 年中国古代诗歌情景问题研究述评 ［J］. 东方丛刊，2001（4）.
⑤ 毛正天. 中国古代诗学的"情景论" ［J］. 长沙水电师院社会科学学报，1996（3）.

应把这四者有机地结合在一起进行探讨，而不是各自孤立分析，并且把兴观群怨与"情"放在一起进行论述。另一方面，船山特别强调了"兴观群怨"中的"兴"，并赋予其多种作用。具体的内容在各位学者的论述中也各有侧重。

张侠生《孔子的"兴、观、群、怨"及王夫之的四情》认为，"兴"与"怨"，是诗人的感情表达，"观"与"群"，是读者的感知和共鸣。"兴、观、群、怨"都紧密联系着诗人和读者的思想感情。因此，王夫之把它概括为"四情"，确是深中肯綮，一语道破了孔子诗论的真谛和诗歌的主要特征。①

许山河《王船山关于"兴、观、群、怨"的阐释》一文的观点是：船山先生认为"兴、观、群、怨"四者的关系是相互联系、相得益彰、互为表里的。他从诗歌的情感特征出发来看待诗歌的社会作用，把诗歌的情感特征与社会作用的各方面联系起来。他认为诗歌的社会作用建立在读者的审美情趣之上，而且并非一成不变，而是随读者的审美情趣而异。他强调"兴"的作用，认为诗歌的艺术感染作用是最重要的，是其他社会作用的基础。这些都表明他对文学艺术规律的认识超越前人，观点新人耳目。他以"兴、观、群、怨"评诗，把政治标准与艺术标准有效地结合起来了。②

张兵的《王夫之兴观群怨说再评价》认为王夫之的兴观群怨说是进步与保守兼容，得与失并存。其突破性进展主要有以下四方面：首先，在阐释与运用的过程中，王夫之对兴观群怨说展现出前人从未有过的高度重视，他把兴观群怨作为衡量诗歌水平高低与诗史兴衰的一条重要标准。其次，王夫之把四者看作相互联系而不可分割的整体，并揭示了四者的联系和转化，而对"兴"的阐释、发挥尤为突出。再次，他的"兴观群怨"说从表面看是在教读者如何读诗，

①　张侠生. 孔子的"兴、观、群、怨"及王夫之的四情［J］. 河南财经学院学报，1988（2）.

②　许山河. 王船山关于"兴、观、群、怨"的阐释［J］. 湘潭大学学报（社会科学版），1996（4）.

而骨子里却是教作者如何写诗。最后，王夫之认为兴观群怨的核心在动人以情。一方面兴观群怨同于情，另一方面只有真情实感的作品才能动人以"兴观群怨"，二者辩证统一。①

以上的分析理解都是从作者、读者的角度展开，随着研究的深入，对于这一范畴的理解也有了新的角度。

陶水平在《王夫之"兴观群怨"说的美学阐释》中说，从诗学本体论角度认识"兴观群怨"，是船山诗学"兴观群怨"说最重要的视角。"兴观群怨"说在船山诗学中被本体化、美学化、系统化了，这是船山对儒家诗学的一个重要贡献。"诗道性情"是"兴观群怨"的美学前提，而"兴观群怨"则是"诗道性情"的内在要求和有机组成部分，二者是密不可分的体用关系。②

（三）现量

现量最早来自古代印度因明学的术语，船山把它引入诗论领域，具有创造性意义，研究者参照《相宗络索》中对于"现量"的阐释，认为它与西方美学中的审美直觉之间具有异曲同工之妙。

叶朗认为："现量是对于审美观照的一种分析。审美观照是感觉器官接触客观景物时的直接感兴，排除过去的印象；审美观照是瞬间的直觉，排除抽象概念的比较、推理；审美观照中所显现的是事物完整的'实相'（'自相'），不是脱离事物'实相'的虚妄的东西，也不是事物的'共相'（事物的某一特征、某一规定性）。"③ 刘畅《王船山"现量"说对传统艺术直觉诗论的改造》一文把钟嵘"直寻"说和严羽"妙悟"说与"苦吟"派对比，说明它不但揭示了中国古代诗歌在艺术思维上的直觉特征，而且第一次明确指出直觉思维的客观基础是诗人亲身从生活现实中得到的真实感受，更接

① 张兵. 王夫之兴观群怨说再评价 [J]. 西北师大学报（社会科学版），1994 (5).

② 陶水平. 王夫之"兴观群怨"说的美学阐释 [J]. 南昌大学学报（社会科学版），2000 (2).

③ 叶朗. 中国美学史大纲 [M]. 上海：上海人民出版社，1985：463.

近艺术真理。同时，王船山"现量"说肯定了艺术直觉中感性与理性是相互联系的理论。① 童庆炳认为王夫之的"即景会心"（现量）说，是中国古典诗学中对艺术直觉最完整、最确切的表述。② 张晶认为"现量"经历了由佛学到美学的演变过程，王夫之诗论的"现量"实现了由佛学到美学的飞跃。现量"将许多内容纳入这个范畴内涵之中，凝聚成具有相当深度和力度的美学理论命题，在某种意义上，它具有'集大成'的地位。"③ 在现量说方面还将王夫之与西方美学家如康德、克罗齐、鲍桑葵等进行比较研究，认为"王夫之论诗的审美创造只主张'现量'而摈除'比量'，正是与康德美学不谋而合的。"④ 这些研究都认为现量是审美直觉，都是由"现在义""现成义""显现真实义"组成，但是具体内涵的差异还是比较大。

吴海庆的《王夫之现量说美学的阐释学解读》中指出："现量是审美主体在与审美对象的视域融合中形成的当时性审美意识及其语言表现。"⑤ 他给予现量一个极高的地位，"现量论在其美学中不仅具有方法论价值，而且具有本体论意义。王夫之诗学起于现量又归结于现量，他认为'以追光跟影之笔，写通天尽人之怀'，这是诗家至高的境界，绝妙的真谛，也是艺术最高的理想"。⑥

阳晓儒的《现量说：中国古典美学的总结》认为："王夫之的现量说对审美活动的主客体作了全面而深刻的分析，代表了中国古典美学的最高成就，是中国古典美学的总结。"⑦ 并分析了现量、情

---

　　① 刘畅. 王船山"现量"说对传统艺术直觉诗论的改造 [J]. 江汉论坛，1984（10）：49 –53.

　　② 童庆炳. 中国古代心理诗学与美学 [M]. 北京：中华书局，1992：71.

　　③ 张晶. 现量说：从佛学到美学 [J]. 学术月刊，1994（8）：70.

　　④ 张晶. 现量说：从佛学到美学 [J]. 学术月刊，1994（8）：71.

　　⑤ 吴海庆. 王夫之现量说美学的阐释学解读 [J]. 山东大学学报（哲学社会科学版），2000（3）：20.

　　⑥ 吴海庆. 王夫之现量说美学的阐释学解读 [J]. 山东大学学报（哲学社会科学版），2000（3）：23.

　　⑦ 阳晓儒. 现量说：中国古典美学的总结 [J]. 学术论坛，1992（1）：92.

景和意象之间的关系，"王夫之的现量说来源于情景说，而情景说和现量说都是以诗歌的意象作为对象的，所以他在现量说和情景说的基础上，对诗歌意象的特征作了全面而深刻的分析"。①

（四）意

意在船山诗学中多次使用。一方面船山肯定了意的价值和作用："以意为主，势次之。""无论诗歌与长行文字，俱以意为主。意犹帅也。"另一方面又对意进行了批判，"诗之深远广大，与夫舍旧趋新也，俱不在意"，"以意为主，真腐儒也"。因此"意"的含义就不是唯一的，而是具有多重性。杨松年概括"意"在王夫之诗论中主要有这几种意义：一指不合乎肯定道德标准之人心活动；二指尚未表达而具存于文人心胸之境界；三指无视诗文特质而刻尽心思，追逐模拟之写作态度；四指与情感较少关涉之哲理或思想；五指作品的内容，指写作过程中，落笔时或完篇后所展现之境界；六指展现于语言之外，可由读者领略而得之韵味；七指诗人凭其经验而进行辨认之思虑活动。② 姚文放认为，一种"意"是指"以概念、范畴为中介的逻辑思维，即表现为议论、判断、推理的'意'"；另一种"'意'指诗人即事漫兴，兴会神到，超以象外，得其环中的审美心理，即以情感为中介，积淀着深层次的理性内容的形象思维，这种'意'才是创作心理的精髓"。两种"意"的区别在于能否用"兴"，即能否将理性内容蕴藏在情感、直觉、想象等具体的感性形式之中。

曹毓生认为一种"意"是审美意象内部结构中"情"与"理"相结合的"意"，另一种"意"则是脱离了"情"的抽象的、赤裸裸的"理"。③

张少康认为"意"一指作品中和象相结合的具体的"意"，一

---

① 阳晓儒. 现量说：中国古典美学的总结 [J]. 学术论坛，1992（1）：94.

② 杨松年. 王夫之诗论研究 [M]. 台北：文史哲出版社，1986：33－44.

③ 曹毓生. 略论王夫之诗论中的"意""势"及其他 [J]. 湖北师范学院学报，1987（4）.

指抽象的、观念的"意"。诗歌创作应该以具体形象的"意"为主，而不以抽象概念的"意"为主。① 张兵认为王夫之不赞成作者主观上欲加于作品抽象的理念，而"以意为主"之"意"则指思想情感，是主客观的统一体，王夫之将其比作军中之帅，给予至高无上的地位。② 张节末认为，"意"是感性和理性的统一。就其感性方面而言，"意"是一定程度的情绪激动，与"情""发乎其不自已"的性质没有什么不同；就其理性方面而言，"意"却是具有方向性的抽象思维（"念"）。③

叶朗认为《姜斋诗话》中的"以意为主"是相较于审美意象的内在结构中的情意和景物的关系而言。否定"以意为主"，是为了强调"意"不等于诗，"意"佳不等于诗佳。④ 张世英强调"王夫之既反对把诗等同于意或理，又反对无意之诗或无理之诗。王夫之所说的'以意为主'和'俱不在意'不是自相矛盾，而是他关于诗既要包含思（'意'）又要超出思的一种模糊表达"。⑤

从这些分析论述中，我们可以找到其共同之处，船山赞成"以意为主"，即情与理的统一、主客观的统一、感性和理性的统一，通过有限显现无限，具体显现一般，反对抽象的纯粹"意"，刻意为之的"意"。

（五）势

船山对于"势"这一范畴进行了发挥、阐释，丰富了其美学特质，但也带来了理解的分歧，主要表现在三个方面：

1. 神韵、神理说

郭绍虞对势的解释是："论到势，所谓'夭矫连蜷，烟云缭

① 张少康. 古典美学论稿 [M]. 台北：淑馨出版社，1989：412 – 435.
② 张兵. 王夫之诗论摭谈 [J]. 苏州大学学报（哲学社会科学版），1996（1）：60 – 64.
③ 张节末. 诗歌的结构运动与"意"的审美转化——王夫之诗歌结构论平议 [J]. 文艺理论研究，1990（5）：26 – 33.
④ 叶朗. 中国美学史大纲 [M]. 上海：上海人民出版社，1985：455.
⑤ 张世英. 天人之际 [M]. 北京：人民出版社，1995：308.

绕',而尤其与渔洋神韵之说为相类似者莫过于下引《夕堂永日绪论》中的一节话:'论画者曰咫尺有万里之势,一势字宜着眼……'。"① 杨家友认为,船山从美学高度上论"势",以"意中之神理"对"势"做了明确的界定:"势"乃主客浑融的境界中自然流露出的独特的意趣和神思,且与"趣""韵""致"等近现代美学范畴有一定的联系。"势"的生动性、含蓄性、自然性、动态性等特征又拓展了其内涵。②

2. 强调动态性的结构

张晶认为,王夫之关于"势"的论述,都是在对一些诗作的品评之中展开的,是一种意向性的批评方法。"势"的主要意蕴,在于"咫尺万里"的审美张力、曲折回环的蕴蓄感以及超越于笔墨之外的力度感、穿透力。③ 熊大材认为"势"指在有限意象和意境中穷尽物理人情而委婉展示出来的一种动态美。④ 蓝华增认为,王夫之所说的"势",就是能充分表现情意的宛转的动态结构,就是抒情诗构思时"情景相入"的"神理",这样的动态结构能充分表达思理。⑤ 王思焜的观点具有综合性,认为"势"是绘画、诗歌中成功的艺术形象所具有的一种态势、一种张力,它不是孤立的、静止的、僵化的,虽然只是局部、片段,却包含着全局、整体,以静的图形、文字展现艺术的活的生命,方寸咫尺之间,蕴涵着千里之广、万里之遥的气势。⑥

3. 势是审美意象、艺术境界

李壮鹰说所谓"势",指艺术作品能在欣赏者心中唤起的审美意

① 郭绍虞. 中国文学批评史:下 [M]. 天津:百花文艺出版社, 1995:464 – 465.
② 杨家友. 船山诗学的"势"论 [J]. 船山学刊, 2003 (1):22 – 25.
③ 张晶. 王夫之诗歌美学中的"势"论 [J]. 北方论丛, 2000 (1):118 – 122.
④ 熊大材. 开拓儒家审美新视角的王夫之诗论 [J]. 江西大学学报 (社会科学版), 1993 (2):51 – 55.
⑤ 中国古代文学理论学会. 古代文学理论研究:第10辑 [M]. 上海:上海古籍出版社, 1985:163.
⑥ 王思焜. 王夫之艺术概括论简评 [J]. 贵州师范大学学报 (社会科学版), 2002 (1):75 – 78.

象。这种审美意象可分为"相中之象"和"相外之象"。前者指作品的物质表示所唤起的相应意象；后者则指作品中有限的表现所引起的无穷遐想，它表现为一种"有"与"无"、"尽"与"不尽"、"空缺"与"有余"之间的矛盾冲突和因此而产生的巨大的艺术张力。① 姚文放认为，"势"即艺术意境，它具有三个方面的美学特征：一是因小见大、万取一收的艺术概括性；二是表现为一种高度凝练但又浑浩无涯的情感体验；三是夭矫连蜷的结构机制和宛转起伏的节奏韵律所具有的动态美。② 陶水平认为，"势"是审美主客体之间、物我之间、情景之间、形神之间以及诗歌意象之间的某种审美联系。③

前人的理解中存在差异的原因主要在于侧重点不同，有的侧重于能够引发独特的韵味和神思，有的侧重于动态中的张力，有的侧重于最终的审美意象和境界。但其中也有共通之处：动态感、张力性的特质。无论是神韵、神理，还是意象、境界，都离不开运动，存在张力，引发人的无限遐想。

萧驰论"势"正是从易学的角度来分析，认为"势"强调了应由宇宙无始无终、生生不已的变化，而非本体的观念去界定世界的本质，这就是动态的表现。在诗学中，"势"彰显了诗的本质乃人莫之能测的动态中的"意"之开显，诗是一种活动，一种受内在生命力驱遣的行文过程。"势"强调了"从静止去想象动态"，即以诗境虚涵宇宙的众动之化。④

综上所述，笔者认为"势"是诗句或整首诗上呈现出来的动态感，蕴含了"情景相融"神理，表现了有限无限之间的巨大的张力，

---

① 李壮鹰. "势"字宜着眼 [J]. 文艺理论研究，2004（1）：87–91.

② 姚文放. 论王夫之的诗歌美学 [J]. 扬州师院学报（社会科学版），1987（3）：36–43.

③ 陶水平. 试述船山"取势说"的美学内涵 [J]. 中国韵文学刊，2000（1）：74–80.

④ 萧驰. 抒情传统与中国思想——王夫之诗学发微 [M]. 上海：上海古籍出版社，2003：91–133.

能够产生无限的遐想。

（六）神理

"神"与"理"是中国诗学中的两个范畴，船山把两者融合在一起，形成了一个新的诗学范畴。通过对"神理"的阐释和理解，我们可以从哲学的角度来观照和审视诗学的内容。

曹毓生《略论王夫之诗论中的"意""势"及其他》中也谈到了神理的问题，认为神理是"辩证的统一，其含义是指客观事物的本质规律与最集中、最充分、最生动体现这种本质规律的外在形态特征。诗歌创作中所说的'神理'，是指选择与描写传'神'的外在形态特征，以揭示内在的属于本质规律的'理'，即以'神'显'理'"。①

张晶《论王夫之诗歌美学中的"神理"说》对"神理"这一范畴进行了详细阐释。船山的诗论著作里，"神理"是评诗、选诗的重要价值尺度。"神理"说的一个重要内涵就是"理"与"情"的融合。"船山论诗中之理，非常注重理与情的相因相得，不满于剥落诗人情感之后的枯燥言理。""神理"说的又一内涵是指"诗中之理的超以象外，广远精微，与天地宇宙相通，浑灏流动充满生命的动感，绝非道学先生的伦理教条"。②诗中"神理"的获得，以触物感兴的方式，在与自然、社会的随机感遇中升华而出。"神理"说对于诗中"理"的合理性存在的价值给予了充分肯定，同时又深刻地揭示了它的审美化特征。

（七）意境

在船山诗学范畴的研究中，用意境理论作为研究角度的论文并不多。研究者大都以意象作为切入点，但仍有一些论文对船山的意

---

① 曹毓生. 略论王夫之诗论中的"意""势"及其他 [J]. 湖北师范学院学报，1987（4）：49.
② 张晶. 论王夫之诗歌美学中的"神理"说 [J]. 文艺研究，2000（5）：41.

境说进行了阐释。船山诗学中意象和意境的关系问题仍然值得我们关注，在那个特定的时代船山为什么能够把意象和意境在其诗学观点中共同阐释和说明呢？

郜润科在《谈王夫之的意境说——王夫之美学思想初探》一文中认为，艺术是对自然景物的反映，最高成果构成审美"意境"，意境的主要构成因素包括情与景、形与神、情与理，而且"意"成为整个文学作品的主帅。"王夫之从朴素的唯物主义立场出发，运用辩证的认识方法，对我国独特的审美范畴——意境说，作了空前的、细致的探讨，将这一理论在前人研究的基础上推上了新的高度，为'意境'理论的进一步发展作出了一定的贡献，对王国维完整的'意境'理论的创立有直接的影响。"①

范和生在《王夫之对唐人"意境"理论的继承和发展》中指出："王夫之在意境理论发展中的最大贡献，是提出了情景理论。情景理论是唐人意境理论的完善化，它使意境理论具有了完备的理论形态。""把'意境'理论建立在唯物主义基础上。'内极才情，外周物理'成为通向意境的总路线，去除了司空图的'妙契说'、严羽的'妙悟说'的唯心主义杂质。"②

古风、贺东平《王夫之意境美学思想新解》一文从研读原典出发，对王夫之的意境美学思想提出了新的见解：第一，王夫之从观察、创作和鉴赏的诗歌创作过程中，系统地论述了意境的生成和结构问题；第二，王夫之从哲学、心理学和诗学的多学科结合的学术视野中，把握住了意境的本质。因此，王夫之的美学方法论具有较强的现代色彩，对于我们今天的意境美学研究，具有十分重要的启悟价值。③

---

① 郜润科. 谈王夫之的意境说——王夫之美学思想初探 [J]. 山西师范学院学报，1983（2）：41.

② 范和生. 王夫之对唐人"意境"理论的继承和发展 [J]. 安徽大学学报，1996（3）：70.

③ 古风，贺东平. 王夫之意境美学思想新解 [J]. 延安大学学报（社会科学版），1996（4）：78.

三、文学理论中的鉴赏论研究

（一）船山诗歌鉴赏的重要观点

刘畅的《试论王船山的诗歌鉴赏观》认为，诗歌鉴赏观是王船山艺术思想的重要组成部分。该文从三个角度阐释船山的诗歌鉴赏观，分析了船山在具体品评诗歌的过程中，如何欣赏诗歌的真知灼见。第一，"作者用一致之思，读者各以其情而自得"，指鉴赏不必拘泥于作品的表面形式，允许在不失作品真义的前提下，各人有各人的理解。这同王船山较为通达、进步的学术思想是一脉贯通的。第二，"以目视者浅，以心视者长"，提倡读者要用自己的审美意识与心理体验，去观照与感受作者创作时的情绪与精神，这样便仿佛能体察到作者的心态。"须有通明眼力，作一色参勘"是鉴赏者应当具有的整体意识。具有这种意识，方能准确地捕捉住诗人当时的心绪与情思，欣赏作品的兴象玲珑、浑然一体。否则，只是"把定一题、一人、一事、一物，于其上求形模，求比似，求词采，求故实，如钝斧子劈栋柞，皮屑纷霏，何尝动得一丝纹理？"鉴赏者要以主动、参与的姿态欣赏诗歌，着重于接受某种情绪的整体感染与暗示，对于诗中的文字和意象往往只作为情绪的载体和工具；这充满了艺术辩证法精神，体现了船山贵有自得、心有契合的鉴赏观念。①

（二）"兴"在船山诗歌鉴赏中的重要地位

孙立则在《王船山以"兴"为中心的诗歌鉴赏论》中通过鉴赏论的"兴"来讨论文学作品和读者的兴发关系问题。他认为，"兴"作为读者对作品的感发现象，被王船山上升为具有理论意义的范畴，成为他鉴赏理论的支柱。在王船山看来，诗歌价值的最终实现，关键就在于"兴"。王船山鉴赏论的核心是"兴"，"兴"者，读者泳

---

① 刘畅. 试论王船山的诗歌鉴赏观 [J]. 船山学报，1987（2）.

游以体情，其基本精神是强调读者在鉴赏活动中的能动性。他认为读者对作品的接受不是被动的，而是主动的、富有创造性的。作品的意蕴在读者面前是不确定的，读者对作品的理解也不总是一致的。不同的读者，在不同的时代和环境下，有着不同的思想、经历、经验，等等。由于主观条件的不同，读者总是以其自身的眼光去发掘作品的意蕴，而作品的意蕴也总是因读者的不同理解而不同。论文还与西方文论思想进行了对应，瑞恰慈科学语言与情感语言的不同、艾略特的观点，都印证了船山这一思想的合理性。作者推究王船山鉴赏论的核心，仍是主张读者以其情遇的"兴"的思想。"兴"，就在于诗人能将其"独思"化为读者群体的"众感"。①

　　李家骧的《主体性：从船山的文学批评回溯中国古代的文学批评》也是从批评主体的角度进行分析理解。文章认为，王船山文学批评的卓越成就，不仅在于其批评成果具有精光异彩，而且在于取得这些成果的文学批评的方法论意识有令人惊异的高度自觉。而这种文学批评的方法论意识的高度自觉又与他所注重的文学批评的主体性相随。船山一方面继承了传统文学批评之注重批评的主体性，注重文学批评的主体性的深广内涵——要求看到人的本性、人生态度、人之常情、人生哲理、审美经验、审美趣味、感受的自主性，尤其是殊为强调发扬人在文学批评中的积极能动作用，实则是要求注重批评主体人的自我感受、自我观照、自我实现和主观能动性。另一方面在传统文学批评基础上又有所发展，其一，他以所谓"兴观群怨"之"随所'以'而皆'可'"说为文学批评的总纲和注重文学主体性的中心，这实质上就是把孔子的"兴观群怨"之说加以改铸，重新奠定强调接受主体、注重读者因素这个基础。其二，他的思想方式是强调以联系转化评诗，反对割裂僵化。其三，他关于意、势、神理、宾主、情景关系以及"现量"等的阐发都有前人所未见之处。王夫之的注重文学批评的主体性乃是对以往文学批评注

---

　　①　孙立．王船山以"兴"为中心的诗歌鉴赏论［M］//古代文学理论研究：第12辑．上海：上海古籍出版社，1987．

重文学批评的主体性的重要嗣响和集中体现。①

四、比较研究

在船山研究中，许多学者会使用比较研究的方法来进行阐释，有助于我们更好、更准确地理解船山思想。具体比较内容包括以下几个方面：

（一）船山诗论与中国传统诗论比较

胡健生把船山的理论与老子"大音希声"的思想进行比较，认为两者的主要区别在于理论基础不同，具体内蕴有别，把握的方法迥异，对艺术的根本态度相反。②

刘畅《试论庄子哲学与船山美学思想的关系》认为，王船山从审美观照出发，由情景关系入手，以审美意象为核心，以艺术境界为归宿，建立起自己的诗歌美学体系。船山是取老庄美学之精华充实了自己的美学体系。从庄子强调主观精神的绝对自由和船山主张艺术思维可超越直观、无言之美和"无字处皆其意"、对自然之美的崇尚与追求这三个方面论证了庄子哲学与船山美学思想之间的联系。③

孙立也指出王船山是一个受道家思想影响的思想家，其诗论也深受庄子哲学的沾溉。他诗论中对创作的自由兴发、不尚人力的肯定，折射出庄子"吾丧我"思想的印记，对自然空灵诗风的好尚，也源于庄子的天籁境界。王船山的情景交融理论，精到细致，前人不可企及。其中论述情景相互转化的部分，得益于庄子哲学中物与我、主观与客观既相互独立、又相互转化的辩证思想。可以说，庄

① 李家骧. 主体性：从船山的文学批评回溯中国古代的文学批评 [J]. 船山学刊，1988（2）.

② 胡健生. 王船山与老子的"大音希声"思想比较 [J]. 船山学刊，1992（2）.

③ 刘畅. 试论庄子哲学与船山美学思想的关系 [J]. 学术月刊，1985（10）.

子哲学在一定程度上为船山诗论提供了理论基础。①

王英志对明末清初王夫之与贺贻孙诗论中的若干诗学概念与命题进行了阐释。②

何楠《杨慎、王夫之与"诗史之辨"》重点强调了杨慎、王夫之的"诗史之辨"，出于担心"撰出'诗史'二字以误后人"（《升庵诗话》卷四），突出强调了诗的特质和文学内部规律，提醒诗人切不可用诗复制史实、复制生活，那将把诗降低为保存史料的档案库。③

钱竞《曾国藩、王夫之文论思想异同》指出了曾国藩和王夫之文论的异同。首先，曾、王的共同之处在于同属推崇张载的学术统绪，讲求"内仁外礼""经世致用"。其次，曾、王都以科举弊端造成的鄙陋文风为大敌而申行诛伐，由此而涉及对以往文学史实的总体评价。最后，曾、王两人都抱有类似的崇尚"自然之文""自然之华"的文学宗旨及理想。在治学为文的门径上，他们也有许多惊人的相似之处。曾国藩之重视训诂，强调"不妄下一字"已为今人所知，而王夫之亦声称"作文无他法，唯勿贱使字耳"，"下一字即关生死"。此外，在讲文气、文意的许多具体观点上，也常使人感到两人所论如出一辙。曾、王两人的差异表现在：在确立文学范式上，他们两人都不赞成"法后王"，然而曾国藩是以司马迁为不迁之宗，称之为"文之王都也"，王夫之则更彻底，绝口不提任何具体的范例以为榜样，只强调"言道""言志"的大原则，让世人警惕千万不能变成"乐以自见，而轻以酬人之求"的帮凶或帮闲文人。在对待文学传统方面，曾氏言论较为平实，不似王夫之豪放激越，居高临下。他毕竟曾经立于宋学门庭，对韩愈自然不能苛求，也不会尖刻辛辣地批评唐宋派文人及桐城派所提倡的"古文"，尽管他也有所保

---

① 孙立. 船山诗论与庄子哲学 [J]. 中山大学学报（社会科学版），1993（4）.

② 王英志. 清初诗学概念、命题阐释——读王夫之、贺贻孙诗论札记 [J]. 西北师大学报（社会科学版），1992（6）.

③ 何楠. 杨慎、王夫之与"诗史之辨" [J]. 辽宁大学学报（哲学社会科学版），1986（6）.

留并且持有独立之意见。①

潘运告《也谈傅山与王船山——两种不同体系的哲学和美学思想》认为，傅山和船山不同的哲学思想体系，导致了二人审美观的差异。王船山主张性情欲的统一，因而重视情在文艺作品中的审美教育作用，把关情提到文艺创作的中心位置，但又主张性对情欲的宰制作用。傅山也主情，但傅山只讲真情，无外加条件的限制。他认为诗人作家的诗文创作要从真情实感出发，感情要从自己心灵深处流出，不能有丝毫的勉强和做作。傅山讲纯任天机，又辅之以"文章生于气节"的命题，主张通过养性、养气，提高文学艺术家的思想品格和精神境界，然后发动天机，创作出感人的作品来。②

李中华《王船山、顾亭林、黄梨洲文学观之异同》指出，王船山、顾亭林、黄梨洲都是明末清初重要的学者与思想家，他们生活的时代大体相同。对于三人来说，实际的斗争与学术的思辨、行迹虽然不同，而明道救世的精神却是一致的。他们提倡经世致用的学风，反对空疏理学。三人都各自探讨了文学的价值观、本体论、文学与时代的关系以及艺术技巧的问题，在这些方面，他们也存在着一些相似的认识。但不同之处在于：梨洲论诗取境开阔，船山重意约辞婉、居约致宏的诗歌体制与风格。在诗歌的社会作用方面，船山重视心灵的感受与情绪的熏陶，即潜移默化的教化作用，而梨洲则重视文学表现及反映现实的功能。三人在对具体诗人的评价上也表现出意见的分歧。此外，作者还分析了分歧的原因以及从学术思想的高度认识并评价他们的不足。③

江裕斌《试论叶燮的诗歌创作论——兼谈与王夫之的差异》主要分析了叶燮的创作论观点，在分析的同时对于船山与之类似的观点进行了比较分析，比如对情景的探讨，对想象的理解都把二人的

---

① 钱竞. 曾国藩、王夫之文论思想异同 [J]. 文学遗产，1996（1）.

② 潘运告. 也谈傅山与王船山——两种不同体系的哲学和美学思想 [J]. 船山学报，1987（2）.

③ 李中华. 王船山、顾亭林、黄梨洲文学观之异同 [J]. 船山学报，1989（1）.

思想做了简单对比分析。①

（二）　船山与近代诗学比较

耿明奇《王国维与王夫之文艺观比较研究》指出，时代的激变使王夫之以现实为着眼点去审视前代的传统文化，打破了宋明理学对文艺思想的某些羁绊，在一定意义上提高了艺术中审美主体的意义。在时代的激变中王国维几乎是以外来文化作为自己社会观和人生观的基本内容，因而形成了他独特于传统杂文艺观念的纯文艺观念，审美理论独立于他的整个思想体系。总之，"王夫之与王国维文艺观不仅仅是西中两种文化的差别，它们的内涵不同，作用也不同。这种差别的原因，根本在于一个是封建传统思想之果，一个是西方近代科学精神之花。"②

（三）　船山诗论与西方诗学比较

张世英的《天人之际——中西哲学的困惑与选择》第十九章《王船山与黑格尔——兼论人是超理性的存在》开篇指出："王船山是中国传统哲学走向近代哲学的转折性人物，黑格尔是西方传统哲学的最后一个伟大哲学家。"黑格尔是西方传统哲学特别是近代哲学以主客二分和主体性原则为主导的哲学集大成者，他的去世意味着主客二分和主体性的"生活形态已经变老了"。反对主客二分和反对主体性而主张一种类似中国天人合一的新思潮——天人合一思想，虽已在黑格尔哲学中有所孕育，但最终被他扼杀了——在西方兴起了；另一方面，在中国哲学史上，王船山既继承和发展了中国传统的天人合一思想，又把中国哲学史上一向被压制的主客二分和主体性思想提高到了一个使整个中国哲学史逐步转向的新阶段。从王船

---

① 江裕斌. 试论叶燮的诗歌创作论——兼谈与王夫之的差异 [J]. 重庆师院学报（哲学社会科学版），1990（1）.

② 耿明奇. 王国维与王夫之文艺观比较研究 [J]. 延安大学学报（社会科学版），1991（3）：58.

山起，主客二分和主体性的"生活形态"开始兴起。① 作者还重点探讨了美学思想，认为王船山美学思想中的审美意识不是主客二分式的认识，而是超越主客二分的天人合一的境界。把黑格尔和王船山从哲学比较到美学比较的研究视野，为我们的研究开拓了一个新的角度，也有助于更好地给船山的哲学、美学思想进行定位。

萧驰《王夫之和柯勒律治诗学比较研究》把中西两位诗论家的诗学与其形而上学背景联系起来，因为其形而上学背景正体现出文化之根本精神。船山诗学是从他的非创造的宇宙论中演绎出来的，他对诗人审美心理的理论描述严格说来不应以"创作论"名之。王夫之诗学的主要命题可以归结为对创作的非创作性解释、对表现的非表现理论。柯勒律治的诗学则是浪漫主义对基督教观念重新阐释的延伸，当他把诗人的想象和上帝创世活动放在同一层面的时候，以宗教语言表达新的人文主义的审美理想。② 这是从哲学与诗学关联的角度对二人的诗学进行了比较研究。

阳晓儒《情景说和艺术符号论——王夫之和苏珊·朗格的审美意象论》指出，王夫之和朗格都认识到艺术的本体是审美意象。王夫之认为，审美意象中"情"与"景"的结合是通过审美感兴和审美观照而实现的。朗格则认为，情感与形式结合成审美意象是通过艺术家的直觉完成的。他们两人的表述在词语上各不相同，但内涵却是一致的，即审美意象是在直接的审美活动中产生的，都是情与景、情感与形式的自然契合升华。他们都认为审美意象的产生是艺术家对事物直接洞察而形成的，直觉是一种不同于推理，也不借助概念瞬间的审美感受活动。这种审美感受活动不仅艺术家在创造意象中所具有，而且欣赏者对艺术品的欣赏，对情感符号的解读同样是由直觉（审美观照）实现的。苏珊·朗格的审美意象论和王夫之的审美意象论之所以有共同的理论内核，完全是由于他们的理论学

---

① 张世英. 天人之际——中西哲学的困惑与选择 [M]. 北京：人民出版社，1995：261－262.

② 萧驰. 王夫之和柯勒律治诗学比较研究 [J]. 文艺研究，1996（2）.

说——艺术符号论和情景说受相同的文艺实践——表现主义文艺和抒情文艺的影响。①

（四）借鉴西方理论观照船山诗论

李耀建的《王夫之与现代阐释学、接受美学》从多个方面论述了船山与西方阐释学、接受美学的观点的吻合之处：第一，对"阅读"和欣赏主体作用的重视，正是王夫之与现代阐释学和接受美学在方法论上的一致所在。第二，王夫之与接受美学从读者出发去探讨"本文"时，其理论思维模式和方法、途径相似。第三，现代阐释学和接受美学的"问答的逻辑"的辩证方法与王夫之的"体用胥有"的哲学思想很相似。王夫之正是运用"体用胥有"观点来分析读者与作品之间的关系的，它们既相函，又相待，体用不二，互不可分。第四，王夫之是以情论诗，与现代阐释学、接受美学一样非常重视在审美活动中的读者的主观能动性。该文通过引用现代阐释学和接受美学的观点来说明王夫之在文艺美学研究上达到的高度和深度。②

葛桂录《王夫之的诗歌理论与现象学文学批评》从本体论、创作论和欣赏论方面简要评述了王夫之诗歌理论与现象学文学批评的契合处，以及由于决定两者的哲学观、审美观、文学观的不同而产生理论上的本质差异，以期为中西诗学对话提供一些"共识"与"互补"的线索。③

范军《接受美学与王夫之的诗歌鉴赏理论》从读者审美鉴赏差异的主观因素和客观因素两方面分析了王夫之的诗歌鉴赏理论蕴含着的深刻的接受意蕴。他充分认识且深入探讨了诗歌欣赏和批评的认识差异、审美差异，并从审美主体、审美客体以及二者的相互关

---

① 阳晓儒. 情景说和艺术符号论——王夫之和苏珊·朗格的审美意象论 [J]. 辽宁大学学报（哲学社会科学版），1992（4）.

② 李耀建. 王夫之与现代阐释学、接受美学 [J]. 湖南科技大学学报（社会科学版），1989（1）.

③ 葛桂录. 王夫之的诗歌理论与现象学文学批评 [J]. 淮阴师专学报，1992（3）.

系角度，阐释形成这种差异的原因。在诗歌欣赏理论中，从审美客体（亦即审美对象）、欣赏者与诗歌文体的相互关系的角度来探究审美差异的成因，并结合具体事例探析鉴赏，这是十分难能可贵的。①

邓新华《王夫之"读者以情自得"的诗歌接受理论》认为，王夫之提出的"读者以情自得"的理论命题给予读者在诗歌接受活动中的主体地位和能动作用高度的重视和强调，并赋予读者参与作品意义构成的权利，它本身已具有接受理论方法论的意义；同时，王夫之提出的"读者以情自得"要求读者的自由创造必须以作品的思想蕴涵作为依据，因而富有辩证意味。此外还对诗歌接受过程中"读者以情自得"实现的主客观条件做了具体的分析。②

吴海庆《王夫之现量说美学的阐释学解读》认为，王夫之把现量这个相宗术语转化为一个美学概念，并以之构成了他丰富的美学思想的重要基础。此外，他提出了一系列有解放意义和革命性的阐释原则，对中国古典美学具有较大突破，并与西方现代阐释学美学的部分观点相印合。③

王元化曾在《文心雕龙创作论》的《第二版跋》中说："这本著作企图在《文心雕龙》的研究上（或者可以说，在我国古代文论的研究上）采用新方法作出一点尝试。为此，我曾经过多年的思考。"又说："我首先想到的是三个结合，即古今结合、中外结合、文史哲结合。尤其是最后一个结合，我觉得不仅对我国古代文论的研究，而且对更广阔的文艺理论研究也是很重要的。"他正确地指出："文史关系难以分割是容易理解的，因为我国古代向来以文史并称，至于文学与哲学之间的密切关系，却往往被忽视。事实上，任何文艺思潮都有它的哲学基础。美学作为哲学的一个分支，就说明

① 范军. 接受美学与王夫之的诗歌鉴赏理论［J］. 衡阳师专学报（社会科学版），1992（4）.
② 邓新华. 王夫之"读者以情自得"的诗歌接受理论［J］. 华中师范大学学报（人文社会科学版），1999（4）.
③ 吴海庆. 王夫之现量说美学的阐释学解读［J］. 山东大学学报（社会科学版），2000（3）.

两者关系的密切。但这样简单的事实，我们却认识不足。由于从事文艺理论工作的人，在哲学基础上从美学角度去分析文艺现象，以致不能触及这些现象的根底，把道理说深说透。"其实把这个观点用到船山思想研究也具有共通性和借鉴价值。

第二节 《诗经》相关著述的研究

对《诗经》的研究是船山学术思想的重要组成部分，具体包括《诗经稗疏》《诗广传》。船山对《诗经》进行了全方位的综合研究，在《诗经》研究领域取得了新的突破。在《姜斋诗话》中关于《诗经》诗学理论的内容非常丰富，因为在其他章节都有具体说明，在此不再赘述，这里仅针对除阐释《姜斋诗话》诗学理论的文章之外，了解研究者对船山《诗经》相关问题的关注。

一、《诗经稗疏》研究

《诗经稗疏》共四卷，附《考异》《叶韵辨》，是船山对《诗经》进行训诂阐释的重要著作。他依据的一个原则就是，训诂必依古说。

张澉《王夫之〈诗经稗疏〉刍论》认为，《诗经稗疏》作为一部以训释名物为主的训诂学著作，较之船山以前的《诗经》研究专著，显然有其独到的方法和手段，体现了船山博约实证的科学方法和治学态度，直接影响了清代朴学风气的形成，在《诗经》研究史上有其承上启下开一代学风的独特价值。船山在批判中继承，扬弃中出新，成一家之学说。他以辩证的态度对待文化遗产，推崇毛郑，但不掩其瑕；辩驳《集传》，也不抹其瑜，摆脱了宗派门户的陋习而自成一家。船山大胆怀疑，独创新说，给《诗经》学研究带来了生气。他广泛考订征引古代典籍，对科学知识和实践经验尤为重视，补充了以往传注的不足，使这部训诂专著独具特色。①

此外，还有周示行《参验旧文，独抒所得：从〈诗经稗疏〉窥王船山〈诗〉学的一斑》② 对《诗经稗疏》进行了研究。

二、《诗广传》研究

《诗广传》是船山阅读《诗经》时所写的一些随想性的文字，他从个人的思想出发，引申阐释《诗经》中的各个篇章。《诗广传》共五卷，共计237则。

赵沛霖的《打破传统研究模式的〈诗经〉学著作——读王夫之〈诗广传〉》指出，《诗广传》是船山中年在学术上走向成熟时期的一部著作。《诗广传》中有些内容是对《诗经》本身的研究，有些内容则是以《诗经》篇章或诗句为引子，阐述他哲学、宗教、历史、政治、道德、文学、语言、艺术等的观点。所以，本书具有多方面的意义和价值。船山以历史学家的犀利目光，洞悉历代兴亡治乱和形势变化，为正确理解作品找到了准确的坐标。他遵循以诗"正得失""移风俗"的儒家诗教思想，十分注重诗歌的教化功能和认识作用。文章指出，《诗广传》全面有力地揭示了《颂》诗的本质特征，其论述和批评深刻而切中肯綮，与对《风》《雅》的论述相比，《诗广传》在这方面的成就更为显著。③

三、整体研究

有的研究者以船山对《诗经》的评价作为研究对象，虽然没有

---

① 张澍. 王夫之《诗经稗疏》刍论 [J]. 华东师范大学学报（哲学社会科学版），1987（3）.

② 周示行. 参验旧文，独抒所得：从《诗经稗疏》窥王船山《诗》学的一斑 [J]. 衡阳师专学报（社会科学版），1985（2）.

③ 赵沛霖. 打破传统研究模式的《诗经》学著作——读王夫之《诗广传》[J]. 求索，1996（3）.

直接关注《诗广传》和《诗经稗疏》，但是在具体论述中也涉及这两部著作。

李中华将船山的《诗经》研究命名为"船山《诗经》学"，并认为《诗经》研究是王夫之学术研究的一个重要部分。《船山〈诗经〉学面面观》中对于船山《诗经》学研究的方方面面都进行了探讨。第一，《诗经稗疏》是王夫之的一部重要的《诗经》训诂专著。训诂原则是"内求通于诗意，外推详于物理，揆之以情，验之以事，精思博证，必求其是"。①《诗经考异》审定了《诗经》中的字形字义，这些都说明，船山的《诗经》研究是建立在广泛深厚的语言学基础之上的。第二，从精神情感的角度对《诗经》的内容进行了历史的考察与评价。"他不是就诗论诗，而是透过诗章，返视时代及社会的情状，以作出历史的评判，从而为《诗经》研究拓展了一个新的领域，开辟了一条新的途径。"② 第三，"王夫之判断《诗经》中的情感，大致有三项标准：一看诗中表现的是公情还是私欲，二看诗情是专一还是散漫，三看诗情的表达是舒缓还是偏激"。③ 第四，对《诗经》艺术进行了理论上的探索，强调《诗经》真实自然的现实主义，心与物的交流，情与景的融合，构成了王夫之《诗经》艺术论的核心；对诗歌欣赏中的"兴观群怨"做出了新的解释。第五，由于复杂的历史原因，船山《诗经》研究也存在不足。总之，"船山在《诗经》研究方面做了大量的开拓性工作，在《诗经》训诂、《诗经》中的周代社会、《诗经》中的人类感情以及《诗经》艺术等方面的研究都有着重大的突破。深刻的思想内涵、精湛的艺术眼光使他的《诗经》研究别开生面，从而揭开了《诗经》学上的新篇章"。④

林祥征在《王夫之〈诗经〉诗学研究》中首次提出了王夫之

① 李中华. 船山《诗经》学面面观 [J]. 船山学报，1985（2）：73.
② 李中华. 船山《诗经》学面面观 [J]. 船山学报，1985（2）：76.
③ 李中华. 船山《诗经》学面面观 [J]. 船山学报，1985（2）：76.
④ 李中华. 船山《诗经》学面面观 [J]. 船山学报，1985（2）：79.

《诗经》诗学的概念，并研究了与《诗经》相关的三个方面的内容：第一，《诗经》创作诗学，包括"诗以道情"、情与景、情与理。第二，《诗经》鉴赏诗学，包括"兴、观、群、怨"和"以诗解诗"。第三，《诗经》诗学研究的主要方法：研究视角的转变，辩证法思想研究，扎根于《诗经》文本之中而又有所超越。①

周示行的《王船山〈诗〉的社会功能评议》对船山《诗经》的社会功能论进行了探讨，认为社会功能论最能体现船山诗论的特色，对于群和怨的论述，时代印记最深。周示行的另一篇文章《王船山对〈诗经〉语言艺术的探索》从诗歌的本质认识出发，运用它的内在规律，去探索《诗经》的语言艺术。通过分析《诗经》和汉魏以后诗之间的启承源流关系来探索《诗经》的语言艺术，发现船山多采用比较法。通过具体事例来说明《诗经》的语言艺术，船山直接经验和间接经验都十分丰富，因此能够提炼出很多精湛的诗歌理论。②

夏传才的《论清代〈诗经〉研究的继承和革新》在对清代《诗经》研究勾勒的一个粗略的轮廓中特别指出了王夫之对《诗经》艺术研究的问题。首先是对孔子的"兴、观、群、怨"说的继承，既是指导诗歌创作的理论，也是诗歌评论的标准，不但要用它研究《诗经》，也必须用它评价全部古典诗歌的"雅俗得失"。船山还论述了四者之间的相互关系。其次，对于《诗经》的艺术方法进行了总结：指明了一些诗篇情景交融，情是人的主观精神活动，景是客观物体，客观景物能够触发内心的思想感情，不同的思想感情又能给景物抹上各种不同的感情色彩；全面继承了前人关于"言"与"意"关系的论点；研究了比兴手法，必须自然而然，运用隐喻，形容生动，状物神似；研究了后代诗人对《诗经》艺术方法的借鉴和

---

① 林祥征. 王夫之《诗经》诗学研究 [J]. 船山学刊，1996（2）.
② 周示行. 王船山对《诗经》语言艺术的探索 [J]. 衡阳师专学报（社会科学版），1992（4）.

继承关系。①

　　还有的学者从小处着眼船山的《诗经》研究。比如，赵立生《〈诗经·小雅·采薇〉末章四句"以乐景写哀"说质疑》中对于王夫之在《姜斋诗话》中的"以乐景写哀"说提出了质疑：其一，从此诗全篇和末章四句来看，王夫之此说不好理解。其二，同是这四句诗，王夫之的"反衬说"与"情景相生说"自相矛盾。其三，同是这四句诗，王夫之的"反衬说"与"超以象外说"自相矛盾。文章对这四句诗好的根本原因和为什么写得好进行了阐释分析。②

　　了凡在《王夫之对〈诗经〉中〈周南〉〈召南〉的划分》中提出，王夫之通过对诗歌本身的考察和历史的分析，否定了传统旧说，提出《周南》《召南》应以地理分而不应以王、侯、圣、贤分的见解。③

第三节　《楚辞通释》研究

　　船山对《楚辞》的评价与研究都收录在《楚辞通释》中。随着船山研究的日益兴盛和繁荣，《楚辞通释》逐渐受到了研究者的关注。《楚辞通释》前有"序例"六则，正文分为十四卷，前七卷为屈原作品，后七卷为宋玉等人的作品，采用分段释文的方法，每篇均有解题。

　　历来学者对《楚辞通释》多有评价。游国恩的《楚辞概论》④和《读骚论微初集》⑤两本书对《楚辞通释》中的考证成果予以关

---

　　①　夏传才. 论清代《诗经》研究的继承和革新 [J]. 天津师院学报，1982（4）.

　　②　赵立生.《诗经·小雅·采薇》末章四句"以乐景写哀"说质疑 [J]. 清华大学学报（哲学社会科学版），1989（Z1）.

　　③　了凡. 王夫之对《诗经》中《周南》《召南》的划分 [J]. 西北师大学报（社会科学版），1991（2）.

　　④　游国恩. 楚辞概论 [M]. 北京：商务印书馆，1926：7.

　　⑤　游国恩. 读骚论微初集 [M]. 北京：商务印书馆，1937：1.

注。姜亮夫《楚辞书目五种》① 把《楚辞通释》放在辑注类中，并做简单的版本介绍和说明。李中华、朱炳祥《楚辞学史》主要阐释了船山如何结合屈原的人生经历，体现了高尚的情操、绝不向奸佞屈服的精神。"由于王夫之生长于楚地，身世经历、思想情感与屈原有相通处。旷世同情，易于感会，故理解独到之处甚多。"② 洪湛侯主编《楚辞要籍解题》中对《楚辞通释》的思想内容的阐发、字句的诠释、文体和体裁形式等都提出了一些见解。③ 易重廉《中国楚辞学史》简要论述了王夫之的生平和著作、《楚辞通释》的成就。作者指出："《楚辞通释》采用分段释文方法，篇首有解题，或考释屈原生平，说明时代背景；或阐发微言大义，订正旧说讹误。他还很注意段落层次之间的联系。"④ 这些都属于《楚辞》通史类的概述和研究，都是对其简要说明，或者把《楚辞通释》作为佐证材料而非独立或主要研究对象。

一、《楚辞通释》的版本问题

船山著作的流传和刊印一直都存在版本考证的问题，这与当时的社会文化密切相关，二十世纪八十年代以来有几篇文章对《楚辞通释》的版本进行了统计和考证。胡渐逵《船山全书·楚辞通释》一文指出，在整理出版《船山全书》第 14 册时，共见到《楚辞通释》的五个版本："船山之子王敔于清康熙四十八年（1709）所刻的第一批船山遗书本，俞焜于清道光二十八年（1848）补刻于衡阳学署之船山子集遗著五种本，曾国藩、国荃昆仲清同治四年（1865）于金陵节署所刻之《船山遗书》本，民国二十二年（1933）上海太平洋书店以铅字排印的《船山遗书》，解放后 1959 年 1 月中华书局

---

① 姜亮夫. 楚辞书目五种 [M]. 上海：上海古籍出版社，1993：2.
② 李中华，朱炳祥. 楚辞学史 [M]. 武汉：武汉出版社，1996：193.
③ 洪湛侯. 楚辞要籍解题 [M]. 武汉：湖北人民出版社，1984：11.
④ 易重廉. 中国楚辞学史 [M]. 长沙：湖南出版社，1991：477.

排印的繁体字句读本。"①

叶幼明的《王夫之〈楚辞通释〉的版本和标点刍议——〈楚辞通释〉校点后记》指出："自清康熙四十八年（1709）初刻本问世以后，至今近三百年。在这近三百年中，前后辗转刊刻的版本共有八个：（一）清康熙四十八年王敔湘西草堂初刻本（以下简称康熙本）。（二）清康熙年间王敔湘西草堂递修本（以下简称草堂本），属《王船山先生书集五种》本之一。（三）清道光二十八年（1848）衡阳学署俞焜补刻本（以下简称学署本），属《船山子集遗书五种》本之一。（四）清同治四年（1865）曾国藩、曾国荃南京金陵节署《船山遗书》本（以下简称金陵本），属《船山遗书》集部。（五）清光绪十三年（1887）衡阳船山书院增补递修刻本（以下简称递修本），属《船山遗书》集部。此书版片即金陵本的版片，卷目、板式、行款同于金陵本。（六）民国二十二年（1933）上海太平洋书局重校铅印本（以下简称太平洋本），属《船山遗书》集部。（七）1959年中华书局上海编辑所出版的圈点本（以下简称中华本），1961年有重印本。（八）1975年中华书局上海编辑所出版的圈点新印本（以下简称新印本）。"②

刘志盛《王船山〈楚释通辞〉考》认为："从书目文献资料和现在留存的版本来看，有稿本、抄本、刻本、印本等十一种版本。"③

岳麓书社出版的《船山全书·楚辞通释》被认为是迄今见到的最佳本。研究者称：

据此书《编校后记》，此本以"草堂本"（实本文所言康熙单刻本）为底本，参校众本及前人校记，由叶幼明点校，胡渐逵复审。此本优点甚多：一是校勘精审，凡校记一百二十二条，对讹、脱、

① 胡渐逵. 船山全书·楚辞通释［J］. 船山学刊，1993（2）：194.
② 叶幼明. 王夫之《楚辞通释》的版本和标点刍议——《楚辞通释》校点后记［J］. 船山学报，1985（2）：113.
③ 刘志盛. 王船山《楚释通辞》考［J］. 船山学刊，1988（A1）：98.

衍、倒等情况多有订正和说明，用功深著；二是内容较为完备，补排了自中华本以来删去的评语，增补了自康熙合刻本而来的《招魂》末叶脱文，附录了张仕可《序》，丁光祺《附识》，王扬绪、扬绩《跋》及中华本《前言》（节录）、上海本《出版说明》；三是首次采用新式标点，订正中华本标点错误近百处，其功甚伟。当然，毋庸讳言，此本也有不足：一是对康熙单刻本与康熙合刻本的关系认识不够明确，将二者混同，此本实际以湖南省图书馆所藏康熙单刻本为底本，校记及后记均标"草堂本"；二是自乱体例，此本《编校后记》言以草堂本（本文所言康熙单刻本）为底本，但却以同治本分十四卷，校记则每每言"草堂本"，又《后记》言学署本（即道光本）为草堂本之再刷，但于同治本补刻之外的大多校记中也是屡言"学署本"，均让人难晓；三是《楚辞》正文、夫之释文和评语均有漏校漏刻者，此外有些校记有未确者，有些标点也有可商榷者；四是由于以湖南省图书馆所藏康熙单刻本为底本，所附王扬绪、扬绩《跋》颇多缺文；五是限于船山全书体例删去《九昭》。①

对于各个版本的考证和完善，为研究者提供了更为可靠的第一手材料，这是研究的最基础的前提条件。

二、《楚辞》研究的动机和方法

张仕可在《楚辞通释》的序中说："更为通释，用达微言。"并在《九昭序》中说："有明王夫之，生于屈子之乡，而遭闵戢志，有过于屈者。"② 曾也鲁在《王船山与〈离骚〉》一文中指出："王船山怀着与司马迁同样的心情为屈原的《离骚》及其它作品作注释，处处流露出对庸君和佞臣苟且偷安、争权夺利的愤懑怀绪。……王

① 杨新勋. 王夫之《楚辞通释》整理之创获 [J]. 船山学刊, 2018 (5)：33.
② 王夫之. 楚辞通释 [M]. 新1版. 上海：上海人民出版社, 1975：174.

船山的这些注释，既是为屈原鸣不平，又是借古人之酒杯，浇自己胸中之块垒。"① 从中我们可以看出，船山对《楚辞》的研究是为了通过注释寄托对故国的思念，抒发自己的情感、自己的理想和抱负。

《楚辞通释》的特别之处还在于船山使用的研究方法。洪湛侯主编的《楚辞要籍解题》中认为："《楚辞通释》一书在整个《楚辞》研究著作中，特点十分鲜明。如果说屈原在《楚辞》中用香草美人来寄托他君国之思的话，王夫之则以注释楚辞来发泄他对社稷的沦亡之痛。……王夫之仰慕屈原的气节和品德。因此，他从屈原《离骚》等作品中寻找共鸣，既阐发屈原的爱国思想，又寄托自己的身世之慨，所谓'更为通释，用达微言'。这正是他注释楚辞的主旨，也是本书的特点之一。"② 因此，船山的注释不仅仅局限在字词之上，而是更注重深层的含义，还原作者的意图，并以此作为自己思想表达的寄托。

易重廉的《中国楚辞学史》指出："《通释》独辟新径的分节立释的方法，就是'以意为主'的原则的实践。"③ 船山《楚辞》研究的方式，给我们提供了参考价值，后来的学者对这一方法进行了详细的分析和阐释。

三、《楚辞通释》内容研究

（一）王船山与屈原

船山本人与屈原的遭遇有相似之处，因而两人的比较研究颇有价值和意义。

屈原是我国第一位爱国主义诗人，自他而始形成了中国文学的爱国主义传统。章自福在《王船山论屈原》中具体分析了屈原之死，

---

① 曾也鲁. 王船山与《离骚》[J]. 衡阳师范学院学报（社会科学），2000，21（5）：106.

② 洪湛侯. 楚辞要籍解题 [M]. 武汉：湖北人民出版社，1984：85.

③ 易重廉. 中国楚辞学史 [M]. 长沙：湖南出版社，1991：482.

是由爱国思想发展导致的必然结果。屈原的爱国思想具有相当的思想深度和历史特点。强烈的忧患意识，是屈原爱国主义思想的重要组成部分；执着地追求理想，至死不渝的斗争精神，是屈原最可宝贵的性格。王船山极力弘扬屈原之死的崇高悲壮之美，认为屈原精神不死。王船山论屈原，并非单纯评论历史人物，而是寄托了他个人强烈的感情。王船山认为自己和屈原"时地相疑，孤心尚相仿佛"，因此他能突破儒教的束缚，注重屈原作品的思想意义。这是王船山的识见高人一筹之处。从船山之"孤愤"到屈原之"独心"，皆可谓伤心人别有怀抱，千载而下，其心相通。船山文学作品受屈原的影响也显而易见，其《潇湘怨》词被评为"《离骚》之嗣响"，遗臣孤愤，尤为深切。可见王船山的学术研究有为现实服务的特点。①

曾也鲁也认为船山有意识地把自己的处境、情感与屈原相比较，表达了自己的民族思想和坚贞的操守。②

（二）《楚辞通释》思想研究

随着研究的逐渐兴盛，《楚辞通释》也得到了重视，研究视角越来越丰富和宽广。具体有以下几个方面：

1. 关于《楚辞通释》中的单篇评论研究

陈书良在《王船山〈楚辞通释·离骚经〉浅议》中认为，王船山注意文艺创作的规律，将《离骚》看成文艺作品，从而纠正了前人可笑的腐见。在文意的解释方面，船山有不少灼见。但这两点都是比较简要的概述和说明，并未深入展开分析。

曾也鲁在《王船山与〈离骚〉》一文中从两个方面对船山文学思想进行了分析：一是选材注释，别开生面。"王船山在篇目内容的选择上坚持两个原则，一是所收录楚辞形式的作品，必须与屈原的

---

① 章自福. 王船山论屈原 [J]. 船山学报，1988（增刊）.
② 曾也鲁. 王船山与《离骚》[J]. 衡阳师范学院学报（社会科学），2000，21
（5）.

作品一样，是表忠愤而不是泄私愤的；二是所收录的楚辞形式的作品，必须与屈原的作品一样，情真意切，不是无病呻吟。他对这两个原则的坚持是很严格认真的，二者必须同时具备，缺一不可。"二是文艺宗旨，诗教原则。船山认为诗歌和一切文艺作品所表现的思想感情，都要出于忠贞之性。王船山还认为《离骚》的思想内容是符合儒家"温柔敦厚"的诗教原则的。因为它表达了诗人崇高的理想和炽热的感情，表现了诗人眷念祖国和同情人民的伟大胸怀。这是船山诗歌批评标准的一个重要方面。①

此外，还有潘啸龙《王夫之、郭沫若的〈哀郢〉之说不能成立》②、刘文英《评王夫之〈楚辞通释·天问篇〉》③、王沐《析王船山〈楚辞通释·远游〉》④ 等单篇研究。

2. 关于《楚辞通释》的整体研究

马积高的《论王船山的〈楚辞〉学及其辞赋——兼论船山文学思想和创作的一个特质》认为，《楚辞通释》体现了比较完整的文学思想和政治伦理观点，是一部自成体系的《楚辞》学著作。还提出从屈赋的特点和船山本人所处的历史条件出发，船山特别强调"忠爱之性"，把它当作人的思想行为的最高出发点和衡量人的思想行为、道德情操的准绳，这是船山文学思想的一个本质的特点。它不但同船山所处的时代和身世有密切的关系，也与船山的性理哲学，特别是他的人性论和伦理道德观有密切的关系。船山对性情的看法，正是他评论楚辞、评论屈赋的理论基础，也可以说是他的全部文学观的理论核心。

船山的艺术见解从根本上说都服务于一个总目的：体现"显性"的情，或性情之正。从船山的《楚辞通释》和《诗广传》《诗译》《夕堂永日绪论》等所述来看，他的整个文学思想都是以其性理哲学

---

① 曾也鲁. 王船山与《离骚》[J]. 衡阳师范学院学报（社会科学），2000，21（5）：8.

② 潘啸龙. 王夫之、郭沫若的《哀郢》之说不能成立 [J]. 江淮论坛，1981（1）.

③ 刘文英. 评王夫之《楚辞通释·天问篇》[J]. 江汉论坛，1983（5）.

④ 王沐. 析王船山《楚辞通释·远游》[J]. 船山学报，1984（1）.

为理论基础的。船山虽坚持用其性理哲学和政治伦理道德观去指导文学评论，但又认识到"陶冶性情，别有风旨"（《诗译》），"非研思合度，末由动人哀乐"（《山中楚辞》题释）。

最后，根据对船山《楚辞》学及其辞赋创作的理解，马积高认为："船山的文学思想是以其性理哲学（特别是他的人性论）为基础的独特文学理论。它突出的特点是：在评论文学作品时首先着眼于作者的思想动机和所表现的道德情操；在创作方面则要以'言志''达情''导人于清贞，而蠲其顽鄙'（《诗广传》卷一《邶风》）作为主要的宗旨。"①

综上所述，这一时期对于船山《楚辞通释》的研究更多地停留在对不同版本的关注，偶尔有几篇文章开始关注《楚辞通释》的思想研究，但是专门的研究并不是很多。总的来说，学者们肯定了船山《楚辞通释》的重要地位和独特见解，但更多的只是有所提及或夹杂在相关研究之中，船山有着自己独特的楚辞理论，在文学创作、文学批评等领域都有着具体表现，但都挖掘不够。到了二十一世纪，这一不足之处也逐渐得到了弥补，对《楚辞通释》的研究更加全面、深入，前景也更加广阔。

第四节　《古诗评选》《唐诗评选》《明诗评选》研究

一、《古诗评选》研究

（一）版本研究

船山著作刊印中关于古近体诗的评选著述相对来说比较晚，最开始流行的都是经史类的著作。

---

① 马积高. 论王船山的《楚辞》学及其辞赋——兼论船山文学思想和创作的一个特质［J］. 湖南师院学报（哲学社会科学版），1982（4）：56.

　　道光二十二年（1842）邓显鹤所作的《船山著述目录》中提到："《八代诗选》未见；《四唐诗选》，未见。"① 其中，《八代诗选》应该就是最早的《古诗评选》。1917 年的船山学社本中有《船山古诗评选》《船山唐诗评选》和《船山明诗评选》三种，总名为《船山古近体诗评选》。但因年代久远，存在一些错误之处，因而流传不广。1933 年，上海太平洋书店本中《古诗评选》逐渐得到流传。

　　近期主要有 1996 年长沙岳麓书社出版的《船山全书》第十四册中收录的《古诗评选》六卷，《唐诗评选》四卷，《明诗评选》八卷。杨坚在《〈古诗评选〉〈唐诗评选〉〈明诗评选〉编校后记》中写道：

　　此次编校，即以学社之印本为底本，参看太平洋本，而以清初抄本之各卷为别择之重要依据。……至于内容，则此次编校，较之学社本而有改进者，除使用标点符号外，举其大者，尚有二端，即文字讹错之订正，及见于抄本而为学社本所删略之船山原注之恢复。一、文字讹错之订正：包括篇题、诗句及船山评语中之误、脱、衍、倒等，经此次编校而改正者，计属于《古诗评选》者一百一十余字，……文字订正之依据，首为清初抄本之各卷；如抄本亦误，则取别本参考而订正之；又有此本虽似非误，而别本文字大胜于此者，偶亦据改。所谓参考别本者，古诗如《昭明文选》《玉台新咏》《乐府诗集》等总集，唐诗为《全唐诗》，明诗则多为作者之别集，偶亦旁稽史志、类书。凡所改订，均仍保留原文，以备质正。至一般异文或有可参，而又不必据以改订者，间亦摘出以供观览，亦一百余字，皆具见于书中校记。船山评语亦间有误字，编者以意改正，亦于校记中说明之。……二、见于抄本而为学社本所删略之船山原注之恢复：考船山原注之见于清初抄本者凡两类；一类为对于诗篇

①　邓显鹤. 船山著述目录［M］//船山全书：第16册. 长沙：岳麓书社，2011：409.

诗句之注释，皆书于题下或行间；一类为作者字号爵里之说明，皆
书于其名下。①

此版《古诗评选》为湖南省社会科学院文学研究所所长陈书良
校点，初稿交岳麓书社后，由胡渐逵复审，杨坚终审定稿。

1997 年，北京文化艺术出版社出版了张国星校点的《古诗评
选》。2008 年，河北大学出版社再版了张国星校点的《古诗评选》；
2011 年，上海古籍出版社出版了李中华、李利民校点的《古诗评选》。

这里主要探讨 1997 年北京文化艺术出版社的张国星校点本《古
诗评选》，据《校点后记》，其一方面对版本问题进行了阐述："《古
诗评选》的确切成书年代尚不得详知，也未见到有单行本。王夫之
逝世后，它曾于清道光、同治年间两次随《船山遗书》刊刻行世。
1916 至 1917 年曾由刘人熙校勘整理。1932 年上海太平洋书店印行
时，又由李英侯、张告吾、李蕴平等人校勘。这次是根据清同治四
年（1865）的刊本，对照太平洋书店 1935 年重印本和逯钦立《先秦
汉魏晋南北朝诗》，对原诗和评语分别加以校理，改正脱衍讹误的文
字，并加以标点。至于其中的诸如仍将后人托伪的诗属于李陵、苏
武之下这种带有学术性的错误，为保留其本来的风貌，也就姑且存
之了。"② 另一方面对《古诗评选》中的诗学观点展开研究：《古诗
评选》的一个特点是，在具体选录评析古人诗作时，敢冒前人定评
的大不韪，独树一帜。王夫之反对"死法"而标举"神理""兴
会"，对作品进行鉴赏往往以审美的眼光，极为敏锐而准确地把握其
独特的艺术风格美感。他以富于形象性的语言加以品鉴阐说，既明
白又隽永，数语之间往往包含着深湛的美学原理，饶有艺术哲学的
风味。③

①　杨坚. 《古诗评选》《唐诗评选》《明诗评选》编校后记［M］//船山全书：第14
册. 长沙：岳麓书社，2011：1639.
②　王夫之. 古诗评选［M］. 张国星，校点. 北京：文化艺术出版社，1997：341.
③　王夫之. 古诗评选［M］. 张国星，校点. 北京：文化艺术出版社，1997：338.

　　综上所言，大体可以看到，王夫之《古诗评选》的基本美学立场及诗学主张，远绍钟嵘《诗品》，近受李贽"童心说"的影响。尤为有价值的是他的理论主张，都熔铸在具体作品的具体析论中，这便是《古诗评选》在中国古代诗论崇尚自然一派发展上特殊的贡献。①

　　除此之外，《古诗评选》的另一大特色当数它的语言了。王夫之的评论一洗旧儒套路，将精妙的见解以洗练而形象的词语，生动地表达出来。文辞清峭简约，或骈或散，时而插入几句俚语俗言，风趣动人；用笔俊健潇洒，时而飞矢投戟，时而诙谐调侃，机敏不失严谨，使人读来既含英咀华，细味其中灵奥，又感到轻松活泼。②

（二）《古诗评选》研究

　　《古诗评选》按照古乐府歌行、四言、小诗、五言古体、五言近体分为五类，精选了汉魏至隋朝的诗歌815首，并进行点评。《古诗评选》主要评选的诗歌除了部分汉代的之外，基本上是魏晋南北朝时期的诗歌。魏晋南北朝是中国诗歌发展史上一个重要的时期，无论是诗歌内容的变化，还是诗歌体裁的发展都出现了与以前时期不一样的地方。船山对于这一时期诗歌的乐府、四言、五言古诗、五言近体等都进行了选评，并阐释了其诗学理论，对于我们当下的研究都具有借鉴意义。在船山的诗学思想中，这一时期的诗歌创作艺术成就比较高，尤其是谢灵运的诗歌更是被认为具有极高地位。研究者对于船山为什么会提倡魏晋时期的诗歌、赞扬谢灵运诗歌的原因都进行了分析和探讨。

　　1. 全面系统的《古诗评选》的研究

　　谭承耕《王船山对汉魏晋南北朝诗歌的评价》是比较早对《古诗评选》进行探讨分析的文章，全面研究了船山关于魏晋南北朝诗

---

　　① 王夫之. 古诗评选［M］. 张国星，校点. 北京：文化艺术出版社，1997：340.
　　② 王夫之. 古诗评选［M］. 张国星，校点. 北京：文化艺术出版社，1997：340 - 341.

歌的观点。文章主要论述了船山对汉魏晋南北朝的诗歌评价偏颇之处，并探索了形成偏颇见解的原因、背景，以见其诗论的具体特征。

谭承耕认为，船山对汉魏晋南北朝诗歌的下述见解是偏颇的：第一，船山对汉魏晋南北朝诗歌地位的评估和诗歌退化观点。唐宋的诗歌反不如魏晋南北朝的诗歌；而在汉魏晋南北朝的诗歌中，魏晋南北朝不如汉。第二，对民间歌谣的轻蔑。第三，无限抬高曹丕，极力贬斥曹植和其他建安诗人的作品。第四，对谢灵运的无限推崇。谭承耕分析了上述见解的形成原因：其一，船山坚持儒家正统文艺观，认为诗歌必须服务于封建政教伦理，即"温柔敦厚"的诗教原则。以《诗经》和《古诗十九首》作为古代诗歌典范，当论及与之风格不同的诗或者他认为不好的诗的时候，就认为诗歌的发展越来越差了。其二，船山坚持特殊的诗歌美学观——深刻的思想内容与精美的艺术形式的和谐结合。船山还高度重视诗歌的审美特征，异常强调诗歌与其他意识形态如历史的区别，强调感情的高度集中凝练，表现形式的精练，风格上的含蓄委婉。其三，船山的个人遭际与谢灵运有相通之处。无限推崇谢灵运的诗歌，主要是由于船山具有深厚的爱国主义思想、特殊的政治遭遇及诗歌创作实践，因而同情、赞美谢灵运，以至于发展为无限推崇其诗歌。由以上分析可看出，船山对汉魏晋南北朝的评价中的一些偏颇的见解，是与他的政治思想、文艺观、美学观以及特殊的身世遭遇分不开的，其中大多是由于对某一方面强调过分，因而失之片面的。①

2. 《古诗评选》中的具体研究

（1）船山论谢灵运。宋绪连《述评王夫之论谢灵运》从两个方面论述了船山对于谢灵运诗歌的评论，一是联系诗人的创作实践，进行综合考察；二是从情寓于景、情景交融角度分析了谢灵运诗歌创作的重要成就，还探讨了谢灵运山水诗中的玄学议论的问题。②

---

① 谭承耕. 王船山对汉魏晋南北朝诗歌的评价［J］. 中国文学研究，1987（3）.
② 宋绪连. 述评王夫之论谢灵运［J］. 辽宁大学学报（哲学社会科学版），1984（5）.

　　汤劲《船山为何独钟康乐诗》特别从船山论及诗人近千家中独独对谢康乐，也就是谢灵运赞誉有加的角度分析了原因。他认为船山论诗，标举"兴观群怨"，实则仍是推崇"温柔敦厚"的诗教原则。船山论诗，强调别开生面，贵能创新。船山论诗，重视形象意境，推崇"情景相入"，欣赏"以神理相取，在远近之间"，认为"神理凑合时，自然恰得"是绝妙好诗，船山论诗十分强调"含蓄"。总之，船山钟情康乐诗，在很大程度上，实在是引之以为知音，聊以自遣"别有怀抱"的英雄泪而已。①

　　（2）船山论刘琨。李汉武的《王船山论刘琨》首先从历史的角度对刘琨的生平事迹进行了评判；接着再从诗人的角度，认可了刘琨在中国文学史上占有一定的地位。作者指出："短短一部《古诗评选》，却选有刘琨诗九首，写上评语的八首。从其所选所评来看，船山对刘琨诗是颇加推崇的。"船山认为，评论诗歌，不能割断历史，应当注意诗歌发展的继承性，因此他反对抹杀汉、魏、六代而"过宠唐人"。船山推重西晋至隋的作者直抒胸臆的清新诗风，而反对"过宠唐人"，认为唐人作格律诗，即使如温、李那么刻意求工，而较之刘琨的自然巧妙的诗句，仍远远不及。船山论诗本不赞成在诗中说理和叙事，但对刘琨赠卢谌诗却是例外，因为"刘诗之说理，出自真实的感触，语虽抽象而不流于枯燥和玄奥。刘诗之叙事，基于对生活的概括，虽重质实而辅以咏叹，不流于板滞和琐细。当然也有少数诗句过于平实，缺乏蕴藉曲折之妙，故船山谓其有'芦倾水之失'"②。

　　（3）船山论《古诗十九首》。曾也鲁的《王船山与〈古诗十九首〉》主要从温柔敦厚的诗教原则，含蓄委婉的艺术风格，特殊的诗歌美学观，偏爱抒情诗而排斥叙事诗、蔑视民间歌谣四个方面来进行分析。他认为船山"诗教良然""不以言著"和"文质之中"等

---

　　①　汤劲. 船山为何独钟康乐诗 [J]. 湘潭大学学报（哲学社会科学版），1999（1）.

　　②　李汉武. 王船山论刘琨 [J]. 船山学报，1985（2）：68.

观点，具有创见精神（"诗教"原则是保守、落后的）；偏爱抒情诗，排斥叙事诗则反映出船山艺术观的狭隘性和片面性；蔑视民间歌谣，完全是地主阶级的一种偏见。①

二、《唐诗评选》诗学思想

（一）版本研究

《唐诗评选》最早的版本是清钞本，与《古诗评选》《明诗评选》并称为"王船山古近体诗评"。1996 年岳麓书社本，以集部四种《楚辞通释》《古诗评选》《唐诗评选》《明诗评选》合成《船山全书》十四册。岳麓书社本吸收了船山学社本的目录，又恢复了清钞本的船山旧注，既忠实于原著，又方便检索。2011 年，《船山全书》进行了修订。1997 年，北京文化艺术出版社出版了王学太校点的《唐诗评选》；2008 年，河北大学出版社出版了任慧点校的《唐诗评选》；2011 年，上海古籍出版社出版了陈书良校点的《唐诗评选》。其中属于二十世纪的《唐诗评选》版本主要是岳麓书社本和王学太校点本。

王学太校点本不仅对《唐诗评选》版本的历史进行了简单梳理，还阐发了其中的诗学观点。

第一，王船山评选诗歌受到了自身诗学观点的指导。船山的诗论贯穿在《唐诗评选》的评语之中，他继承了儒家以"兴观群怨"论诗的传统，注重诗歌的思想内容和社会作用。但他不是从简单的教化出发，而是从读者在阅读诗歌时所受的感染去理解诗歌的社会功用。因此，他强调"兴观群怨"四者的关系。

第二，《唐诗评选》强烈地表现了船山的艺术趣味。无论选诗，还是评诗，都表现出他高度的艺术鉴赏力。他认为中国诗歌史上的

---

① 曾也鲁. 王船山与《古诗十九首》[J]. 衡阳师范学院学报（社会科学），2000 (1).

最高成就是《诗经》和《古诗十九首》。诗不应该是刻画和雕琢出的，而应该是诗兴的自然表露。诗的形成不是在撰写它的时候，而是在兴令触发时就已形成。他强调无法之法，随意而变化，以"情深文明""兴致酣适"为评诗标准。船山在形容诗和诗人的特色时善于用生动形象的语言。

第三，王船山在《唐诗评选》中还表现出他对诗歌体裁的注重。他强调不同的体裁所适于表现的内容以及因此而形成的不同风格。他认为乐府与古诗不同，五古与五律有别，七律也不是五律的延长。

第四，王船山在《唐诗评选》中，对有些诗人的评价是轻重失当、褒贬随心的，今天的读者很难苟同。如他对杜甫、元白的批评都抱有偏见。对杜诗评价低也是因为个人爱好问题，至于攻击到杜甫人格，那就毫无道理了。

王学太的《校点后记》中还对《唐诗评选》的版本研究进行了简要说明："《唐诗评选》一直作为稿本，被人保存，直到辛亥革命前后，刘人熙（谭嗣同的老师）在长沙排印曾国藩所刻《船山丛书》中未收的船山遗著时，此书才得以问世。但流传并不广，直到民国二十二年（1933 年）上海太平洋书店用铅字重印《船山遗书》收入《唐诗评选》，此书才得以广泛流传。由于从船山写完此书到刻印其间经过了二百余年，在传抄过程中难免有鲁鱼亥豕之误，在选诗里我们就发现了不少问题，以《全唐诗》为准，一一作了校改，而船山的评语就无从校勘，其中有个别地方难明其意，估计可能有错误，但也只能存疑。当年刘人熙匆匆付印时就有'独恨其未精核也'的感叹，今天看来是难以弥补了。"①

（二）《唐诗评选》研究

《唐诗评选》按乐府歌行、五言古诗、五言律诗、七言律诗进行编排，写有评语。唐诗是中国古代诗歌发展的高峰时期，对这一时

---

① 王夫之. 唐诗评选 [M]. 王学太，校点. 北京：文化艺术出版社，1997：235.

期作品的选评能更好地体现理论家的诗学观点。对《唐诗评选》的研究，除了做整体性的分析和评价之外，还特别关注船山对杜甫诗歌的评价。另外也有其他方面的研究。

1. 整体性研究

王昌猷、梁德林的《论王船山评选唐诗》认为，王船山的《唐诗评选》是在系统的文艺思想指导下辑成的一部独具特色的唐诗评选本。王船山以"和远幽微"作为评选的标准，既继承了"温柔敦厚"的诗教传统，又突破了它，把诗论向前推进了一步。在艺术表现方面，王船山强调含蓄蕴藉、情景交融、有法无法，总结了唐诗创作的许多宝贵经验。①

谭承耕在《船山诗论及其创作研究》第五章第五节的《对唐诗的评价与研究》中从选目来看待船山对唐代诗人的评价和唐代各个时期的评价。从中可看出船山评选的标准是褒贬取舍、"温柔敦厚"和委婉含蓄的风格。

章楚藩《评王夫之〈唐诗评选〉》分析了船山的"情景"论、"比兴"论、"意境"论、现实主义创作论以及"作者用一致之思，读者各以其情而自得"的鉴赏论的诗学理论，并以此作为评选唐诗的标准，表现了如何创造诗的意境以及领悟诗的意境的内容。并从中介绍当时的文坛风气、文艺论争和船山的立场态度。②

黄炳辉在《〈唐诗评选〉评唐诗辨》中指出："船山在唐诗诗体的研究所反映出来的正本清流的思想，可取处是力图找到唐代各种诗体的历史渊源。但是他太强调正本，而忽视变的事实，因此无法正确说明唐代古体与汉魏六朝古体之变，也无法勾勒出从初唐的古今体杂糅，以至近体定型的嬗变，更无法指出唐近体对唐古体的反作用。这些都是船山复古思想的局限所致。"③

① 王昌猷，梁德林. 论王船山评选唐诗 [J]. 船山学报，1985（1）：49.
② 章楚藩. 评王夫之《唐诗评选》[J]. 杭州师范学院学报，1993（1）.
③ 黄炳辉.《唐诗评选》评唐诗辨 [J]. 厦门大学学报（哲学社会科学版），1991（3）：121.

2. 船山对杜甫的评价

宋小庄在《王船山对杜甫反映现实诗歌的感受》中以《读通鉴论》的材料为切入点，分析了船山对于杜诗的现实主义精神感同身受，极力推崇。①

周兴陆《王夫之的杜诗批评》中，作者联系船山的诗学理论来具体细致地考察他对杜诗的批评。首先，船山并非否定杜诗关注现实时事、反映现实人生的品格。强调的是，诗歌在关涉现实社会时，不能落入史迹而迷失诗性。船山批驳"诗史"说，主旨不是反对诗歌讥讽现实反映时事，而是强调诗与史这两种写作的不同本质。船山"通过文学批评的策略，对杜诗进行重新裁剪，凸显杜诗中合乎神韵风旨的婉曲自然、轻蔚纯净的作品，销掩硬峭拔而为历代学杜者津津乐道的诗风，挽救诗坛之颓波"。②

郭瑞林的《千古少有的偏见——王夫之眼中的杜甫其人其诗》认为船山对杜甫有着严重的偏见，他竭力贬抑杜甫人品，贬低杜诗成就。船山不喜杜陵，对其人、其诗多加批评和斥责，既有论者对前代诗歌的个人好恶，亦关涉论者论诗的基本主张和基本倾向。他认为船山抑杜、贬杜的主要原因有三：一是杜诗有悖风雅传统；二是船山论诗有厚古薄今倾向；三是船山论诗有重汉魏轻唐宋的倾向。③

曾也鲁的《王船山诗歌评论扬李抑杜剖析》写到，船山给李白诗歌的评语是："太白于乐府歌行不许唐人分半席"；"太白诗自《十九首》来，颢诗则纯为唐音矣"；"青莲之魂，孤映千年矣"。船山对杜甫诗歌的评语是："风雅罪魁，非杜其谁耶"；"为宋人谩骂之祖，定是风雅一厄"；"此法至杜而裂，至学杜者而荡尽"；"皆此老人品心术学问器量大致缺处"。王船山对李、杜诗歌的评价，感情

① 宋小庄. 王船山对杜甫反映现实诗歌的感受 [J]. 船山学刊，1994（1）.

② 周兴陆. 王夫之的杜诗批评 [J]. 船山学刊，2000（3）：20.

③ 郭瑞林. 千古少有的偏见——王夫之眼中的杜甫其人其诗 [J]. 湘潭师范学院学报（社会科学版），2000（4）.

如此强烈，品第如此悬殊，这是同他独特的诗歌批评标准和特殊政治遭遇及其诗歌创作实践分不开的。①

3. 其他研究

沈家庄在《读船山〈唐诗评选〉蠡测王船山唐诗研究的特征》中认为，船山"从作品本体出发，谈诗歌体裁的正变，佐牵旁引，溯源追流；谈诗歌风格的接受与创造，结合章法、句法、韵律、表现手段等揭示作品的艺术美。总之，真正是从纯文学的角度谈诗。在儒家传统诗教始终统治中国古代诗坛，道学桎梏几乎窒息中国古典诗歌生气的情况下，这种重艺术、重文学的评诗方法，无疑是具有承前启后的价值"。② 船山还能对同时代齐名作家进行比较研究，时能探微发赜，提出新鲜见解。

熊志庭《王船山评韩愈的文学》认为韩愈的文学成就卓著，但王船山对韩愈的文学却评价不高，甚至加以贬抑。对于韩愈的文章，船山认为不能"载道"，甚至害道。对于韩文的形式风格，船山批判其芟汰绮语丽辞、力求语言的凝练遒健。韩诗表现出刻露卞躁的风格特征和中唐文人猾急险躁的作风，不合乎传统的和平温厚的美学理想。船山批判韩诗直露与以文为诗、用韵遣词的技巧。船山贬韩，与韩愈文学本身的缺点有关，还根源于船山的美学思想。③

三、《明诗评选》研究

(一) 版本研究

1996 年，岳麓书社出版的《船山全书》中，《明诗评选》以船山学社本为底本，并参考上海太平洋书店本《船山遗书》。1997 年，

---

① 曾也鲁. 王船山诗歌评论扬李抑杜剖析 [J]. 衡阳师范学院学报（社会科学），1999（8）.

② 沈家庄. 读船山《唐诗评选》蠡测王船山唐诗研究的特征 [J]. 船山学报，1984（2）.

③ 熊志庭. 王船山评韩愈的文学 [J]. 船山学报，1988（2）.

陈新校点的《明诗评选》（文化艺术出版社）出版。到了二十一世纪，还有李金善点校的《明诗评选》（河北大学出版社，2008 年）；岳麓书社对《船山全书》进行了修订；之后是周柳燕校点的《明诗评选》（上海古籍出版社，2011 年）。

　　1997 年在陈新校点的《明诗评选》的《校点后记》中对船山诗学思想进行了阐释和分析。王夫之认为，明代的诗风"三变"是愈趋愈下。他反对标宗立派，重视诗歌独有的艺术性和特殊的美学功能，认为"诗以道性情，道性之情也"，并强调诗的"生气"，反对诗歌中掺入社会生活和个人幽愤的"意"。王夫之还把诗歌的感染力置在第一的地位。船山高度的诗歌修养，加之以重视诗歌的感染力，使得《明诗评选》中入选的诗，可以说感人心腑，值得吟咏玩味。①

（二）《明诗评选》研究

　　《明诗评选》收录了乐府、歌行、五言古诗、五言律诗、七言律诗、五言绝句、七言绝句共 1 097 首。明代诗歌在中国诗歌发展历史上成就不是特别高，但作为船山同时代的诗歌，船山之见更有参考价值。因此对于明代诗歌的相关问题，尤其是复古和形式主义这两个问题，关注度相对比较高。但总体而言，在船山的诗歌评论研究中，明诗评选是相对较少的。

　　谭承耕《船山对明诗的评价与研究》探讨了船山对明诗各个发展阶段中各个诗歌流派的看法，包括对明初诗歌的评价、对明代中叶前后七子诗的评价、对公安派的评价、对竟陵派的评价。最后分析了船山对明诗发展中各个流派评价的偏见及其根源。②

　　羊春秋《论公安、竟陵绝句八首并序》认为，船山对竟陵诗派的挞伐，似非公允之论，但并没有展开论述。③

　　许山河《论船山对明代形式主义诗歌理论的批判》认为，船山

---

① 王夫之. 明诗评选［M］. 陈新，校点. 北京：文化艺术出版社，1997.
② 谭承耕. 船山对明诗的评价与研究［J］. 中国文学研究，1990（1）.
③ 羊春秋. 论公安、竟陵绝句八首并序［J］. 船山学报，1987（2）.

尖锐地批判了明代形式主义文风，特别是对以前后七子为代表的复古主义文风抨击尤力。船山指出明代复古主义者"通身倒入古人怀中"，以"古文填入心中"，食古不化，在创作上亦步亦趋，模仿前人，毫无自己的特色，结果形成了明代的诗文创作"三百年如一日"的可悲局面。船山深入分析了明代的复古模拟，主张格、法、搬凑典故等形式主义诗歌理论产生的根源，剖析了它们的种种表现和给明代诗坛带来的危害，也提出了自己补偏救弊的意见。船山对明代形形色色的形式主义批判，总是围绕着诗歌的特征——"情"来立论的，认为各种各样的"格""法"，都是离开了情，即是说诗人没有真情实感，而硬要生拉硬凑、填腔作诗，必然会滋生形式主义。所以他提出"以情事为起合"，"总以曲写心灵，动人兴观群怨"，提倡从写诗人的情感入手克服形式主义弊端，这无疑是给陷入危机的明代诗坛指明了一个正确的方向。①

张兵在《论清初三大儒对明七子复古之风的批评》中指出，明中叶以后前后七子相继倡导的文学复古运动，把文学创作引向了歧途。清初三大儒顾炎武、王夫之、黄宗羲，站在总结明王朝灭亡教训的历史高度，客观评价前后七子诗文创作的同时，分别从不同视角批判了那种脱离现实、阻碍文学发展的复古思潮和模拟之风。王夫之从创作主体论的角度评论前后七子，文字最多，也最具体。他曾运用先进的政治和哲学思想武器，在《姜斋诗话》和《明诗评选》等书中，对明代文学思潮进行过认真的批判总结。王夫之极力反对前后七子，原因是他认为前后七子并未真正继承汉魏至初唐的现实主义诗歌传统，前后七子学汉魏、学唐是在形式上走过场。也正因为如此，王夫之对前后七子的评论极易走向极端，难免有失误或不准确之处。他反对前后七子的文学模式的同时，自己也有一套文学模式，即要求诗文创作必须有"道气、雅情、骚肠、古韵"。由于王夫之受儒家传统诗教的影响，欣赏温柔敦厚、含蓄委婉、清新

---

① 许山河. 论船山对明代形式主义诗歌理论的批判 [J]. 船山学报，1986（1）：94.

自然的艺术风格，他反对前后七子追求豪放雄浑风格。之所以这样，除了反复古以外，也含有王夫之个人爱好的因素在内。①

四、船山诗歌评论的整体研究

对于船山诗评中的三大评选，除了单独分析和研究之外，还有的研究者把三者作为船山诗学、诗歌评选的整体来关注，这样的研究更具有全面性。既探讨三大评选的合理之处，也指出其中存在的局限和不足，让我们对船山诗学的理解更加客观。

第一，有的论文从整体上考察了船山诗歌评论中的诗学观念。曾玲先在《船山评点诗歌三题议》中择取了船山诗歌评论的三个问题展开讨论：诗歌的功能，在于"陶冶性情"；诗歌的韵味，在于"象外有意"；诗歌的极致，在于"妙在自然"。从船山的诗歌评点中可以看出，王船山的美学思想从哲学认识论上正确认识了审美主客体之间的关系，继承和发扬了中国古代诗学中主张抒写性情的传统，探讨了诗歌艺术的审美特性和审美标准，很好地揭示了诗歌艺术的自身规律，并且批评了形式主义的诗风，有着不可忽视的意义和价值。虽然船山在评点诗歌方面存在着一定的偏爱、偏见，但毕竟瑕不掩瑜，无伤大雅，尤其在我国古代仅有小说评点、戏剧评点而唯独短缺比较系统的诗歌评点的情况下，船山的"三大"诗歌评点（《古诗评选》《唐诗评选》《明诗评选》）弥足珍贵，更期待着研究者去探骊得珠。②

曾也鲁的《王船山诗歌评论之灼见与偏颇》从船山诗歌评论中出发，分析了其中的诗论与诗歌评选之灼见与偏颇。第一，别开生面，独领风骚。把"兴观群怨"的相互联系统一在人情之中，"兴

---

① 张兵. 论清初三大儒对明七子复古之风的批评 [J]. 西北师大学报（社会科学版），1995（5）：35.

② 曾玲先. 船山评点诗歌三题议 [J]. 衡阳师范学院学报（社会科学），1999（4）.

观群怨"在内部关系上是一个有机联系的整体,强调"兴观群怨"的联系是为了把伦理纲常贯彻于审美教育之中。第二,身力目见,现量分明。船山运用"现量"来探讨审美主体与客体的直觉关系,探讨审美观照中的形象思维与逻辑思维的区别,强调审美认知活动的现实性和形象直观性。这是他对我国古典美学的贡献。第三,反对门庭,匡救诗风。王船山认为自汉末建安到明末,由于建立门庭,遂使诗风日下。他反对诗坛上的门庭、宗派,这与当时的政治形势及其政治观点是密切相关的。第四,历代诗评选,不以人废言。王船山对历代诗歌褒贬取舍的标准,也是他一贯坚持的诗歌批评标准,即为三纲五常服务的政治标准和温柔敦厚、含蓄委婉的艺术标准。凡是符合这个标准的诗,都可以评选。具体问题具体分析,是船山诗歌评选的一大特色。在肯定王船山诗歌评论进步性的同时,也应看到它的局限性:王船山主张"上以风化下",反对"下以风刺上";突出"温柔敦厚"的诗教原则,排斥不同风格的诗歌;贬斥叙事诗,蔑视民间歌谣。船山能在诗歌艺术的内在特征和规律方面,发前人之所未发,提出许多精辟的见解,这应该算是他的历史功绩。尽管他的诗歌评论有较大的局限性,但从总体上来看,精华多于糟粕,瑕是掩不住瑜的。①

第二,有的论文则探讨了船山诗评的操作方式。曾玲先《船山诗评的操作方式透视》认为,王船山评点诗歌所采取的操作方式,大致有三种:"画龙点睛"式、"纵横比较"式和"整体感悟"式。这充分体现出中国传统评点的特色和生命力,也是我们为实现现代文论转型而需要汲取的珍贵的养料。②

第三,把"英雄美学"与船山诗评相关联。孟泽把船山的"英雄美学"与诗史的评价联系在一起,指出船山在对历代诗文和诗文

---

① 曾也鲁. 王船山诗歌评论之灼见与偏颇 [J]. 衡阳师专学报(社会科学),1998 (5).

② 曾玲先. 船山诗评的操作方式透视 [J]. 衡阳师范学院学报(社会科学),2000 (4).

作者的品评中，高标自许，少所认可，"诗圣"杜甫、"文起八代之衰"的韩愈均在讥嘲之列。船山对诗史的苛评，缘于他标举的"英雄美学"，而此种"英雄美学"的标举，又与他重建社会文化秩序的自我承担和角色要求相关，这是诠释船山美学与诗学的根本径路，也是观照二十世纪中国文学的重要线索。[①]

第五节　船山诗词文研究

诗、词、文的创作也是船山文学研究中的重要组成部分。船山不仅从事理论研究，还进行文学创作，这样船山的理论研究和创作实践才能更好地结合在一起。

一、船山诗研究

船山一生创作了大量的诗歌作品，在《船山全书》第十五册中有诗集十五种：《姜斋五十自定稿》一卷、《姜斋六十自定稿》一卷、《姜斋七十自定稿》一卷、《柳岸吟》一卷、《姜斋诗分体稿》四卷、《姜斋诗编年稿》一卷、《姜斋诗剩稿》一卷、《落花诗》一卷、《遣兴诗》一卷、《和梅花百咏诗》一卷、《洞庭秋诗》一卷、《雁字诗》一卷、《仿体诗》一卷、《岳余集》一卷、《忆得》一卷，共 1 632 首。诗歌按照体裁可以分为：四言、五言、六言、七言、乐府、歌行和排律。诗歌按照题材可以分为：写景诗、咏物诗、咏史诗、送别诗、爱情诗、赠答诗、隐逸诗、田园诗等。从内容上来说，丰富多样；从艺术手法上来说，各具特色。

---

① 孟泽. 船山的"英雄美学"及其对诗史的苛评 [J]. 湘潭大学学报（社会科学版），2000（5）.

（一）船山诗的创作时间和分期研究

最早给船山文学创作进行分期的是王闿运，他在《湘绮楼日记》光绪十五年五月十八日条说："湘洲文学，盛于汉清。故自唐宋至明，诗人万家，湘不得一二。最后乃得衡阳船山：其初博览慎取，具有功力；晚年贪多好奇，遂至失格。"① 他把船山的文学创作分为初期和后期两个阶段，赞美前期，贬低后期。

对船山诗歌进行比较全面的研究主要是从二十世纪八十年代开始的，船山诗的创作分期在这个阶段也有了新的划分。

周念先的《丹忱专在念时艰——读王夫之寓居南岳时的诗歌》把船山 1643—1648 年和 1657—1660 年前后共七年在南岳生活的时间分为两个阶段，"他写下一百一十多首诗歌，现存九十二首。这些诗歌主要收入《岳余集》《病枕忆得》，其中有部分散见于《五十自订稿》《编年稿》《剩稿》中。这些诗歌中有六十九首为即事抒感诗、友情诗与风景风物诗"。② 这一时期的诗歌更多地流露出真挚的友情和强烈的民族情感。

谭承耕在《船山诗论及创作研究》中把船山的诗歌创作分为三个时期，即早期的诗、"三藩之乱"时期的诗和晚年的诗。早期的诗，是指 30 岁以后、50 岁以前写的诗，多收于《五十自定稿》。这一时期，船山正值青壮年，正是他开始施展抱负的人生黄金时期，可是遭遇明清易代，这激发了船山奋起抵抗的决心。"诗为心声"，爱国的忠义之心，使得船山诗主要描写爱国斗争，抒发战斗豪情和亡国的哀痛。"三藩之乱"时期的诗，主要是他 50 岁至 60 岁这一段时间的诗歌，内容上主要是对自己斗争经历的记录，具有强烈的爱国主义激情。晚年的诗主要指 60 岁以后的诗歌。这个阶段船山能够认清现实，对政治形势进行冷静分析，同时依然保持自己的爱国热

---

① 王闿运. 湘绮楼日记 [M] // 船山全书：第 16 册. 长沙：岳麓书社，2011：670.

② 周念先. 丹忱专在念时艰——读王夫之寓居南岳时的诗歌 [J]. 衡阳师范学院学报（社会科学），2000（4）：109.

情和对复兴民族道路的探讨。诗歌中的情感是沉郁顿挫，但悲凉中尚有慷慨之气和青春的活力。

（二）船山诗题材分类

船山一生诗歌创作丰富，题材十分广泛。根据《船山全书》中的诗歌分类编排的特点，在众多的诗歌中，思想内容是相对集中的，主要有写景诗、咏物诗、咏怀诗、赠答诗、悼亡诗、田园隐逸诗、咏史诗。

1. 写景诗

《船山全书》中的《姜斋五十自定稿》《姜斋六十自定稿》《姜斋七十自定稿》共收录写景诗 119 首，还有一些散见在诗集之中，一共有 200 多首。

周唯一的《王船山咏景诗中的物理性情》统计咏景诗有 250 余首，所咏之景有山水日月、雨露风霜、草木禽兽。诗人在对这些物象的咏叹中，不仅描写了它们的自然美，而且还注意体现它们所包含的自然物理。周唯一认为，船山咏景诗描写的景物有着鲜明的时序性和地域性，不仅写出了物象之间因某种影响而发生的变化，而且还着力展示了它们之间的联系。王船山的咏景诗在抒发性情方面内容广泛，手法多样，主要表现在两个方面：一是表现出对明王朝的忠诚和对明朝残山残水的热爱；二是表现自己闲居的情趣，大致包含了几个方面的内容——对闲居生活的赞美，对时序更替、岁月流逝的叹息，表现出一种投身大自然环抱的喜悦。[①]

周念先在《丹忱专在念时艰——读王夫之寓居南岳时的诗歌》中单列一小节分析了船山在南岳生活期间创作的二十多首描绘当时风景与风物的诗歌。这些诗歌有的清新明快，有的含蓄深沉，有的以意蕴深刻见长，有的以意境优美取胜。而表现出的对南岳风光的

---

① 周唯一. 王船山咏景诗中的物理性情 [J]. 衡阳师专学报（社会科学），1992（4）.

热爱则是一致的。①

　　船山早期诗歌《绝句》三首、《落日遣怀》、《重登双髻峰》都是抓住了景物的特征，用简洁的语言再现景物的独特之处，同时也流露出作者深刻的情感。船山在"三藩之乱"时作的《洞庭秋诗》也是写景诗组诗。前有序言："落帆生竹以来，垂二十七年，湖量未敢忘者，记持耳……但思拂得湖水一两波，几不远作者。"作者对洞庭秋景的记忆依然十分深刻，但是诗歌中表现出来的可能是实景，也可能是虚景。"王船山的这组描绘洞庭秋景的诗歌，借景抒情，情具象而为景，涌现了一片独特的天地，寓含了无尽的韵味，使人在叹江山之寥廓的同时，生发无限思古之幽情。"② 晚年诗歌《初秋》（其二）、《早春三首》（其一）、《冬日即事》、《雨余小步》等，都是写景类诗歌。在欣赏大自然美景的同时，也表现自己的情感。谭承耕《埋心不死留春色：论船山晚年的诗》认为船山诗歌中表现的思想内容依然是对复兴明王朝的坚定信念。即使在对大自然美景的欣赏中，船山还语意双关地表达自己民族斗争的意志与感情。吟咏时令和自然山水的诗中，渗透着哀伤的血泪。船山写诗，借助比兴寄托，用含蓄委婉的形式，表达自己深厚的爱国主义感情。③ 作者三个阶段的写景诗都各有侧重，但内容都是以写景为主，表达自己在各个时期的情感体验。

　　张兵在《论船山诗的文化构成与创作特征》中指出，船山诗歌主题取向的一个方面就是写景咏物诗的独特寄托。船山不仅尽力展现残缺山河的自然美，而且注意揭示自然所蕴含之物理。首先，船山写景诗所咏物象景态均有鲜明的时序性，四季之景均在其笔下有所展示。如写春景，有《早春》《春兴》《春尽》等；写夏景，有《初夏》《始夏》《夏夜》《夏夕》等；写秋景，有《迎秋》《初秋》

---

① 周念先. 丹忧专在念时艰——读王夫之寓居南岳时的诗歌 [J]. 衡阳师范学院学报（社会科学），2000（4）.

　　② 杨春燕. 难与此怀觅止境，横令此愁亘古今——试析王船山《洞庭秋诗》之意境 [J]. 长沙民政职业技术学院学报，2003（4）.

　　③ 谭承耕. 埋心不死留春色：论船山晚年的诗 [J]. 船山学报，1991（0）.

《秋阴》《秋兴》《惊秋》《秋日杂咏》等；写冬景，有《始冬寓目》
《冬夕》等。这些诗题不仅昭示着诗作的内容，也暗示着诗人的情感
流向。始春之初荣，暮春之昌盛，秋日之萧瑟，冬日之枯萎，不仅
体现了敏于时序的诗人对岁月流逝的叹息，而且通过盈缩有期、枯
荣交替的时序变化，揭示自然界的天情物理。其次，船山咏景诗所
描写的景象还有鲜明的地域性，充分反映了诗人置身于不同环境中
的不同经历和心态。如《初入府江》《佛山》《苍梧舟中望系龙舟》
《重登双髻峰》《新秋看洋山雨过》《次定山》《涟江夕泛》《长沙旅
兴》《三十六湾初见新绿》等，每首诗不仅具有明显的地域性，而
且蕴含着诗人的心史。正是这种"外周物理""内极才情"的双重
合力，才使船山咏物写景之作寄托深远，蕴含宏广。①

2．咏物诗

船山的咏物诗多采用比兴的手法，借落花、梅花、大雁这些意
象来抒发他的情感，其实和写景诗具有异曲同工之妙，都是通过意
象来表达情感。

船山创作的咏物诗十分多，《姜斋五十自定稿》中的《花咏八
首》，《姜斋六十自定稿》《姜斋七十自定稿》中的咏物诗30首，还
有专门的《落花诗》一卷99首、《雁字诗》一卷57首、《和梅花百
咏诗》一卷110首，数量比较多。在二十世纪的船山研究中，并没
有深入的船山诗歌咏物类创作研究，仅仅只是在某些论文中有所
提及。

3．咏怀诗

咏怀诗是吟咏抒发诗人怀抱情志的诗歌，在《船山全书》中，
这一类诗歌的数量最多，涵括了船山一生的诗歌创作。《姜斋五十
定稿》中的《杂诗四首》《长相思》《春日书情》等，《姜斋六十自
定稿》中的《拟阮步兵咏怀》24首，《姜斋七十自定稿》中的《冬
日杂兴》（二首）、《辛酉日遣怀》（四首）都是船山咏怀诗的代表作

---

① 张兵．论船山诗的文化构成与创作特征［J］．聊城师范学院学报（哲学社会科学
版），1999（1）：106.

品，此外《广遗兴》58首、《汤遂昌显祖（寄怀）》等也属于咏怀诗。

船山咏怀诗的内容主要表现为爱国主义的情感。虽然在不同的诗歌中侧重点有所不同，也会扩大这一情感的外延和内涵，但总体而言，都是从这一角度出发来进行情感表达的。

4. 赠答诗

赠答诗在船山诗歌创作中也占有一定比例，虽然在特定的历史年代，船山交往的朋友并不是很多，交流的机会也有限，但是这样的一种方式仍是诗人们情感表达的重要形式。其中，《姜斋五十自定稿》有8首，《姜斋六十自定稿》有21首，《姜斋七十自定稿》有12首。其中的代表作《答姚梦峡秀才见柬之作兼呈金道隐黄门李广生彭焱石二小司马》表达了作者知音难遇、报国无门的悲哀。《送蒙圣功暂还故山》表达了诗人对于抗清大业的责任感和对朋友的真挚情感。

5. 悼亡诗

悼亡诗主要是写对朋友、亲人、邻居的悼念。在那个特殊时期，这样的情感显得尤为沉重。船山的悼亡诗不仅仅表达对于失去亲人、朋友的悲痛情感，还会把个人命运和国家命运，家庭悲剧和时代悲剧结合在一起，这使诗歌更加具有可读性。《姜斋五十自定稿》中有35首，《姜斋六十自定稿》中有9首，《姜斋七十自定稿》中有5首。其悼亡诗中的代表作有《岳峰悼亡四首》《管大兄弓伯挽歌二首》。

6. 田园隐逸诗

田园诗和隐逸诗是船山早期和晚年的创作，尤其是在《姜斋七十自定稿》中收录了船山晚年创作的20首田园诗歌。相比陶渊明等其他田园诗人，船山的田园诗不是在描写农村恬静的景象，而是直接真实描写了农民的劳动情景、农民的生活情感，也表现了作者与农民之间的感情交流。船山田园隐逸诗中还表现了船山充满痛苦和矛盾的内心世界，一方面是在隐逸生活中寻找寄托，另一方面是无法实现自己政治理想的纠结心理。

7. 咏史诗

在《姜斋五十自定稿》《姜斋六十自定稿》《姜斋七十自定稿》共有 33 首咏史诗，《咏史二十七首》、《癸亥绝句》（其二）是其中的重要代表作。这些咏史诗借助历史来抒发作者对于现实的讽刺，对于故国的怀念，以及坚贞不屈的理想信念。

此外还有哲理诗、游仙诗、艳情诗等题材，但数量都相对较少，不再一一分析。

（三）船山诗思想内容研究

船山诗的思想内容与诗的题材互相关联，根据学者们的研究，船山诗的思想内容主要有爱国主义、民族思想、亲情友情、隐逸生活等。

1. 爱国主义

谭承耕《埋心不死留春色——论船山晚年的诗》认为，船山诗歌中表现的思想内容依然是对复兴明王朝的坚定信念。即使在对大自然美景的欣赏中，船山仍语意双关地表达了自己民族斗争的意志与感情。吟咏时令和自然山水的诗中也渗透着哀伤的血泪。船山写诗，借助比兴寄托，用含蓄委婉的形式，表达了自己深厚的爱国主义感情。[①] 谭承耕在《略论船山诗词的爱国主义》中提出，强烈的爱国主义是船山诗词的感情基础。船山诗词的爱国主义是具有战斗性的，是执着追求、锲而不舍、坚贞不屈的，是矢志不移的，也是对国家美好未来抱有充分信心的。[②] 这集中地细化了船山诗词中表现爱国主义的内容。

张兵在《论船山诗的文化构成与创作特征》中就直接把战斗豪情与亡国哀痛之抒写作为船山诗的主题取向中的一种。在清初遗民

① 谭承耕. 埋心不死留春色——论船山晚年的诗 [J]. 船山学报, 1991（0）.

② 谭承耕. 略论船山诗词的爱国主义 [J]. 湖南师院学报（哲学社会科学版），1982（4）.

诗人中，船山属高举义旗、亲历战斗者。艰苦卓绝的斗争生涯既使船山备尝艰辛，又磨炼了他的斗志。船山正是将郁积胸中的一片孤心、斑斑血泪尽力倾注于诗歌这一抒情载体中，与其他遗民诗人一道敲响了清代爱国诗的黄钟大吕。

2. 民族思想

船山特定的历史背景、个人的人生经历，让他对民族问题有着自己深刻的思考。

万松在《略论王夫之的诗歌》中指出，船山有的诗歌表现高度的民族气节和炽热而深沉的爱国思想；有的诗歌表现民生疾苦；有的诗歌表达相信社会总是前进的，民族复兴是有希望的；还有的诗歌充满民间生活气息和饱含乡土风情。①

蒋星星在《丹忱专在念时艰——读船山诗零拾》中则是以《九砺》《淫雨弥月将同叔直取上湘间道赴行在所不得困车架山哀歌示叔直》《堵公以黄石斋先生礼问石刻垂赠纪公补庐先墓事有桐华之应诗以纪之》《盛夏奉寄章峨山先生湘阴军中》等诗为代表分析了船山诗歌思想内容中的民族思想。具体表现有三点："其一是对清王朝的仇恨。其二是对民族败类的疾恶。其三是强调抗清斗争的实践。"②可见船山确实是一位具有强烈民族意识，认为民族利益高于一切的民族英雄。

周念先《丹忱专在念时艰——读王夫之寓居南岳时的诗歌》③认为即事抒情诗从一个侧面反映出当时政治、社会动乱的现实，真实地表达了自己的思想感情，坚持民族气节；友情诗则表现了真挚深厚的友情，对国事的关切与强烈的民族意识；风景风物诗则表现了对南岳风光的热爱。

3. 亲情友情

船山用赠答诗和悼亡诗来表现自己对于亲情、友情的感悟。张

---

① 万松. 略论王夫之的诗歌 [J]. 江汉论坛, 1983 (12).

② 蒋星星. 丹忱专在念时艰——读船山诗零拾 [J]. 船山学报, 1988 (S1)：74.

③ 周念先. 丹忱专在念时艰——读王夫之寓居南岳时的诗歌 [J]. 衡阳师范学院学报（社会科学）, 2000 (4).

兵在《论船山诗的文化构成与创作特征》中把亲情友情诗的真蕴作为思想内容的重要组成部分。船山交友虽不广，但他笃于友情，举凡友朋之聚散离合、生老病死，均诉诸笔端。另外，船山诗还对亲情多有反映，其中既有父子兄弟之情，又有夫妇之情。这些作品大致可分赠答与悼亡两种题材。诗人在表现亲情友情的同时，又时时不忘抒发易代之际的独特感受。因此，船山的这类诗作在主题取向上亦以系心君国为念，蕴含着深厚的故国之思。

周念先在《丹忱专在念时艰——读王夫之寓居南岳时的诗歌》中分析了船山于南岳期间与僧侣、群众及师友的关系，这在他的友情诗中表现得非常真挚深厚。因为他们之间有一个共同的思想基础，就是对国事的关切与强烈的民族意识。①

4. 隐逸生活

关于诗歌中的隐逸内容，邓乐群、彭胜利在《雁字写逸怀——从〈雁字诗〉看船山隐逸思想》中指出，诗人托迹鸿雁，委婉曲折地阐述了自己的隐逸思想。具体体现为：借鸿雁之节操，写逸士之胸襟；托鸿雁之哀吟，吐亡国之忧愤；藉鸿雁之行序，冀民族之复兴；去鸿程之艰难，叹前途之多歧。②

以上这些研究都尝试对船山诗歌创作的思想内容进行概括，但是其中留下的研究空间依然很大。

（四）船山诗的艺术特色研究

这一阶段，对于船山诗的研究更多的是关注思想内容上的探讨，但是部分论文在分析船山诗的思想内容等问题的时候，也会提及船山诗艺术特色中的重要内容。

万松在《略论王夫之的诗歌》中概述了船山诗作的独特风格是

---

① 周念先. 丹忱专在念时艰——读王夫之寓居南岳时的诗歌 [J]. 衡阳师范学院学报（社会科学），2000（4）.

② 邓乐群，彭胜利. 雁字写逸怀——从《雁字诗》看船山隐逸思想 [J]. 船山学报，1988（S1）.

深沉蕴藉，情景融洽；运用比兴，包含哲学意味与社会理想。①

谭承耕在《埋心不死留春色——论船山晚年的诗》中认为船山晚年的诗沉郁、顿挫、悲凉，但悲凉之中尚有慷慨之气和青春的活力。② 谭承耕在专著《船山诗论及创作研究》中对相关问题进行了详细的探讨。首先，谭承耕认为船山早年的许多歌咏时令、描写自然风光的绝句诗写得清新隽永，凭寥寥数语常能再现客观景物的特征，给人以美的享受。其次，谭承耕指出船山在"三藩之乱"时期作的不少写景诗和咏物诗运用了比兴、象征的手法，如写景诗《咏雪》组诗、《残雪》，咏物诗《梅花四首》。还指出晚年船山的许多写季节的诗，不仅写出了诗人的心理活动，还表现了一种哲理。如1684年的《初秋》和1686年写的三首《初秋》。最后，谭承耕从对比的角度对船山诗的艺术特色做了分析概括，指出了船山晚年诗多用比兴、含蓄委婉的原因和神凝思属的意境与沉郁、顿挫、悲凉的总体艺术风格。③

张兵认为船山诗歌最突出的艺术特点，首先在于抒情的真挚与含蓄。以情论诗，是船山诗论的鲜明特色。其次，船山诗于情景、情理关系之处理亦颇见匠心。④

此外，还有关于某个船山诗集的研究，邓乐群、彭胜利《雁字写逸怀——从〈雁字诗〉看船山隐逸思想》认为《雁字诗》这一诗集是船山诗集中最长的一组咏物诗，诗人托迹鸿雁，委婉曲折地阐述了自己的隐逸思想。⑤

总之，这一时期船山诗歌创作的研究已经有所收获，但是仍然有许多问题值得学者进一步探讨和研究。

---

① 万松. 略论王夫之的诗歌 [J]. 江汉论坛，1983 (12).
② 谭承耕. 埋心不死留春色——论船山晚年的诗 [J]. 船山学刊，1991 (0).
③ 谭承耕. 船山诗论及创作研究 [M]. 长沙：湖南出版社，1992：108.
④ 张兵. 论船山诗的文化构成与创作特征 [J]. 聊城师范学院学报（哲学社会科学版），1999 (1).
⑤ 邓乐群，彭胜利. 雁字写逸怀——从《雁字诗》看船山隐逸思想 [J]. 船山学报，1988 (S1).

二、船山词研究

《船山全书》第十五册中收录船山词集三种：《船山鼓棹初集》一卷 136 首、《船山鼓棹二集》一卷 117 首、《潇湘怨》一卷 26 首，共计 279 首。

（一）船山词的写作时间

相对于船山诗而言，船山词的创作时间比较不确定。因此，船山词研究的重要内容就是考证确切的创作时间。龙榆生在《词学》第二辑上发表的《读王船山词记》虽然没有专门探讨船山词的创作时间，但还是考证了 54 首词。彭靖《分明点点深——论王船山词》也对 16 首词进行了考证。谭承耕根据船山年谱、词的内容等相关因素考证、推算，确定了 47 首词的创作时间，这对船山词的研究具有重要意义。张兵《王船山部分词作编年考》根据相关资料，对船山词的创作时间进行了排序，也具有一定的可信度。[1]

彭靖编撰、彭崇伟整理的《王船山词编年笺注》[2] 共收录船山词 283 首，该书将湖南所辑佚作数首补入，故收词较以往各种刊行本为全。该书编入《鼓棹集》上卷的有 141 首。没有较为充分的根据和理由推定其写作时间的，都编入下卷，共 113 首。《潇湘怨》26 首附后。《笺注》旁征博引，追本溯源，考辨甚详，是一部研究价值极高的著作，不过此书的出版时间是 2004 年，在此不多做讨论。

（二）船山词的思想内容

邓国栋的《深人无浅语　字字楚骚心——略论船山词的思想成就》主要探讨了船山词的思想成就：从历史的横断面来看，船山的

---

① 张兵. 王船山部分词作编年考 [J]. 贵州文史丛刊，1997（6）.
② 彭靖编撰，彭崇伟整理. 王船山词编年笺注 [M]. 长沙：岳麓书社，2004.

词，不仅反映了他个人的身世遭际，家国之悲；也反映了同时代人的共同心曲。船山用词这种文学样式，以其特有的美学功能，对当时那个已经腐烂透顶的、阶级矛盾充分暴露的、并有资本主义萌芽的明王朝末期及那个国破家亡、遭受惨痛的民族灾难的特定历史环境做了多棱镜式的反映，显示出深刻的时代内容和思想高度。从历史的纵深方面看，船山词的思想深度，还表现在他以深邃的目光，洞彻历史的幽微，对历史上末代王朝的惨痛经验做了形象的总结。船山词的高度思想成就是确定无疑的。①

彭靖在《分明点点深——论王船山词》中认为，船山有意识地在词中表达了他的爱国思想情感。前期慷慨激越中见沉忧，后期则沉郁苍凉中见坚挺。彭靖还通过对比方式来研究船山词思想感情的特点。将船山词与辛稼轩词比较，船山意在君国者为多，而稼轩意在个人身世者不少。将船山词和陆游词比较，陆游爱国诗，功名之念胜于君国之思，词亦如之；船山词对"勋名"，则表示出一种鄙夷的态度。将船山词和文信国词比较，船山词较之文信国词显得更为凝重隽永，给人以许多有关民族命运和社会人生的启示。船山写悼亡的诗与词，大都是把自己对失去的亲人的怀念与对沦亡的国家的怀念融合在一起。因此，船山词在思想感情上的容量较之前人的同类之作是远为深广的。船山词里所要表现的是志与情而非意与欲；是公意与大欲，而非私意与小欲，船山有意识地扩大和加深诗与词的内容，把诗与词的内容提到一个新的高度。这是船山词在传统的思想内容上的重大突破。

章自福从船山咏物词入手，分析其思想内容。他认为，王船山赋予咏物词以重大的社会政治内容，从同情民生疾苦到抗清，从颂扬民族气节到批评失节人士，从缅怀故国到指责南明腐败政治，可谓无可不可入。爱国主义精神的主线，贯穿在船山咏物词的整个创作中。其内容的深度与广度，在明清之际的文学创作里是十分突出

---

① 邓国栋. 深人无浅语　字字楚骚心——略论船山词的思想成就 [J]. 船山学报，1984（2）.

的。他的咏物词塑造了一个斗士的自我形象，因而有别于其他作家的咏物作品。①

　　还有周念先发表的两篇研究船山词的论文，一是《王夫之的咏南岳词》，主要分析了船山曾在南岳隐居时期的创作，指出《念奴娇·南岳怀古》《摸鱼儿·雁峰烟雨》《蝶恋花·岳峰远碧》三首词的共同之处："王夫之深厚的民族意识主要表现在他对有关典故、神话传说的运用上。扣题很紧，寓意深刻，又朴素自然。采用婉曲隐晦手法表现。多样化的词风表现了王夫之词的深厚艺术造诣。"② 另一篇是《字字楚骚心——王夫之〈潇湘怨词〉探微》，主要分析了《潇湘怨词》组词，首先考证了"小八景词""大八景词""十景词"三组咏湖南胜景的词的创作时间。然后，分析了三组词中的"怨"的内容是忧患意识与民族思想，都是借景生情、因景系情，但各有特点。最后，指出该组词在表达方式上学习《离骚》的特点，用神话传说和历史故事来抒发故国之思、民族之痛，字字楚骚心。③

（三）船山词的艺术特色

　　彭靖《分明点点深——论王船山词》比较详细地阐释了船山词的艺术特色。首先，"诗，不论写景、咏物、用事，都须缘'己情之所自发'，而不能'役心向彼掇索'，即不能为写景、咏物、用事而写景、咏物、用事，都应该寓意、寄情。词，自然也是如此"。④ 接着具体分析了船山如何处理情与景、情与物、情与事、情与理的关系。"船山词，在选调上，有小令、中调，亦有长调，还有为数不少的成组的小令和长调。这亦可说是无体不备。而其写景，咏物，咏史，用事，都有其特色；其篇法、章法，亦极见构思之密。而于这

　　① 章自福. 论王船山的咏物词 [J]. 衡阳师专学报（社会科学），1986（4）.
　　② 周念先. 王夫之的咏南岳词 [J]. 衡阳师专学报（社会科学），1992（4）：52.
　　③ 周念先. 字字楚骚心——王夫之〈潇湘怨词〉探微 [J]. 衡阳师范学院学报（社会科学），1999（4）.
　　④ 彭靖. 分明点点深——论王船山词 [M] //《文学评论》编辑部. 文学评论丛刊：第18辑. 北京：中国社会科学出版社，1983：20.

种构思之密，正可见其用意之深。"①

此外，该文还分析了船山词具有亦豪亦婉约、亦放亦约，豪以婉出，放以约见的艺术风格，而"英雄蕴藉""峥嵘萧瑟"的风格，体现了深刻的时代特色和个性特色。此篇文章对船山词特点的概括比较全面，材料十分翔实，值得细细研究，这也正说明了船山词的研究空间还很大。

罗芳明《情景交融的船山词》一文从思想内容和艺术特色上对《蝶恋花·衰柳》和《玉楼春·白莲》两首词进行简单分析，认为这两首词都已经达到了情景交融的艺术境界。②

谭承耕《论船山词》主要从三个方面分析了船山词的重要问题：第一，船山词的写作时间。根据《船山年谱》判断写作时间；根据词中所提到的人及某些事迹，可考证出写作的大致时间范围；根据词本身的思想内容，确定其写作时间。第二，广用比兴，寄托深远。第三，豪放与婉约相结合，妙在文质之中。船山豪放与婉约相结合的风格，其形成的条件是他"文质之中"文艺思想的贯彻。③

张宗良《王船山词理性和意象的审美规范》主要从审美规范的角度阐述了船山词的特点：一是炽烈而深挚的改过主义高尚情操是船山词突出的审美特征；二是船山词描写作家的真情真性，展现自我的意味与情韵，蕴含着对人性与人欲复苏的渴望，展现人性，抒发性灵；三是浪漫主义是船山词创作思想的本质。它抒写了船山美好的社会理想和愿望，表现了船山战斗的决心和奋进的勇气。"船山词之所以能达到这种气韵之外见飞动之妙，规矩之外又见神明之照的艺术境界，是因为船山词不受篇幅所拘，不为声律所限，只求'唯情所化'的文学创作的自然法则。"④

---

① 彭靖. 分明点点深——论王船山词［M］//《文学评论》编辑部. 文学评论丛刊：第18辑. 北京：中国社会科学出版社，1983：36.
② 罗芳明. 情景交融的船山词［J］. 衡阳师专学报（社会科学），1990（2）.
③ 谭承耕. 论船山词［J］. 中国文学研究，1989（4）.
④ 张宗良. 王船山词理性和意象的审美规范［J］. 辽宁师专学报（社会科学版），2000（4）：47.

　　章自福也对船山咏物词的艺术特点进行了概括总结：第一，寄托遥深；第二，意格高华；第三，善融旧辞。① 作者对船山咏物词的探讨十分全面，具有重要的参考价值。

三、船山诗词研究

　　除了对船山诗和船山词的分类研究，有的研究者还对船山诗词进行了全面整体的研究，也有一些研究成果。

　　关于船山诗词的思想内容的总体研究，主要有谭承耕的《略论船山诗词的爱国主义》，探讨了船山诗词中的爱国思想；谭承耕的专著《船山诗论及其创作研究》也探讨了船山诗词的爱国主义。陈书良《略论佛学对王船山诗词的影响》认为船山有关佛学内容的诗词，根据内容可分为三类：退伏幽栖，俟曙而鸣；艰难危厄，因缘自适；诗词唱酬，研讨学问。船山站在爱国主义的入世立场上以及运用唯物主义的观点，既研讨佛学的哲理，又撷取佛教经典的词汇以抒写心意。② 曾也鲁的《王船山诗词的爱国主义特点》也是从爱国主义的角度来分析船山诗词的思想内容。在特定的历史时期，船山通过托物言志、以古喻今等方式来委婉曲折地表达诗人的真实情感。③

　　关于船山诗词的艺术特征，谭承耕在《船山诗词艺术特征初探》中总结为两点：广用比兴，寄托深远；情景交融，浑然一体。④

四、船山文研究

　　船山文指除诗词以外的所有文学创作，包括散文、辞赋等。船

---

　　① 章自福. 论王船山的咏物词 [J]. 衡阳师专学报（社会科学），1986（4）.
　　② 陈书良. 略论佛学对王船山诗词的影响 [J]. 船山学报，1985（1）.
　　③ 曾也鲁. 王船山诗词的爱国主义特点 [J]. 衡阳师专学报（社会科学），1997（5）.
　　④ 谭承耕. 船山诗词艺术特征初探 [J]. 求索，1982（S）.

山散文主要收录在《姜斋文集》中，共 81 篇。船山赋有《南岳赋》《章灵赋》《九昭》《惜余鬓赋》等。

（一）船山赋研究

对船山赋的研究是从考释开始的，席鲁思 1962 年在《江汉学报》上发表了《〈姜斋文集〉遗文〈惜余鬓赋〉考释——为纪念王夫之逝世二百七十周年作》，而后对船山赋的研究不断涌现。

马积高《论王船山的〈楚辞〉学及其辞赋——兼论船山文学思想和创作的一个特质》则在考证的基础上阐发了义理。作者认为船山的骚赋，在明清的赋中，无疑应该列入上品。船山的赋不仅具有崇高的道德境界，在艺术上也做到了情与景、物与我都"妙合无垠"。①

此外，王咨生在《王船山〈九昭〉试论》中分析了《九昭》的思想内容和艺术表现。陈书良的《读王夫之〈漱玉琴铭〉》从创作背景和心境、字句释证两个方面来分析。旷光辉的《〈南岳赋〉初探》分析了《南岳赋》的文学价值、写作时间和艺术成就。

谭承耕在《船山诗论及其创作研究》② 中单列一章研究赋。作者认为，船山赋的主旨与诗词一样，表现了爱国主义的顽强斗争精神，继承了屈原辞赋的光辉传统。其题材异常广泛，有自身斗争经历的叙述、广阔历史的檃括、哲理的显示、大自然景物的描绘，可说是融文、史、哲于一体。哲人与诗人的形象妙合于一身。其形式也是多样化，有大赋、有骚体，有律赋，也有骈赋。具体可以分为三类：对起义胜利的歌颂、《离骚》的嗣音、在对自然风光山水禽虫的吟咏中寄寓深情。

此外，作者还重点探讨了《南岳赋》，指出其是仿汉大赋而写的。从作品中所提到的某些人物来看，这篇赋应该写于早年。赋的

---

① 马积高. 论王船山的《楚辞》学及其辞赋——兼论船山文学思想和创作的一个特质 [J]. 湖南师院学报（哲学社会科学版），1982（4）.

② 谭承耕. 船山诗论及其创作研究 [M]. 长沙：湖南出版社，1992.

主旨，是通过对南岳山川、历史、文物的描写，表现祖国山河的美丽、祖国文化的悠久、先人创造业绩的辉煌，以激发当时人的民族觉悟、民族自尊心、自豪感，以焕发民族的创造力，挽救民族的危亡。《南岳赋》的描写对象是南岳，但并不孤立地写南岳，而是上下亿万年，纵横数万里——从宇宙的起源，写到南明的抗清；从"龙胂鸾敫于五千里之外"，到"岷山之俶立"，最后写到祝融七十二峰不但有山川，还有历史、有神话；有人物的活动，有宗教的辉煌遗迹。其内容之广大、气魄之宏伟，是空前的。《南岳赋》虽然在形式上模仿汉大赋，但在艺术上较有特色。第一，《南岳赋》虽运用铺陈罗列的写法，但船山是从宇宙发展的宏观角度来描写的，是从岷山这一山脉发展的过程来描写的，中间还穿插神话传说、历史事实、典故、众神聚会朝拜的宏伟场面，纵横交错，波澜起伏，气象万千，辉煌壮丽，兼之在句式上也较有变化，不单纯使用偶句，于每一段落之后，常用奇句和虚词唤起。这样，能给人以立体感，没有平板、呆滞的感觉。第二，赋的基调是豪放、乐观、对理想的强烈向往，而在艺术形式上则广泛使用神话故事、历史传说，加上山川的壮丽、景象的奇特，故全赋呈现出浓厚的浪漫主义色彩。

（二）船山散文创作研究

船山散文研究相对于诗歌研究较为薄弱，并没有引起很多学者的关注。直到 1984 年，许山河在《试论王船山散文》中比较详细地论述了船山散文的思想内容和艺术手法。船山重视文章的思想内容，所以他的散文，或述道，或言志，或抒亡国之思，或写时代之感，皆不尚空言，言必有物，有极强的现实性和战斗性，思想内容是较为积极的。像王船山这样深刻反映现实，具有积极的思想内容的作品，在明末清初的文坛上，并不多见。作者对于船山诗歌和散文的研究有一个比较特别的理论：船山于诗歌，是理论走在创作的前面，他的诗歌理论，有很多超越前人之处，而他的创作，则在唐宋之下。船山于散文则反之，是创作走在理论的前面，他关于散文的理论甚少，然而他散文的创作，却取得了非凡的成就，他的散文在艺术形式上，更有其独到之处。王船山的散文，在写法上以古文的传统表现方法为主，又吸取了骈文、辞赋的某些写法，使他的散文，既有抑扬顿挫的声调，又有宛转纤徐的音韵；既有质朴、平淡之美；又有词藻繁富之美；既有错综变化之美，又有整齐工巧之美，浓淡相成，文质相宜，在清代的散文里别具特色。最后，作者还谈及了船山散文中的不足之处。①

章自福《论王船山传记散文》指出，王船山的传记散文，包括《姜斋文集》中的传略、行状、墓志铭、墓表四类。王船山传记散文的思想成就首先表现为作者强烈的民族思想和深厚的爱国主义感情；其次表现为对现实的批评；最后表现为多方面地描绘了师友的形象，歌颂了他们的优秀品德。王船山的传记散文有较高的艺术成就，主要体现在描绘了众多的栩栩如生的人物形象。第一，集中写人物最主要的性格，突出其性格特征，人物的经历、遭遇、言行都为表现其性格服务。第二，在对比衬托中写人。第三，注意把人物放在一定背景下表现。此外，王船山还善于把自己的感慨融合在人物身世遭遇的记叙里。②

王凯符在船山逝世三百周年之际，专门撰写了《王夫之的文章特色——纪念王夫之逝世三百周年》。该文指出了船山文集中文章体制的结构和思想特点，认为王夫之是清初伟大的启蒙思想家和爱国主义学者。他的文章缠绵悱恻，悲愤苍凉，富有情采。他善骈体辞赋，兼善古文，其学术论说文章也具有鲜明的文学特征。③

孟泽的《安身之所　立命之据——王夫之〈船山记〉〈龙舟会〉发微》，首先分析了船山在特定的历史时期苟活于人间的理由，认为船山创作《船山记》正是他苍茫独立于那个易代的世界的精神写照。

①　许山河. 试论王船山散文 [J]. 船山学报，1984（2）.
②　章自福. 论王船山传记散文 [J]. 船山学报，1985（2）.
③　王凯符. 王夫之的文章特色——纪念王夫之逝世三百周年 [J]. 北京师范学院学报（社会科学版），1992（6）.

其次把《船山记》做了全文展示。最后分析了《船山记》的写作时间，作者认为《船山记》可当作王夫之的"绝笔"读。作者认为船山顽石正是王夫之顽强、苦闷、固执的精神注脚，是王夫之不佞不诐、独立不改的人格的表征。以"船山"自名的象征含义非同寻常，它不只意味着一种幽愤与悲凉，而且意味着一种凛然独立、砥柱中流的补天壮心。此文主要从内容上对《船山记》进行了简单分析。①

五、船山杂剧研究

对王船山的杂剧开展的研究一直以来并不多，这一方面与船山杂剧的数量很少有关，另一方面也说明了杂剧在船山文学中的地位不是很高。

最早在 1963 年，铁可的《谈谈〈龙舟会〉的发掘和整理》就关注到了船山杂剧的相关思想，虽然这并非船山诗学中的主要部分，但是也说明了当时对于船山学术思想全方位的了解。作者认为，王船山的《龙舟会》反映了他的政治思想、学术思想。就政治思想来说，《龙舟会》表现了王船山鲜明的民族立场、民族气节和强烈的爱国主义思想观点。就学术思想来说，《龙舟会》鲜明地表现出王船山借唐人小说的历史题材，来歌颂自己时代美的事物，抨击自己时代丑恶事物的"古为今用"的精神。

文章写道："不以曲折离奇的情节取胜，而以抒情的笔调描绘和刻画人物形象来体现主旨，是《龙舟会》的艺术特色之一。""《龙舟会》在人物性格刻画和人物形象塑造上，也有它的特色，船山先生是借古人抒发自己的情感和抱负。""《龙舟会》的语言艺术是高超的，光华四射的，它是作者激情凝练的结晶，许多唱词都是非常优美的诗句，给人以美的艺术享受。但是，也存在着不足的地方。

---

① 孟泽. 安身之所 立命之据——王夫之《船山记》《龙舟会》发微 [J]. 古典文学知识, 1997 (4).

由于人物有一个'借'字，因而总感到在人物性格的刻画和形象的塑造上，自我交代表白过多而形象描写不足。至于给人物冠以一种政治概念的名字尤不足为训。"① 从这一研究也可以看出船山在戏剧方面的成就和不足之处。

后来，易楚奇在《试论王船山的杂剧〈龙舟会〉》一文提出：第一，从《谢小娥传》到《龙舟会》不是单纯地从传奇小说到杂剧两种文学形式的改编，而是惨淡经营的再创作。因为王船山在谢小娥、李公佐这两个人物身上注入了他的全部思想感情，赋予了他笔下人物以新的生命。第二，关于晴川女丈夫——谢小娥。"王船山对谢小娥这个艺术形象的塑造，是从两个方面进行的。一是把谢小娥的复仇作为全剧线索贯穿首尾，而将歼灭仇人置于高潮。作者是在事件的发展变化中塑造人物，在戏剧冲突中刻画人物的。二是作者把这种复仇行动始终置于山河破碎、'四海无一隅之安'这样一个广阔的历史背景中充分展开，从而使小娥的一家之仇深化为整个国家民族的仇恨。这是王船山《龙舟会》艺术上的成功之处。"第三，关于"丹心一点孤"——李公佐。作者对于李公佐，采用的则是游离于戏剧主要情节之外的描绘。因此，这个形象就远不如谢小娥那样鲜明、丰满。第四，《龙舟会》的语言具有"雅中有俗，不离当行"，"说何人，肖何人"的艺术特色。②

孟泽《安身之所 立命之据——王夫之〈船山记〉〈龙舟会〉发微》还对《龙舟会》的戏剧情节进行了简单的梳理，从而认为对《龙舟会》可以做远不止于文学意义上的解剖。我们可以读到王夫之在严肃的理论解说中难以容忍的处世态度与情怀，在他的时代，儒释道哲学共生互补，事实上早已内化融汇为一种整体的文化性格。

---

① 铁可. 谈谈《龙舟会》的发掘和整理 [J]. 湖南文学，1963（1 - 2）.
② 易楚奇. 试论王船山的杂剧《龙舟会》[J]. 船山学报，1984（1）：124.

第六节　船山美学思想研究

随着船山学术思想研究的日益兴盛，逐渐有学者开始从美学角度来进行阐释和研究。二十世纪八十年代，叶朗先生逐渐让船山美学成为学术视野中的重要内容。这一阶段学者们对于美学研究关注的内容有：船山美学与哲学的关系；船山美学是中国古代美学的总结；船山美学与唯物主义和辩证法的关系。

船山美学思想相对于诗论而言更加分散，在其哲学、诗学等著作中都有出现，因此对船山美学的研究与诗论研究密切相关。

一、船山美学体系的研究

钱耕森、赵海琦指出，王夫之美学思想体系大约可以包含三个互为关联的基本环节：美的哲学基础、审美心理的机制、诗乐艺术美。① 程亚林则认为，王夫之在美学上坚持了美在客观的唯物主义立场，强调了审美主体在审美活动中的能动作用，肯定了审美判断先于审美愉快；有过将审美与实践联系起来考察的光辉思想的萌芽，王夫之较多地论述了诗歌艺术各构成因素的辩证关系，突出审美教育在培养高尚人格方面的作用。这就初步建立了一个以"美在客观"为基础、强调主体性审美能力，包括美的哲学、审美心理、诗乐美三个方面的美学体系结构。②

肖驰认为，王夫之在个体情感和封建伦理、审美主体和客体两个方面的统一中构建了古典美学的体系，成为我们研究民族诗歌艺

---

① 钱耕森，赵海琦. 王夫之美学思想简论［J］. 船山学报，1984（1）.
② 程亚林. 王夫之美学思想初探——与钱耕森等同志商榷［J］. 船山学报，1984（2）.

术传统的理论标本。①

　　陈望衡认为船山的美学思想是一个完整的体系，由审美本体论、审美直觉论和审美意象论构成。②

　　熊考核《王船山美学》则是"从美的存在与本质出发，以审美心理为基础、审美表现为主干、意境创造为核心、审美教育为旨归，去解构船山美学的理论体系"。③

　　姚文放在《论王夫之的诗歌美学》中指出，船山在诗歌的现实基础、创作过程和社会功用等一系列问题中突出"意"这一中心，提出意与物、意与理、意与象、意与辞、意与势、意与兴观群怨等一整套美学范畴，旨在营构我与物、主体与客体、情感与伦理、内容与形式、美与善、个体与社会和谐统一的庞大理论体系。他对中国古典诗歌美学做出总结——和谐是其主旋律。"意"是强调"自得""己情之所自发""去古今而传己意"的情感意蕴，已经是萌动的自我意识、呼唤着个性自由、闪耀着近代理性之光的新的时代精神。④

　　柳正昌在《王夫之美学思想对建构现代中国美学的意义》中提出，王夫之正是以"中和为美"的审美理想为指导，矫正和改造审美主体论和伦理教化论两种思潮，进而创造出自己的美学体系。在这一体系中，两大思潮中不合理的因素遭到抛弃，合理的因素都得到保留，并发展为完整的理论形态。这种矫正和改造，正与他的朴素辩证法思想相一致，王夫之的辩证法多强调矛盾双方"相济""相通"的统一性，忽视"相敌""相薄"的绝对性。这对建构中国现代美学具有结构参照、原型参照和校正参照的意义。⑤

　　① 肖驰. 王夫之的诗歌创作论——中国诗歌艺术传统的美学标本 [J]. 中国社会科学，1984（3）.

　　② 陈望衡. 中国古典美学的总结——王夫之美学思想撮论 [J]. 船山学刊，1997（1）.

　　③ 熊考核. 王船山美学 [M]. 北京：中国文史出版社，1991：引言.

　　④ 姚文放. 论王夫之的诗歌美学 [J]. 扬州师院学报（社会科学版），1987（3）.

　　⑤ 柳正昌. 王夫之美学思想对建构现代中国美学的意义 [J]. 郑州大学学报（哲学社会科学版），1993（4）.

　　叶朗《王夫之的美学体系》认为，王夫之建立了一个以诗歌审美意象为中心的美学体系。这是一个博大精深的唯物主义美学体系，是中国古典美学的一种总结的形态。在现量说和情景说的基础上，总结了诗歌审美意象的特点：整体性、真实性、多义性、独创性。①

　　范军的《王夫之文艺美学思想中的有机整体观》指出，王夫之的思想，比较典型地反映了中国自然哲学和艺术哲学的有机整体性。王夫之是中国古代伟大的哲学家之一，也是杰出的文艺美学家之一。他从以气为本的自然观出发，强调事物的内在联系，追求艺术的完美和谐和浑然不分；在哲学与诗学的交汇上，对有机整体观的艺术创作论、艺术风格论、审美鉴赏论等进行了广泛而深入的探讨。②

　　从宏观体系上研究船山美学思想的还有几篇论文，如姚文放的《论王夫之诗歌美学》、廖振华的《试论王夫之的美学思想》、王兴华的《试论王夫之诗论中的美学思想》。

二、船山美学思想的特征

　　船山美学相较于中国古代其他美学的独特之处也是研究者关注重点。第一，诗歌美学。刘畅认为船山美学是诗歌美学。船山论诗多从诗歌艺术本身的特质出发。他尤其尊重诗歌美学特点和内部规律，充分显示出他的美学修养和艺术敏感。从具体问题出发，由探讨诗歌艺术规律而成的理论，是船山诗论中最有价值的部分。他精通哲学，有较强的抽象思维能力，善于总结和把握事物的规律。他有实际创作经验，深知其中的甘苦得失。他尊重艺术规律，论诗多从诗歌本身的特点出发考虑问题。这一切使船山诗论有较高的理论价值和较浓的美学色彩。船山对诗歌的本质、构思、功能、创作和

---

　　①　叶朗. 王夫之的美学体系 [J]. 北京大学学报（哲学社会科学版），1985（2）：1-15.

　　②　范军. 王夫之文艺美学思想中的有机整体观 [M] //梁潮主编. 东方丛刊：第2辑. 桂林：广西师范大学出版社，1995.

欣赏，均有自己的一整套看法，这也初步构成了其诗歌理论体系。①

第二，情理美学观。黄南珊、李倩认为船山的情理美学观包括寓理于欲的理欲合一论、寓理于情的情理合一论、理性主义的诗道性情论和寓情于景的情景合一论。情理合一论重点在情理互化，"意"为介体。②

第三，审美与政教融合。范军认为船山美学思想的总体特征为审美与政教的融合，在美学方法上表现为分析与综合的统一。王夫之美学"自上而下"与"自下而上"的交错、融合也是一个重要特征，这一特征为王夫之的哲学与诗学、哲学辩证法与审美方法论之间的内在联系所证明。③

三、船山审美本质论

钱耕森、赵海琦认为船山承袭周易学说，即由阴阳二仪化生的天地之间，"固有"的自然物本身就是美，美在客观。④

程亚林认为王夫之对于美的本质的认识是"美在客观"，审美主体是发现客观美的条件，美不是审美主体"创造"的，它的"产生"不依赖于审美主体。⑤

熊考核探讨了美的本质问题，主要是：其一，船山认为美是一种客观的自然事物，美在客观，是"固有之美""见有为美"，美是一种自然形象的美。其二，美不是一种静态的"固有"之物，而是在运动变化中"日新"的，美的事物具有一种不以人们意志为转移

---

① 刘畅. 王船山诗歌美学三题 [J]. 文学遗产，1985 (3).

② 黄南珊，李倩. 情理互化 "意"为介体——论王夫之的情理合一论 [J]. 贵州文史丛刊，1999 (3).

③ 范军. 王夫之美学思想的总体特征 [J]. 衡阳师专学报（社会科学），1989 (1).

④ 钱耕森，赵海琦. 王夫之美学思想简论 [J]. 船山学报，1984 (1).

⑤ 程亚林. 王夫之美学思想初探——与钱耕森等同志商榷 [J]. 船山学报，1984 (2).

的客观属性，这是船山论美的基本出发点。① 美的存在和本质，是合目的性（善）的表现与合规律性（真）的存在的有机统一。关于人文之美，应该从人的内美和外美两个方面去认识，具体包括"天之美质"与"外著之美"、"德容之美"的内美、"内外交养"的"全其美"。

四、船山审美心理

熊考核认为，船山从审美认识、情感、灵感、想象、直觉等方面把主体审美心理视为审美创造的内在动因。"形神物三相遇"的审美感知，"悲喜亦于物显"的情感，"灵心""会通"的灵感，"我心有势"的想象，"唯现量发光"的直觉，这五个方面既是船山对于审美心理的分析，也是船山诗学中重要内容的表现。船山对情感在审美中的重要性予以这样的概括："情之所至，诗无不至，诗之所至，情以之至。"船山把主体之情与客观外物的相互关系看作是"交相感"的过程，"外有其物""内有其情"，人情存在和表现于主体之情与客观外物的相互作用之中，这是船山对情感的最基本的认识。船山认为"现量"是"审美认识过程中主体感知客体时不假思索的审美观照，是主体对客体个别事物和事物个性的瞬间的直观情感判断"。② "船山运用'现量'来探讨审美主体与客体的直觉关系，探讨审美观照中的形象思维与逻辑思维的区别，强调了审美认知获得现实性和形象直观性。这无疑是船山对中国古典美学的一大贡献。"③

五、船山审美表现观

熊考核认为，"审美表现是主体对客观世界的艺术创造。船山审

---

① 熊考核. 王船山美学 ［M］. 北京：中国文史出版社，1991：50.
② 熊考核. 王船山美学 ［M］. 北京：中国文史出版社，1991：114.
③ 熊考核. 王船山美学 ［M］. 北京：中国文史出版社，1991：127.

美表现观的中心是诗艺术的创造。他在阐述艺术创造过程中,坚持现实主义创作原则,并从情志的结合上去高扬主体的创造精神,尤其是对意境的认识和总结,把诗美学推向古典美学的历史高峰"。①第一,"言志"与"道情"。"在船山诗美学的理论框架中,他把'志'与'情'看作是诗歌构成的两个基本要素。'言志'与'缘情'是诗内涵的两种基本表现方式。从诗歌构成的基本内涵来看,'志'与'情'是不能分离的。虽然'志'和'情'可以通过'言志'或者'缘情'的不同方式去表现,但它的基本内涵是不变的,只不过在表现方式上有所侧重罢了。从审美主体心灵表现看,同属主体之'心'的'心志''性情',都可以借助不同的表现方式去传达。'言志'只是重在'志'的表现,但也离不开'情'的感染,'缘情',重在'情'的表现,但也离不开'志'的作用。因此,无论是从诗艺术的内在构成还是外在表现方式来看,'志'与'情','言志'与'缘情'是可以统一于诗歌表现之中的。"② "道情"主要表现为:抒写诗人的真情实感;"情贵含蓄";情中有理、理中有情,情理可以相通。船山对于"情"与"志","既认识到了两者的差异性,又见出了它们之间的统一性,并在自己的理论体系中将对立的双方辩证地统一起来,使之共同作用于审美表现的主体内容"。③

第二,"内极才情,外周物理"的创作原则。这是船山创作论的总纲领,也是传统诗学最富有总结性的创作命题。"(船山)不仅突出了创作主体的积极因素,而且充分认识到了现实生活是构成审美表现的客观源泉,更重要的是他以'合'的目光,看到了主客体两者之间不可分离的一致性,两者共同作用于审美表现。"④ "首先,从'源'外来看,'外周物理'涉及审美表现的客观内容及源泉问题。"⑤ "其次,从主内来看,'内极才情'是从'心'、从'情',

① 熊考核. 王船山美学 [M]. 北京:中国文史出版社,1991:128.
② 熊考核. 王船山美学 [M]. 北京:中国文史出版社,1991:129.
③ 熊考核. 王船山美学 [M]. 北京:中国文史出版社,1991:148.
④ 熊考核. 王船山美学 [M]. 北京:中国文史出版社,1991:152.
⑤ 熊考核. 王船山美学 [M]. 北京:中国文史出版社,1991:152-153.

以高扬审美表现的主体地位去说的。"①

　　第三，"象"——审美表现的基元。"审美首先要把'观象'作为审美表现的心理起点，然后在审美观照过程中以'取象'作为审美表现的构思链条，继而通过审美心理的延续以'立象'作为审美表现这一主体目的性活动的终极，再由主体的审美表现到审美欣赏，还有一个'味象'的心理过程。由此可见，整个审美表现和欣赏过程都是围绕'象'来展开形象思维活动的。"②

　　第四，"情景互生"的意境。"船山对意境总结性的认识和分析，对心物、情景、意象关系描述的系统性，对主观情思与客观景象互融为意境美的概括的全面性，对意境结构层次发掘的深入性，对意境美学本质和特征分析的辩证性，的确把中国古典美学意境论推向一个新的水平。"③ "移情是审美主体在审美观照过程中，自觉不自觉地把主体的情思移注到对象身上，使本来没有情感和生命的对象情感化、生命化，并伴随主体一道化入物我同一、情景交融的审美境界。"④ "情景互融的意境结构，包括三个层次。一是景生情、二是情生景、三是情景互生。"⑤ "船山认为意境的审美本质，是有与无、虚与实、动与静、远与近、有限与无限交织而成的一种韵味无穷、'意伏象外'、不可确指的艺术境界。船山认为诗之意境应表现出超越语言具象的无限意蕴，即所谓'物外传心，空中造色'，'题中偏不欲显，象外偏令有余'（《古诗评选》卷二），'影中取影，曲尽人情之极至者也'（《诗译》）的美学极境，并名之为'妙境''佳境''化境''圣境'"。⑥

①　熊考核. 王船山美学［M］. 北京：中国文史出版社，1991：158.
②　熊考核. 王船山美学［M］. 北京：中国文史出版社，1991：163.
③　熊考核. 王船山美学［M］. 北京：中国文史出版社，1991：182.
④　熊考核. 王船山美学［M］. 北京：中国文史出版社，1991：187－188.
⑤　熊考核. 王船山美学［M］. 北京：中国文史出版社，1991：194.
⑥　熊考核. 王船山美学［M］. 北京：中国文史出版社，1991：202.

六、船山审美教育

熊考核认为"王船山的审美教育思想继承和发展了儒学美善相乐的悠长传统，提倡用审美的方式充实和完善人的精神世界，沟通人与自然、社会的和谐，为中华民族传统伦理审美文化的全面发展，提供了许多精深的见解和总结性的认识。"① 从审美教育的人性论基础；诗教、乐教与伦理之教；"陶冶性情"的审美育人；诗之"兴观群怨"的社会功用；自然美"养气""通性"的作用五个方面对船山思想中的审美教育作详细的分析。

此外，船山的美学研究还涉及了许多问题，比如美学范畴研究、比较研究等，很多问题都与诗学思想相互交叉、融合。从已有材料来看，船山美学研究在美的本质、美学与哲学、美学地位和意义等问题达成某些共识，但是依然还有很多的研究空间值得我们更加关注和探究。

---

① 熊考核. 王船山美学 ［M］. 北京：中国文史出版社，1991：216.

结　语　二十世纪王船山文学思想研究史的成就及思考

一、二十世纪王船山文学思想研究史的成就

二十世纪王船山文学思想研究史的成就主要集中在以下几个方面：

第一，船山著作的整理和注释的涌现。在船山思想的流传过程中，著作的整理显得尤为重要，也是最基础性的工作。《船山遗书》《船山全书》的出版和修订，为船山思想的传播提供了便利，为船山思想的研究奠定了良好的基础。船山文学研究开始在船山研究中取得了一席之地，而不再只是作为政治、哲学等研究的附庸，拥有了同等重要的独立地位。

船山著作的注释和翻译等也开始逐渐出现，为船山的研究提供了极其有利的参考资料。但注释工作需要文献学、历史学、文学、文字学等方面的基础能力，因此注释工作虽有所收获，但仍存在许多空白之处，有待学者进一步补充和普及。

第二，船山文学与诗学研究的全面展开并逐步深化。二十世纪以前对于船山思想的研究基本在政治方面，而且从实用、历史、斗争的角度进行研究，真正意义上的研究十分有限。

船山诗学思想的接受与传播是一个逐步发展的过程。由于历史的原因，船山去世之后，著作无法刊印，其思想一开始并不能得到世人的关注。直到清代中期以后，几部"稗疏"类的作品才得到官方的认可。晚清时期，曾国藩等人刊印的《船山遗书》广为流传，船山被认为是儒学的正统传人。十九世纪末二十世纪初，"作为17世纪'时代精神的精华'和'文明的活灵魂'的船山学，成为某些

震惊于民族危机而积极寻找救国救民真理的先进中国人推行变法或倡导革命的思想武器，其进步作用自然是不言而喻的"。① 梁启超、谭嗣同等人极力推崇船山的爱国主义精神，船山思想由此受到极大重视，获得了新的生机和活力。此后，有的学者开始用马克思主义的方法对船山思想进行研究，认为船山是"当时著名的进步思想家和杰出的唯物主义者"，还有的学者从思想来源、思想的体系等角度分析，研究有所突破。"文革"期间，船山被认为是法家的代表，但这时期的研究受到了干扰、破坏，甚至陷入停顿。"文革"之后，对船山思想的研究恢复了正常，取得了很多成果，相关论著、论文在质量、数量上均相当可观。自二十世纪初，逐步有研究者开始关注船山思想，对船山思想展开综合研究和分析，随着研究的深入，船山文学、诗学、美学成为船山研究中的重要组成部分和分支。

船山文学创作与诗学研究的深入主要表现在：其一，研究对象的逐渐扩大，分别从文学创作、文学评论、文论和诗论、文艺美学等多角度多种视角对船山文学与诗学进行阐释。

其二，论文发表数量比较多，质量比较高，也出现了研究的专著。对于船山文学思想的研究，学者从多个角度展开，体系研究、范畴研究、美学研究等都有专门的论文、著作，促进了船山研究视角的扩大和研究内容的深化。

船山的著作极其丰富，其中必然蕴含着完整的体系，否则难以整合庞杂的思想。船山思维十分缜密，在历代文论家中少有，因诗学依托于哲学体系，所以逻辑严密、思维清晰。体系研究有利于从整体上、全局上把握船山的思想，这引起了许多研究者的注意。船山著作的范畴涉及哲学、历史、伦理等各个方面，诗学研究中的主要范畴有情景、意、势、兴观群怨、现量、兴、意境、宾主、诗乐合一等。

第三，船山诗学、美学地位的确立。船山诗学、美学地位的确

---

① 刘春建. 王夫之学行系年 [M]. 郑州：中州古籍出版社，1989：315－316.

立与船山在中国思想史上地位的确立是同步的。对于船山思想的研究以及在中国思想史的地位一直存在争议，但是都不否认船山对于中国儒家学说的继承和发展。在诗学、美学上，认为船山是中国古典美学的总结者、中国古代诗学的总结者，得到了一致认可。这也正说明了船山思想的集大成的地位和重要性。

二、二十世纪王船山文学思想研究史的思考

前面几章中，我们已经详细分析了二十世纪王船山文学与诗学思想的研究历史，一方面，传统研究方法中版本、校勘、注释等研究取得了一定成绩；另一方面，西方思想的影响使船山理论思想的探讨也具有了新的元素、新的角度，并取得了很大突破。过去一个世纪的研究，是真正对船山文学思想进行系统的、科学的理论研究。虽然取得了一定的成绩，但是为了更好地进行深入的研究，可以运用新的研究方法，拓展新的研究领域，让船山学的研究获得全新的收获和高度。

1. 船山学的研究与时代的发展密切相关

时代政治必然影响学术的发展和研究。二十世纪初，当时社会的主要关注点在于振兴中国，拯救时弊，因此研究者更多的是研究船山思想中的政治、历史和哲学方面，关注其爱国主义和民族主义的内容，因此这一时期的船山思想研究开始兴盛，文学与诗学方面的研究还是相对边缘化。五四运动以后，西方思想的进入，为中国传统学术的研究提供了新的内容，部分研究者开始有意识地把船山思想与西方思想进行比较，开始对船山思想在中国思想史上进行定位。这一时期的资产阶级改良主义运动和资产阶级革命运动对于船山思想的传播和研究带来了积极影响，尤其是这一时期的康有为、梁启超对于船山思想方面的重视，但主要仍集中在对民族思想的关注。民国时期，船山学术思想开始进入学术研究的视野，五四新文化运动的提倡，也使得船山学术思想有了进一步的发展，但仍主要

集中在哲学和历史等方面。这一时期由于马克思主义思想逐渐在中国流传，因此有的学者运用此视角来观照船山思想。1949年到"文化大革命"结束的这一阶段，唯物主义的角度、启蒙主义的角度也成了船山思想研究的重要维度，文学研究也开始逐渐获得了一定地位。改革开放以后，船山研究才真正全方位、多角度地展开，文学创作研究、文学评论研究、美学研究都开始受到更多的关注和深入。

2. 实证研究与理论研究结合

从二十世纪王船山文学思想研究的梳理中，我们可以看出，大多数研究者要么以理论研究为主，要么以实证研究为主，两者结合得很好的比较少。实证研究主要是指船山著作的版本校勘、注释等，是基础性研究，是理论研究的基础，如果这一方面欠缺，会直接影响理论研究的可靠性。文字上的差别，会直接影响内容的理解，这也是为何中国古代考证训诂学一直占有一席之地的重要原因。考证、史料的研究本身就具有极高的学术价值，但这只是我们深入研究船山思想的重要载体，而不是其全部，我们更多的还是要探讨船山的思想内涵和文化意蕴，及其历史意义和现实意义。把两者有效结合，能够更好地让船山文学思想的研究取得新的成果和突破，达到新的高度。

3. 诗学研究与哲学研究、历史研究相结合

船山的诗学思想与哲学思想密切相关，萧驰指出："而在中国文化史上，恰恰有这样一位大哲。其学远祧孔孟，近宗张横渠，于儒家经典皆有发明，且广涉佛老庄学。于诗，亦纵览古今，自《诗经》《楚辞》、汉魏六朝三唐两宋诗以至明人歌咏，各体之作皆有评骘。以视域之开阔，品艺之精微，论风之痛快凌厉而言，在中国文论史上，亦属罕见……在中国文化史上，他或许是集大哲学家与大文论家于一身的孤例。"①

以前的研究"普遍存在着将其诗学与其经学、子学割裂的现

① 萧驰. 抒情传统与中国思想——王夫之诗学发微 [M]. 上海：上海古籍出版社，2003：3 - 4.

象。……这种割裂式的研究不仅使对其诗学许多范畴的界定失去了参照依据，更牺牲了上述船山诗学对探索中国抒情传统的独一无二的价值"。① 哲学可以成为诗学研究的参照，中国古代文、史、哲之间没有严格区分，把他们结合在一起研究，可以真正把诗学推向更加深入的研究，也可以为船山文学诗学研究提供更有力的支持。

4. 研究方法的问题

研究方法与研究对象之间的契合有助于研究的突破性进展。一方面是已有研究方法的继续使用和延伸，比如比较研究方法已经被船山研究者使用，并取得了显著成果。二十一世纪船山学研究依然可以使用这些方法，并取得一些新的收获。再比如文化诗学的方法，也有助于把船山放置在特定的历史时代，还原那一时代的背景。尽心考察，可以更好、更贴切地理解和阐释船山思想。另一方面是新的研究方法如何与研究对象结合在一起，如何在中西文化比较的视野中，重新审视船山诗学中的范畴、概念和思想，并获得新的生命和活力。所以我们要对船山思想有着确切深入的了解和研究，需要熟悉中国古代历史、文学、艺术等内容；还要熟悉西方理论，这样两者的结合才能水到渠成，而不是生搬硬套。

5. 让"船山学"走出国门，走向世界

"船山学"在经过了长期发展之后，逐渐受到了世界各国学者的注意和重视，一些研讨会也有国外学者的加入，具有国际意义。因此如何进一步加强"船山学"的国际交流显得尤为重要和十分必要。首先，著作的翻译和普及。通过各种译本，让其他国家的研究者也能够读懂和理解船山著作，然后才有可能展开研究。其次，交流的形式多样化。除了国际性研讨会的召开，还可以去国外高校开展讲座宣传，与国外汉学家合作项目等。总之，"船山学"的发展前景十分广阔，需要我们不断努力。

---

① 萧驰. 抒情传统与中国思想——王夫之诗学发微 [M]. 上海：上海古籍出版社，2003：4.

附 录 二十世纪王船山文学思想研究史著作论文目录

一、研究专著

1. 邓潭洲. 王船山传论［M］. 长沙：湖南人民出版社，1982.

2. 肖驰. 中国诗歌美学［M］北京：北京大学出版社，1986.

3. 杨松年. 王夫之诗论研究［M］. 台北：文史哲出版社，1986.

4. 熊考核. 王船山美学［M］. 北京：中国文史出版社，1991.

5. 谭承耕. 船山诗论及创作研究［M］. 长沙：湖南出版社，1992.

二、文学史、文学理论史、文学批评史、美学史专著

1. 叶朗. 中国美学史大纲［M］. 上海：上海人民出版社，1985.

2. 方孝岳. 中国文学批评［M］. 北京：生活·读书·新知三联书店出版，1986.

3. 黄保真，蔡钟翔，成复旺. 中国文学理论史［M］. 北京：北京出版社，1987.

4. 张少康. 古典文艺美学论稿［M］. 北京：中国社会科学出版社，1988.

5. 敏泽. 中国美学思想史［M］. 济南：齐鲁书社，1989.

6. 袁行霈，孟二冬，丁放. 中国诗学通论［M］. 合肥：安徽教育出版社，1994.

7．庄严，章铸．中国诗歌美学史［M］．长春：吉林大学出版社，1994．

8．张长青．古典文艺美学［M］．长沙：湖南师范大学出版社，1994．

9．邬国平，王镇远．清代文学批评史［M］．上海：上海古籍出版社，1995．

10．张少康，刘三富．中国文学理论批评发展史［M］．北京：北京大学出版社，1995．

11．陈良运．中国诗学批评史［M］．南昌：江西人民出版社，1995．

12．赵雨，主编．中国文学史话·清代卷［M］．长春：吉林人民出版社，1998．

13．陈望衡．中国古典美学史［M］．长沙：湖南教育出版社，1998．

14．张健．清代诗学研究［M］．北京：北京大学出版社，1999．

15．孙立．明末清初诗论研究［M］．广州：广东高等教育出版社，1999．

16．袁行霈，主编．中国文学史：第4卷［M］．北京：高等教育出版社，1999．

17．朱东润．中国文学批评史大纲［M］．上海：上海古籍出版社，2001．

18．郭绍虞．中国文学批评史［M］．北京：商务印书馆，2010．

三、其他相关著作

1．秦同培，等．新学制小学教科书·高级国文读本［M］．上海：世界书局，1925．

2．孙俍工．中学国文特种读本［M］．上海：国立编译馆，1933．

3. 江苏省教育厅. 高中当代国文：第 2 册［M］. 柳亚子，等校订，上海：中学生书局，1934.

4. 张西堂. 王船山学谱［M］. 北京：商务印书馆，1938.

5. 中华书局上海编译所. 楚辞通释［M］. 上海，中华书局，1959.

6. 王夫之. 王船山诗文集：全二册［M］. 王孝鱼，点校. 北京：中华书局，1962.

7. 郭绍虞，主编. 中国历代文论选［M］. 北京：中华书局，1964.

8. 邓之诚. 清诗纪事初编：上［M］. 上海：上海古籍出版社，1965.

9. 王夫之，等. 清诗话［M］. 丁福保，辑. 上海：上海古籍出版社，1978.

10. 戴鸿森. 姜斋诗话笺注［M］. 北京：人民文学出版社，1981.

11. 湖南省船山学社编. 王船山学术研究资料参考［Z］. 长沙：湖南船山学社，1982.

12. 魏源. 诗古微［M］. 长沙：岳麓书社，1989.

13. 梁启超. 中国近三百年学术史［M］. 北京：东方出版社，1996.

14. 宗白华. 宗白华全集［M］. 合肥：安徽教育出版社，1996.

15. 钱穆. 中国近三百年学术史：上册［M］. 北京：商务印书馆，1997.

16. 王夫之. 古诗评选［M］. 张国星，校点. 北京：文化艺术出版社，1997.

17. 王夫之. 唐诗评选［M］. 王学太，校点. 北京：文化艺术出版社，1997.

18. 王夫之. 明诗评选［M］. 陈新，校点. 北京：文化艺术出版社，1997.

19. 蒋伯潜，蒋祖怡. 诗［M］. 上海：上海书店出版社，1997.

20. 刘志盛，刘萍. 王船山著作丛考［M］. 长沙：湖南人民出版社，1999.

四、博硕士论文

1. 王峰. 王夫之诗学研究［D］. 北京：北京大学，1999.

2. 陶水平. 船山诗学研究［D］. 北京：北京师范大学，1999.

3. 羊列荣. 船山诗学研究［D］. 上海：复旦大学，2000.

4. 李瑞卿. 从心到即景会心到神理——王船山美学体系简论［D］. 沈阳：辽宁师范大学，1996.

5. 武文颖. 评王夫之诗学情景论［D］. 吉林：吉林大学，1997.

6. 蔡仁燕. 王夫之诗歌评选研究［D］. 广州：中山大学，1999.

7. 张晓黎. 王夫之"现量说"及其美学意义［D］. 北京：北京大学，2000.

五、研究论文

1. 马太玄，顾颉刚. 王夫之著述考［J］. 国立中山大学图书馆周刊，1928，2（6）.

2. 悟愚. 再论船山诗学［N］. 天津益世报，1928 - 6 - 3、4.

3. 晋玉. 香艳诗话：王夫之论艳诗［J］. 文艺杂志，1914（2）.

4. 中谦. 谈王船山诗学［J］. 庸报，1938 - 7 - 9.

5. 宗白华. 中国艺术境界之诞生［J］. 妇女月刊，1947（11）.

6. 曹道衡. 关于黄宗羲、顾炎武、王夫之等人的思想及其与《红楼梦》的关系［J］. 文学研究集刊，1957（5）.

7. 王芸生. 王船山的议论文［J］. 新闻战线，1959（14）.

8. 吴则虞. 姜斋词论略——为纪念王船山逝世270周年作［J］. 江汉学报，1962（12）.

9. 陈友琴. 关于王夫之的诗论 [N]. 人民日报, 1962 - 11 - 25.

10. 羊春秋. "姜斋诗话" 初探: 王夫之逝世二百七十周年祭 [J]. 湖南文学, 1962 (12).

11. 马茂元. 《姜斋诗话》中论自然景物的描写 [J]. 文艺报, 1963 (4).

12. 周健明. 《姜斋诗话》浅识 [J]. 湖南文学, 1963 (11).

13. 寿春. 关于王船山诗论中的一些问题. 光明日报, 1965 - 3 - 7.

14. 朱祖延, 郁源, 邹贤敏. 王夫之的文艺思想与儒法文艺斗争 [J]. 武汉师院, 1974 (3).

15. 罗金声. 王夫之《祓楔赋》注释 [J]. 武汉师院, 1974 (5).

16. 洪途. 读王夫之的《姜斋诗话》[N]. 文汇报, 1975 - 2 - 26.

17. 蒋世杰. 读王夫之的《姜斋诗话》[J]. 思想战线, 1976 (4).

18. 刘远智. 王夫之论诗 [J]. 畅流, 1976 (5).

19. 谭家健. 浅谈王夫之的杂剧《龙舟会》[J]. 湖南师范学院 (哲学社会科学版), 1979 (3).

20. 钱仲联. 王船山诗论后案 [J]. 文艺理论研究, 1980 (1).

21. 吴汝煜. 关于王夫之对唐诗的评价 [J]. 文学评论丛刊, 1980 (7).

22. 陈昌渠. 王夫之兴观群怨说浅释 [M] //古代文学理论研究丛刊: 第2辑. 上海: 上海古籍出版社, 1980.

23. 万松. 《姜斋诗话》解说 (连载) (1 - 3) [J]. 常德师专学报, 1980 (1, 2, 4).

24. 吴文治. 论王夫之的诗歌理论 [J]. 文学遗产, 1980 (2).

25. 叶朗. 王夫之美学二题 [J]. 学术月刊, 1980 (6).

26. 蒋维明. 王船山的文艺思想及其创作实践 [J]. 重庆师范

学院学报（哲学社会科学版），1981（2）.

27．郁沅．王夫之的诗歌艺术论概观［M］//古代文学理论研究丛刊：第3辑．上海：上海古籍出版社，1981.

28．万松．《姜斋诗话》解说（连载）（之四）［J］．教育与研究（常德师专学报），1981（1）.

29．万松《姜斋诗话》解说（连载）（之五）［J］．教育与研究（常德师专学报），1981（2）.

30．万松．《姜斋诗话》解说（连载）（之六）［J］．教育与研究（常德师专学报），1982（1）.

31．万松．《姜斋诗话》解说（连载）（之七）［J］．教育与研究（常德师专学报），1982（2）.

32．黄秀洁，陈荃礼．王夫之诗论中的情与景［J］．明清诗文研究丛刊，1982（2）.

33．周示行．纪念王船山逝世二百九十周年：言意，情景，内外——王船山诗论中几对基本概念疏解［J］．衡阳师专学报（社会科学），1982（3）.

34．陈昌渠．谈《奉赠韦左丞丈》——兼论王夫之对杜甫的批评［J］．草堂，1982（2）.

35．邹高帆．情贵含蓄——读《姜斋诗话》札记［J］．衡阳师专学报（社会科学），1982（2）.

36．刘建国．姜斋诗论两议［J］．湘潭大学社会科学学报，1982（4）.

37．船山研究综述［J］．湖南师院学报（哲学社会科学版），1982（4）.

38．马积高．论王船山的《楚辞》学及其辞赋——兼论船山文学思想和创作的一个特质［J］．湖南师院学报（哲学社会科学版），1982（4）.

39．邓潭洲．王船山诗论刍议［J］．湖南师院学报（哲学社会科学版），1982（4）.

40. 陆海明. 清代三家诗论中理趣、理障之辨平议 [J]. 辽宁师院学报（社会科学版），1982（4）.

41. 程亚林. 王夫之论抒情诗的构思 [J]. 武汉大学学报（社会科学版），1982（5）.

42. 肖驰. 读船山诗论札记——王夫之诗学中的抒情主体及其角度 [J]. 读书，1982（6）.

43. 谭承耕. 船山诗词艺术特征初探 [J]. 求索，1982（Z）.

44. 陈书良. 王船山《楚辞通释·离骚经》浅议 [J]. 求索，1982（Z）.

45. 肖驰. 从前后七子到王夫之——论古代两大诗学思潮的汇流 [J]. 学术月刊，1983（1）.

46. 郜润科. 谈王夫之的意境说——王夫之美学思想初探 [J]. 山西师院学报（社会科学版），1983（2）.

47. 王思焜. 王夫之的艺术想象观 [J]. 文艺理论研究，1983（2）.

48. 王宾如. "情之巧至，诗以之至"——王夫之诗情说刍议 [J]. 福建论坛，1983（2）.

49. 李春青. 试析王船山的情景论 [J]. 河北师范大学学报（哲学社会科学版），1983（4）.

50. 程亚林. 寓体系于漫话——论王夫之诗歌理论体系 [J]. 学术月刊，1983（11）.

51. 万松. 略论王夫之的诗歌 [J]. 江汉论坛，1983（12）.

52. 刘文英. 评王夫之《楚辞通释·天问篇》[J]. 江汉论坛，1983（5）.

53. 彭靖. 分明点点深——论王船山词 [J]. 文学评论丛刊（18），1983.

54. 王沐. 析王船山《楚辞通释·远游》[J]. 船山学报，1984（1）.

55. 王咨生. 王船山《九昭》试论 [J]. 船山学报，1984（2）.

56．钱耕森，赵海琦．王夫之美学思想简论［J］．船山学报，1984（1）．

57．李中华．船山诗论中的艺术原则［J］．船山学报，1984（1）．

58．吴家振．王船山文艺思想初探［J］．船山学报，1984（1）．

59．周颂喜．王夫之论诗歌创作中主观和客观的辩证关系［J］．船山学报，1984（1）．

60．沈家庄．读船山《唐诗评选》蠡测王船山唐诗研究的特征［J］．船山学报，1984（2）．

61．程亚林．王夫之美学思想初探——与钱耕森等同志商榷［J］．船山学报，1984（2）．

62．张俊虎．试论王夫之的《诗经》比较研究：《诗广传》学习札记［J］．宝鸡师范学院教学与科研（哲社版），1984（2）．

63．熊考核．王船山意境理论初探［J］．衡阳社联论丛，1984（2）．

64．邓国栋．深入无浅语 字字楚骚心——略论船山词的思想成就［J］．船山学报，1984（2）．

65．谭承耕．"修文以函情"、"治情"以治国——船山对诗歌社会作用的认识［J］．船山学报，1984（2）．

66．肖驰．王夫之的诗歌创作论——中国诗歌艺术传统的美学标本［J］．中国社会科学，1984（3）．

67．丁宁．《姜斋诗话》的启示［J］．晋阳学刊，1984（4）．

68．余立蒙．中国古典美学中的心物关系［J］．学术月刊，1984（5）．

69．刘畅．王船山"现量"说对传统艺术直觉诗论的改造［J］．江汉论坛，1984（10）．

70．熊志庭．王夫之的乐教思想浅探［J］．船山学报，1985（1）．

71．鲁林．王船山神范畴析略［J］．人文杂志，1985（1）．

72．王兴华．试论王夫之诗论中的美学思想［J］．山东师大学报（人文社会科学版），1985（1）．

73. 傅云龙. 王船山关于认识主体和客体的论述 [J]. 船山学报, 1985 (1).

74. 郑宪春. 船山文学研究述评 [J]. 船山学报, 1985 (1).

75. 王昌猷, 梁德林. 论王船山评选唐诗 [J]. 船山学报, 1985 (1).

76. 陈书良. 略论佛学对王船山诗词的影响 [J]. 船山学刊, 1985 (1).

77. 叶朗. 王夫之的美学体系 [J]. 北京大学学报 (哲学社会科学版), 1985 (2).

78. 程亚林. 王夫之论抒情诗的核心问题 [J]. 船山学报, 1985 (2).

79. 刘永翔. 王夫之论诗初探 [J]. 运城师专学报, 1985 (2).

80. 李中华. 船山《诗经》学面面观 [J]. 船山学报, 1985 (2).

81. 李汉武. 王船山论刘琨 [J]. 船山学报, 1985 (2).

82. 谭承耕. 船山诗论的艺术辩证法 [J]. 湖南师范大学社会科学学报, 1985 (2).

83. 周示行. 参验旧文, 抒所独得: 从《诗经稗疏》窥王船山的《诗》学一斑 [J]. 衡阳师专学报 (社会科学), 1985 (2).

84. 魏宗禹. 傅山与王船山 [J]. 船山学报, 1985 (2).

85. 刘畅. 王船山诗歌美学三题 [J]. 文学遗产, 1985 (3).

86. 刘畅. 试论庄子哲学与船山美学思想的关系 [J]. 学术月刊, 1985 (10).

87. 蓝华增. 古典抒情诗的美学——王夫之"情景"说述评 [J]. 古代文学理论研究, 1985 (5).

88. 许山河. 论船山对明代形式主义诗歌理论的批判 [J]. 船山学报, 1986 (1).

89. 谭承耕. 船山文论初探 [J]. 船山学报, 1986 (1).

90. 刘畅. 王船山艺术思想成因初探 [J]. 船山学报, 1986 (1).

91. 许山河. 论船山对明代形式主义诗歌理论的批判 [J]. 船

山学报，1986（1）.

92．熊志庭．王船山的文艺真实观略论［J］．船山学报，1986（1）.

93．熊志廷．王船山评杜浅议［J］．草堂，1986（2）.

94．潘运告．儒家正统的阴影——评王船山对竟陵钟、谭的否定［J］．船山学报，1986（2）.

95．许山河．王船山关于"兴、观、群、怨"的阐释［J］．湘潭大学学报（哲学社会科学版），1986（4）.

96．潘友梅．从《姜斋诗话》看王夫之的文学批评［J］．阜阳师范学院学报（社会科学版），1986（4）.

97．武昂．船山诗论及其诗作浅窥［J］．湘潭师范学院社会科学学报，1986（4）.

98．章自福．论王船山的咏物词［J］．衡阳师专学报（社会科学），1986（4）.

99．张爱东．王夫之关于"势"的文学理论［J］．文史知识，1986（4）.

100．吴观澜．《采薇》并非"以哀景写乐"［J］．学术研究，1986（5）.

101．何楠．杨慎、王夫之与"诗史之辨"［J］．辽宁大学学报（哲学社会科学版），1986（6）.

102．张廷烈．评王夫之《采薇》末章"以哀景写乐"说［J］．语文学刊，1986（10）.

103．张节末．论王夫之诗乐合一论的美学意义——兼评王夫之诗论研究中的一种偏颇［J］．学术月刊，1986（12）.

104．许山河．船山诗论三题［J］．湘潭大学学报（哲学社会科学版），1986（A1）.

105．张长青．谈王船山诗论中的势范畴［J］．船山学报，1987（1）.

106．李中华．论船山文学精神［J］．船山学报，1987（1）.

107. 王敏华. 论船山诗论与诗作的关系——关于船山诗学的历史回顾 [J]. 船山学报, 1987 (1).

108. 羊春秋. 论公安、竟陵绝对八首并序 [J]. 船山学报, 1987 (2).

109. 潘运告. 也谈傅山与王船山——两种不同体系的哲学和美学思想 [J]. 船山学报, 1987 (2).

110. 廖振华. 试论王夫之的美学思想 [J]. 衡阳师专学报 (社会科学), 1987 (2).

111. 曾玲先. 船山诗论贵在鉴赏论——读《姜斋诗话》一得 [J]. 衡阳师专学报 (社会科学), 1987 (2).

112. 林衡勋. 王夫之意境说初探 [J]. 雷州师专学报 (社会科学版), 1987 (2).

113. 刘畅. 试论王船山的诗歌鉴赏观 [J]. 船山学报, 1987 (2).

114. 姚文放. 论王夫之的诗歌美学 [J]. 扬州师院学报 (社会科学版), 1987 (3).

115. 蓝华增. 王夫之、黑格尔抒情诗美学比较论 [J]. 云南教育学院学报 (社会科学版), 1987 (3).

116. 谭承耕. 王船山对汉魏晋南北朝诗歌的评价 [J]. 中国文学研究, 1987 (3).

117. 罗芳明. 试论船山词 [J]. 湖南教育学院学报, 1987 (4).

118. 曹毓生. 略论王夫之诗论中的"意""势"及其他 [J]. 湖北师范学院学报 (哲学社会科学版), 1987 (4).

119. 孙立. 王船山文学批评中的封建伦理观念 [J]. 江汉论坛, 1987 (7).

120. 孙立. 王船山以"兴"为中心的诗歌鉴赏论 [M] //古代文学理论研究丛刊: 第12辑. 上海: 上海古籍出版社, 1987 (11).

121. 吴鹭山. 论船山诗论 [J]. 中国韵文学刊, 1987 (1).

122. 蒋建书. 王船山诗论及其创作实践 [J]. 南充师范学报

（哲学社会科学版），1988（1）.

123. 黄应镐. 情景融洽 妙合无垠——王夫之诗歌欣赏艺术二议 [J]. 船山学刊，1988（1）.

124. 周示行. 船山说《诗》小议 [J]. 衡阳师专学报（社会科学），1988（1）.

125. 刘松来. 王船山美学思想发微——关于船山的"接受美学"诗歌理论 [J]. 江西教育学院学报（综合版），1988（1）.

126. 赵庆麟. 王夫之的兴观群怨说 [J]. 船山学刊，1988（2）.

127. 蔡镇楚. 船山诗话与中国传统文化 [J]. 衡阳师专学报（社会科学），1988（2）.

128. 李家骧. 主体性：从船山的文学批评回溯中国古代的文学批评 [J]. 船山学刊，1988（2）.

129. 谭承耕. 船山诗论体系的构成及其历史地位 [J]. 船山学刊，1988（2）.

130. 熊志庭. 王船山评韩愈的文学 [J]. 船山学刊，1988（2）.

131. 张侠生. 孔子的"兴、观、群、怨"及王夫之的四情 [J]. 河南财经学院学报，1988（2）.

132. 赵庆麟. 王夫之的兴观群怨说 [J]. 船山学刊，1988（2）.

133. 罗芳明. 豪婉兼采、文质俱备——谈船山词的艺术风格 [J]. 衡阳师专学报（社会科学），1988（3）.

134. 许山河. 船山论诗之"势" [J]. 衡阳师专学报（社会科学），1988（3）.

135. 王思焜. 王夫之"本色"说初探 [J]. 江苏教育学院学报（社会科学版），1988（4）.

136. 张节末. 王夫之诗歌情感论发微 [J]. 文学遗产，1988（6）.

137. 孙立. 王船山论情景的结构关系——兼谈王船山的诗论倾向 [M]//古代文学理论研究：第13辑. 上海：上海古籍出版社，1988.

138. 熊考核. 天地妙合而成化者——船山诗美学的几对时空关系 [J]. 船山学刊, 1988 (S1).

139. 章自福. 王船山论屈原 [J]. 船山学刊, 1988 (S1).

140. 蒋星星. 丹忱专在念时艰——读船山诗零拾 [J]. 船山学刊, 1988 (Z).

141. 谭承耕. 论船山词 [J]. 中国文学研究, 1989 (1).

142. 范军. 论王夫之的艺术整体观 [J]. 华中师范大学学报 (哲学社会科学版), 1989 (1).

143. 范军. 论王夫之的辨证审美观 [J]. 荆门大学学报 (哲学社会科学版), 1989 (1).

144. 李耀建. 王夫之与现代阐释学、接受美学 [J]. 湖南科技大学学报 (社会科学版), 1989 (1).

145. 周示行. 王船山说《诗》一题——兴观群怨疏解 [J]. 衡阳师专学报 (社会科学), 1989 (1).

146. 张自文. 也谈船山诗论 [J]. 船山学报, 1989 (2).

147. 范军. 王夫之美学思想的总体特征 [J]. 衡阳师专学报 (社会科学), 1989 (2).

148. 刘泽民. 王夫之情景说美学抉微 [J]. 益阳师专学报 (哲学社会科学版), 1989 (3).

149. 陈建生. "知始则知化"——评船山诗论及其历史观 [J]. 徐州师范学院学报 (哲学社会科学版), 1989 (3).

150. 章自福. 从《楚辞通释·山中楚辞》看船山的意象论 [J]. 船山学报, 1989 (3).

151. 李中华. 王船山、顾亭林、黄梨洲文学观之异同 [J]. 船山学报, 1989 (4).

152. 胡建生. 王船山诗学系统观 [J]. 湖湘论坛, 1989 (5).

153. 邬国平. 王夫之论读者与作品关系 [J]. 学术月刊, 1989 (11).

154. 谭承耕. 船山对明诗的评价与研究 [J]. 中国文学研究,

1990（1）.

155. 江裕斌. 试论时燮的诗歌创作论——兼谈与王夫之的差异
[J]. 重庆师院学报（哲学社会科学版），1990（1）.

156. 熊考核. 论王船山的审美移情观 [J]. 衡阳师专学报（社会科学），1990（2）.

157. 滕咸惠. 论王夫之诗论之贡献 [J]. 山东大学学报（哲学社会科学版），1990（2）.

158. 吴乃恭. 略论王夫之的范畴和思维方式 [J]. 孔子研究，1990（3）.

159. 范军. 王夫之文质观的哲学意蕴和美学精神 [J]. 衡阳师专学报（社会科学），1990（4）.

160. 张节末. 诗歌的结构运动与"意"的审美转化——王夫之诗歌结构论平议 [J]. 文艺理论研究，1990（5）.

161. 谭承耕. 获取典型审美意象的步骤与途径——船山诗论审美思想之一 [J]. 中国文学研究，1991（3）.

162. 张节末. 王夫之诗歌情景论新议 [J]. 南京社会科学，1991（3）.

163. 耿明奇. 王国维与王夫之文艺观比较 [J]. 延安大学学报（社会科学版），1991（3）.

164. 熊良智. 王夫之论杜评说 [J]. 杜甫研究学刊，1991（3）.

165. 黄炳辉.《唐诗评选》评唐诗辨 [J]. 厦门大学学报（哲学社会科学版），1991（3）.

166. 胡健生. 论王船山的诗歌情致标准 [J]. 湖湘论坛，1991（5）.

167. 刘晓林. 王夫之"意境说"的再认识 [J]. 衡阳师专学报（社会科学），1991（5）.

168. 张节末. 论王夫之诗乐理论与嵇康乐论的关系 [M] //古代文学理论研究：第 15 辑. 上海：上海古籍出版社，1991.

169. 李务静. 船山论王维及其诗歌 [J]. 湖南社会科学（船山

研究专刊），1991（增刊）.

170. 熊考核. 王船山的美人关［J］. 湖南社会科学，1991（增刊）.

171. 谭承耕. 船山关于诗歌创作理论的贡献［J］. 湖南社会科学（船山研究专刊），1991（增刊）.

172. 亥民. 船山思想研究的一部拓新之作——《王船山美学》评价［J］. 船山学刊，1991（0）.

173. 谭承耕. 埋心不死留春色：论船山晚年的诗［J］. 船山学刊，1991（0）.

174. 范军. 简论王夫之的诗歌理论［J］. 咸宁师专学报，1992（2）.

175. 周示行. 王船山《诗》之社会功能论评议［J］. 船山学刊，1992（2）.

176. 胡健生. 王船山与老子的"大音希声"思想比较［J］. 船山学刊，1992（2）.

177. 葛桂录. 王夫之的诗歌理论与现象学文学批评［J］. 淮阴师专学报，1992（3）.

178. 包晓光. 船山诗学片论［J］. 锦州师院学报（哲学社会科学版），1992（3）.

179. 阳晓儒. 情景说和艺术符号论——王夫之和苏珊·朗格的审美意象论［J］. 辽宁大学学报（哲学社会科学版），1992（4）.

180. 周示行. 王船山对《诗经》语言艺术的探索［J］. 衡阳师专学报（社会科学），1992（5）.

181. 周唯一. 王船山咏景诗中的物理性情［J］. 衡阳师专学报（社会科学），1992（5）.

182. 罗锡冬. 王夫之与楚俗文化［J］. 衡阳师专学报（社会科学），1992（5）.

183. 范军. 接受美学与王夫之的诗歌鉴赏理论［J］. 衡阳师专学报（社会科学），1992（5）.

184．周念先. 王夫之的咏南岳词 [J]. 衡阳师专学报（社会科学），1992（5）.

185．王英志. 清初诗学概念、命题阐释——读王夫之、贺贻孙诗论札记 [J]. 西北师大学报（社会科学版），1992（6）.

186．丁放，孟二冬. 论王夫之对中国古代诗学的贡献 [J]. 安徽教育学院学报（哲学社会科学版），1993（1）.

187．章楚藩. 评王夫之《唐诗评选》[J]. 杭州师范学院学报，1993（1）.

188．刘晓林. 王夫之的诗歌创作革新理论 [J]. 衡阳师专学报（社会科学），1993（1）.

189．胡渐逵. 船山全书·楚辞通释 [J]. 船山学刊，1993（2）.

190．谭承耕. 船山论美 [J]. 船山学刊，1993（2）.

191．保鲁. 王船山与大众文学 [J]. 理论与创作，1993（2）.

192．熊大材. 开拓儒家审美新视角的王夫之诗论 [J]. 南昌大学学报（人文社会科学版），1993（2）.

193．柳正昌. 王夫之美学思想对建构现代中国美学的意义 [J]. 郑州大学学报（哲学社会科学版），1993（4）.

194．孙立. 船山诗论与庄子哲学 [J]. 中山大学学报（社会科学版），1993（4）.

195．晓荳. 读《船山诗论及创作研究》[J]. 理论与创作，1993（5）.

196．贾宗普.《说文广义》中的诗学思想 [J]. 廊坊师专学报，1994（1）.

197．宋小庄. 王船山对杜甫反映现实诗歌的感受 [J]. 船山学刊，1994（1）.

198．肖世敏. 漫论《姜斋诗话》中的“法” [J]. 船山学刊，1994（1）.

199．张兵. 王夫之兴、观、群、怨说再评价 [J]. 西北师大学报（社会科学版），1994（5）.

200．张晶．现量说：从佛学到美学［J］．学术月刊，1994（8）.

201．范军．王夫之文艺美学思想中的有机整体观［J］．东方论丛，1995（2）.

202．訾小广．略论王夫之诗论中的诗创作心理学思想［J］．高师函授学刊，1995（2）.

203．施荣华．王夫之论诗美的主体创造［J］．云南师范大学学报（哲学社会科学版），1995（4）.

204．张兵．论清初三大儒对明七子复古之风的批评［J］．西北师大学报（社会科学版），1995（5）.

205．张兵．王夫之诗论摭谈［J］．苏州大学学报，1996（1）.

206．钱竞．曾国藩、王夫之文论思想异同［J］．文学遗产，1996（1）.

207．李若晕．船山诗经论著两种校勘补遗［J］．船山学刊，1996（1）.

208．古风，贺东平．王夫之意境美学思想新解［J］．延安大学学报（社会科学版），1996（4）.

209．赵沛霖．打破传统研究模式的《诗经》学著作——读王夫之《诗广传》［J］．求索，1996（3）.

210．范和生．王夫之对唐人"意境"理论的继承和发展［J］．安徽大学学报（哲社版），1996（3）.

211．林祥征．王夫之《诗经》诗学研究［J］．船山学刊，1996（2）.

212．萧驰．王夫之和柯勒律治诗学比较研究［J］．文艺研究，1996（2）.

213．陈望衡．中国古典美学的总结：王夫之美学思想摭论［J］．船山学刊，1997（1）.

214．郭建平．简论王船山诗学中的情和景［J］．开封教育学院学报，1997（4）.

215．曾也鲁．王船山诗词的爱国主义特点［J］．衡阳师专学报

（社会科学），1997（5）.

216．端木蕻良．王夫之与曹雪芹［J］．文艺理论与批评，1997（4）.

217．汤劲．王船山《诗译》刍议［J］．中国韵文学刊，1998（1）.

218．郭建平．王船山诗学中的情和景［J］．河南大学学报（社会科学版），1998（5）.

219．曾也鲁．王船山诗歌评论之灼见与偏颇［J］．衡阳师专学报（社会科学），1998（5）.

220．汤劲．船山为何独钟康乐诗［J］．湘潭大学学报（哲学社会科学版），1999（1）.

221．张兵．论船山诗的文化构成与创作特征［J］．聊城师范学院学报（哲学社会科学版），1999（1）.

222．黄南珊，李倩．寓理于欲　以理导欲——论王夫之的理欲合一论［J］．广西师院学报，1999（2）.

223．黄南珊，李倩．情理互化　"意"为介体——论王夫之的情理合一论［J］．贵州文史丛刊，1999（3）.

224．曾玲先．船山评点诗歌三题议［J］．衡阳师范学院学报（社会科学），1999（4）.

225．曾也鲁．王船山诗歌评论扬李抑杜剖析［J］．衡阳师范学院学报（社会科学），1999（4）.

226．邓新华．王夫之"读者以情自得"的诗歌接受理论［J］．华中师范大学学报（人文社会科学版），1999（4）.

227．黄南珊，李倩．情感的雅化、理化和寓象化——论王夫之理性主义的诗道性情论［J］．华中师范大学学报（人文社会科学版），1999（5）.

228．萧驰．论船山天人之学在诗学中之展开［J］．中国文哲研究集刊，1999（9）.

229．张民权．王夫之《诗经叶韵辨》述评［J］．语言研究，

2000（1）．

230．郭瑞林．试论王夫之的人文精神［J］．船山学刊，2000（1）．

231．陶水平．王夫之诗学的文质观与情采观［J］．衡阳师范学院学报（社会科学），2000（1）．

232．陶水平．简议王夫之"诗法"论的诗学理论价值［J］．江西教育学院学报，2000（1）．

233．罗思美．王夫之论诗"以意为主"说［J］．枣庄师专学报，2000（1）．

234．陶水平．船山诗学"现量说"新探［J］．中国文学研究，2000（1）．

235．崔海峰．王夫之诗学中的灵感论［J］．沈阳大学学报，2000（1）．

236．陶水平．试述船山"取势说"的美学内涵［J］．中国韵文学刊，2000（1）．

237．郭建平．王船山诗学中的自然之思［J］．开封教育学院学报，2000（1）．

238．曾也鲁．王船山与《古诗十九首》［J］．衡阳师范学院学报（社会科学），2000（1）．

239．张晶．王夫之诗歌美学中的"势"论［J］．北方论丛，2000（1）．

240．黄南珊，李倩．论王夫之的情景合一论［J］．青海社会科学，2000（2）．

241．曾玲先．船山诗论侧重读诗与悟诗［J］．衡阳师范学院学报（社会科学），2000（2）．

242．陶水平．船山诗学"以神理相取"论的美学阐释［J］．人文杂志，2000（2）．

243．陶水平．船山诗学形成的个人语境述论［J］．船山学刊，2000（2）．

244．陶水平．王夫之"兴观群怨"说的美学阐释［J］．南昌大学学报（社会科学版），2000（2）．

245．陶水平．析王夫之对诗与其他文体的界分及其诗学理论意义［J］．江西师范大学学报，2000（2）．

246．陶水平．王夫之诗学"声情"论析要［J］．山东师大学报（人文社会科学版），2000（3）．

247．陶水平．流派·个性·风格——评王夫之反"门庭"观的诗学理论得失［J］．东南大学学报（哲学社会科学版），2000（3）．

248．周兴陆．王夫之的杜诗批评［J］．船山学刊，2000（3）．

249．刘泽民．王夫之情景说阐释［J］．湖南大学学报（社会科学版），2000（3）．

250．魏中林，谢遂联．二十世纪的王夫之诗学理论研究［J］．文艺理论研究，2000（3）．

251．陶水平．王夫之"诗艺浑成"诗学观平议［J］．吕梁高等专科学校学报，2000（3）．

252．吴海庆．王夫之现量说美学的阐释学解读［J］．山东大学学报（哲学社会科学版），2000（3）．

253．陶水平．王夫之诗学"遵路委蛇"说辨析［J］．宜春师专学报［J］．2000（4）．

254．王思焜．浅评王夫之诗歌情感特征论［J］．江苏教育学院学报（社会科学版），2000（4）．

255．刘楚才．王夫之美学思想探微［J］．北京市总工会职工大学学报，2000（4）．

256．陶水平．王夫之诗学"一意""一笔"论新识［J］．上饶师范学院学报，2000（4）．

257．严金东．王夫之诗论的逻辑考察［J］．重庆教育学院学报，2000（4）．

258．郭瑞林．千古少有的偏见——王夫之眼中的杜甫其人其诗［J］．湘潭师范学院学报（自然科学版），2000（4）．

259．张景忠，赵玉敏．王夫之的诗歌理论对中国诗学发展的贡献［J］．东疆学刊，2000（4）.

260．王凤翔．王夫之文论的终极价值取向［J］．益阳师专学报，2000（4）.

261．陶水平．试论船山诗学的理论个性及其内在矛盾［J］．江淮论坛，2000（4）.

262．曾玲先．船山诗评的操作方式透视［J］．衡阳师范学院学报（社会科学），2000（4）.

263．张宗良．王船山词理性和意象的审美规范［J］．辽宁师专学报（社会科学版），2000（4）.

264．张健．内外之间：王夫之诗论的再透视［J］．诗探索，2000（Z2）.

265．周念先．丹忱专在念时艰：读王夫之寓居南岳时的诗歌［J］．衡阳师范学院学报（社会科学），2000（4）.

266．曾也鲁．王船山与《离骚》［J］．衡阳师范学院学报（社会科学），2000（5）.

267．曾玲先．船山诗论的诗"理"观［J］．衡阳师范学院学报（社会科学），2000（5）.

268．张晶．论王夫之诗歌美学中的"神理"说［J］．文艺研究，2000（5）.

269．崔海峰．王夫之诗学中的"兴会"说［J］．文艺研究，2000（5）.

270．陶水平．王夫之"诗艺浑成"的诗学观［J］．安庆师范学院学报（社会科学版），2000（5）.

271．陶水平．文化整合语境中的王夫之诗学［J］．齐鲁学刊，2000（6）.

272．王思焜．王夫之讽刺诗论简评［J］．文艺理论研究，2000（6）.

273．张宗良．王船山"诗乐说"新解［J］．辽宁师专学报

（社会科学版），2000（6）.

274. 陶水平. 船山诗学"象外"论述 [J]. 古代文艺理论研究丛刊，2000（12）.

说明：附录基本上都是二十世纪船山文学思想史研究文献，因有的文献时代久远，后再版的时间为2000年，但依然作为重要参考资料，故放在附录之中。